明

れますように

続七夜物語

川上弘美

朝日新聞出版

明日、晴れますように　続七夜物語

目次

装画　ヒグチユウコ
装幀　大島依提亜

明日、晴れますように　続七夜物語

20

今日のいいカラスの鳴き声は、足す2。悪い鳴き声カラスは、引く2。起きた時に、そう決めた。

学校につく直前までは、とんとんびょうしだった。めずらしく、鳴き声を足していった数字が10をこえたのだ。それなのに、横だん歩道をわたったあたりから雲ゆきがあやしくなってきて、そこからは悪いカラスがずっと続いてしまった。けっきょく、校門のところで、0引く4になった。

0より引いた数字で始まる日は、ついていないことが多い。うわばきをひっぱりだしながら、あたしは校庭のほうをうかがった。絵(かい)くんの姿は見つけられなかった。もし休みだったらどうしようかと、ちょっぴりしんぱいになる。いやいや、そんなことじゃだめだめ。自分をしかる。

ちなみに、いいカラスは「アア」って鳴く。悪いカラスは「ガア」だ。ちがいがわからないよと、絵くんは言うけれど、ぜんぜんちがう。

「そんなふうにカラスの鳴き声を足したり引いたりして、何になるの。ただのおまじないじゃないの?」

絵くんはわらう。

「それに、もしぼくだったら、0より小さくなりそうな時は、悪い鳴き声が、ほんとは悪くなくて実はいい鳴き声だったたっていうことにするけどな」

そんなずるいことしちゃ、だめだから。あたしがふんがいすると、絵くんはまたわらう。絵くんは、うそをつくことを、ぜんぜん悪いことだと思っていないと言う。

「だって、ほんとのことって、いったい何?」

絵くんは、にこにこしてあたしに聞き返す。そう言われると、あたしは何も答えられなくなる。


でもあたしはやっぱり、うそはつきたくない。

うそをついてはいけませんと教わったからではない。ただなんとなく、うそは、どうしてもという時のために、大事にとっておきたいような気がするのだ。

一時間めは、国語だった。国語が、あたしはあんまり好きじゃない。だって、とうじよう人物の気持ちを聞かれても、そんなのだれにもわかるわけがないし、言葉ってなんだかきちっとしていないから、やりにくくてしょうがない。

「言葉がきちっとしてないって、それ、どういうこと?」

いつか絵くんに聞かれた。あたしは説明しようとしたけれど、うまくできなかった。

「だって、1は、1でしょう。2は、2だし。数字は、いつもはっきり決まってるの。でも、雨がふっている、って言葉で言っても、どしゃぶりなのか、しとしとなのか、ぱらぱらなのか、わからないじゃない」

「ふうん、そうか、1は1で、2は2って、はっきりしてるのかあ」

絵くんは、へんなところに感心していた。いっちはいちで〜にっはにぃ〜。へんなふしをつけて歌うので、あたしは少しおこった。

「りらは、まじめだねえ」

絵くんはかたをすくめた。大人ぶっているみたいで、あたしはもっとむっとしてしまった。その日はけんか別れのようにして、べつべつに下校した。絵くんはおこっていなかったけれど、あたしはじゅうぶんにおこっていたので。

帰り道、またいいカラスと悪いカラスの鳴き声を、注意ぶかく足したり引いたりした。家についた時には、合計が8だったので、少しきげんがなおった。

あたしは、「扱いの難しい子ども」だって、お母さんは言う。

そんなことを言われるのは、いやな感じだ。それなのに、お母さんは、両方のおとなりの阪井さんと堀さんにも、たんにんの池田先生にも、それからお母さんの友だちのカコおばちゃんにも、なんだかじまんそうに、

「ほんとにりらは、難しくって」

と言いふらす。

あたしの家族は、欅野(けやきの)区の古い家に住んでいる。ひいおばあちゃん、おじいちゃん、それにお母さんとお父さんとあたしの、五人家族だ。ひいおばあちゃんは、「少しあちらの世界に近く」なっている。というのは、お父さんの言いかたで、お母さんは、「ぼけてる」と言う。お父さんの言いかたのほうがあたしは好きだけれど、お母さんの言いかたのほうが正確だと思う。

家に帰ると、あたしはまず手をあらい、うがいをして、それから今日のカラスの声の合計の数字を日記に書きつける。日記は、一年生の時のクリスマスプレゼントだ。クリスマスの朝、「サンタさんからのプレゼントよ」とお母さんが言ったので、あたしはむっとした。サンタクロースがこの世にいないということは、あきらかだ。そんなこと、

ようちえんのころから知っていた。

「サンタじゃなくて、お父さんとお母さんからのプレゼントでしょ」

「まあ、この子は夢のない」

お母さんはこまった顔をした。助けぶねを出してくれたのは、お父さんだった。

「あれ、りらも、サンタクロースを信じたことがないんだね。ぼくもそうだったから、よくわかるなあ」

お父さんはわらい、あたしの頭をなでてくれた。あたしはほっとした。お母さんがあたしのいろいろについてこまりはじめると、めんどうなことになる。あたしに「夢」とか「希望」とかをおしつけようと、おもしろくもない本を読むように言ったり、バレエかピアノを習ったらどうか、なんて言いだしたりするからだ。


日記は、「三年日記」というものだ。前の年や、前の前の年の今日に、何をしたのか、カラスの声の合計はどうだったのか、ということが、ひとめでわかるようになっている。

去年の今日、あたしは二年生だった。カラスの鳴き声の合計の数字は、行きが2で、帰りが0引く6。その日のゆうごはんの時、あたしはお母さんに少しおこられている。ぶたのしょうが焼きを残してしまったので。あたしはいつもぽっちりしか食べない。世の中のごはんは、多すぎると思う。

「この世界には、食べものがなくて苦しんでる人がいっぱいいるのに」

いつもお母さんは言う。それなら、あたしの食べるぶんをあげるのに。あたしが言い返すと、お母さんはますますおこる。ぶたのあぶらみは好きなんだけど、肉の部分が、あたしは苦手なのだ。


日記をぱらぱら読み返してみると、あたしはほとんど毎日お母さんにおこられている。やっぱり、「あつかいのむずかしい子ども」だからだろうか。

でも、そういう自分の「気持ち」は、日記には書かない。そういう「気持ち」を言葉にしたとたんに、それはなんだかうそのものになってしまうような気がするからだ。それからもう一つ、お母さんがいつもこっそり日記を読んでいるし。

正確な「気持ち」がお母さんに読まれるのならまだいいけれど、うその「気持ち」が読まれて、それでお母さんが心配したりこまったりするのは、いやだ。あたしはお母さんが好きだから。

「りらは、じぶんちの家族がすごく好きなんだな」

ときどき、絵くんはうらやましそうに言う。

「絵くんは、そうじゃないの？」

「かあさんは好きだけど、いつもなんかいそがしそうだし、とうさんはいないし」

絵くんのところは、ようちえんの時にお母さんとお父さんがりこんしたのだ。

「怜子（れいこ）さんも、かあさんがようちえんの時にりこんしたんだって。だから、りこんするのは血すじなのよって、かあさんはいつも言ってる」

「怜子さん」というのは、絵くんのおばあちゃんのことだ。怜子さん、じゃなくて、おばあちゃん、ってよんだら、おこるんだ。絵くんはわらう。絵くんは、一か月に一回、お父さんに会うことになっている。

「金持ちなんだ、とうさんは」

絵くんは言う。お金持ちはいいなあと、あたしは思うけれど、絵くんはお父さんがお金持ちだからって、べつにうれしそうじゃない。

「だって、お金持ちは、とってもしまりやなんだもん。かあさんと外でごはん食べる時は、おすしとか、ポテトフライをどっさりとか、いつもごうかで、かあさんはそのたびにうきうきしちゃうんだけど、とうさんはめざしとごはんとか、そういうのしか食べさせてくれなくて、そして、いつもぼくに『役にたたないよぶんなぜい肉みたいな、あぶらみみたいなことは、あんまりするな』とか、まじめなつまらなさそうな顔で言うんだ」

　あぶらみは、だめなのかと、あたしはどきっとした。めざしは、あたしはけっこうすきだ。こういうもののほうが、ほんとはぜいたくなのよね。お母さんはよく言う。うちは「むのうやく野菜」をとってるし、肉とか魚とかも、「産地」をよく見なきゃだめなのよ、とお母さんはいつも言ってる。でも、あたしも外でごはんを食べる時は、おすしやどっさりのポテトフライがいいなあと思った。ひいおばあちゃんがいるので、うちはほとんど外でごはんを食べない。


　お母さんがあたしをおこると、あたしはしゅんとする。絵くんは、

「かあさんとけんかする時は、ぼく、ものすごくたくさん言い返すんだ」

と言うけれど、あたしは言い返したりしない。それに、お母さんからは「おこられる」のであって、「けんか」するのではない。

　けさも、あたしはお母さんからおこられた。庭の、じめじめしたところをほり返して、何種類かの虫をさいしゅうして新聞紙の上でかんさつしていたら、お母さんはひめいをあげたのだ。

「家にそういうものを持ちこまないで」

お母さんは、虫やへびが大きらいだ。お父さんは反対に、そういうものが好きみたいなんだけど、大学の仕事で帰りがおそいうえに、今日のような日曜日もけんきゅうに出かけていたりするので、あたしのみかたをしてくれることはなかなかできない。

お母さんは、あたしをしかる時、どなったりがみがみ言ったりしない。ただほんとうにこまったように、よわよわしく注意をする。それであたしは、ますますしゅんとしてしまうのだ。

庭の土に虫をかえしてやりながら、あたしは少し泣いた。でも、それはかなしいからじゃないと思った。くやしいからでもない。じゃあ、どうしてあたしは泣いているんだろうかと、ふしぎになった。

そのままあたしは、欅野区の幸(さいわい)団地のほうへ歩いていった。絵くんは、幸団地に住んでいる。昭和にできた古い団地だ。

「むかしは、子どももたくさんいたのよ」

絵くんのお母さんがいつか教えてくれたけれど、今は子どもはほとんどいなくて、そのかわり何人ものおばあさんが、手おし車をおして、団地の中の細い道をゆっくりと歩いている。

給水とうの下の地面に、あたしはしゃがんだ。それから、そこにある石をどけてみた。

20 15

小さな虫がぞろぞろ石の下から出てきた。

「何してるの」

声が上からふってきた。絵くんだった。

絵くんは、いつもとちょっとちがう感じがした。

「ズボンが、長い」

あたしは小さくさけんだ。

「おどろくことか、それ」

だって、絵くんはいつもひざまでのぶかぶかしたズボンをはいて、首のところがぴらぴら広がった三種類くらいのTシャツをこうたいに着ていると決まっている。かっこいいのと、よれよれしてるのの、ちょうどまんなかへんの感じだ。ところが今日は、ぴんとした長いジーンズに、よこじまの、これもいつもよりずっとぴんとしたシャツを着ている。

「とうさんに会いに行くんだ」

絵くんは言った。

「おしゃれするんだ、会いに行く時は」

「きちんとしてないと、とうさんがかあさんのことぶつぶつ言うから」

「どこでお父さんと会うの」

「すぐそこのファミレス」

ファミレスなら、めざし食べなくていいし。絵くんは続けた。あたしは、じっと絵くんをながめた。しゃがんだところから見上げると、絵くんは大きくてりっぱだった。あたしは、自分が石のうらにいる虫みたいだなと思った。べつに、けんそんしているわけじゃなかったけれど。石のうらにいる虫だって、人間と同じでりっぱな生きものなんだし。でも、今あたしが絵くんにふみつぶされたら、ひとたまりもないような気がした。

「泣いてたの？」

絵くんが聞いた。どうしてわかったのかと、びっくりした。

「だって、顔がよごれてる」

「うん、泣いてた」

泣いていなかったとうそをつこうかと思ったけれど、今はべつに大事な時じゃないから、つかないことにしたのだ。

「いっしょに、行く？」

絵くんは聞いた。

「どこに?」

「ファミレス」

行っていいの。あたしは小さな声で聞いた。いいよ。絵くんも、小さな声で答えた。


絵くんのお父さんは、ノートパソコンを開いてむずかしい顔をしていた。絵くんとあたしが近くまで行っても、顔をあげなかった。

「とうさん」

絵くんが声をかけて、はじめてお父さんは顔をあげた。あたしを見て、絵くんのお父さんはちょっと首をかしげた。

「こんにちは」

あたしはあいさつをした。ひとまず大きな声であいさつしておけば、大人は安心する。というのは、お父さんに教わったことだ。お父さんはあんまり家にいないけれど、生きていくために役に立つことを、たまに教えてくれる。

「こんにちは」

絵くんのお父さんは、あたしをじろじろ見ながら、返した。

「友だちの、りら」

絵くんは、ぼそっと言った。

「りらちゃん。名字は？」

「仄田（ほのだ）です」

絵くんのお父さんは、さっきよりもっと、あたしのことをじろじろ見た。引く3。あたしは心の中で、かぞえた。人を数にあてはめることは、めったにない。人のどの部分が足すで、どの部分が引くなのか、考えるのはとてもむずかしいからだ。人は、言葉と同じで、きちんと決まっていない。

あたしはむっつりしていた。絵くんはかまわず、お父さんの向かいがわにすわった。あたしも絵くんのとなりにすわる。

「りらちゃんも、何か食べる？」

絵くんのお父さんは、少しやさしい声で聞いた。あたしがむっつりしたのが、わかったらしい。足す3。合計0。あたしは心の中でかぞえる。

お父さんはコーヒー、絵くんはチョコパフェをたのんだ。あたしは、いいです、と一回ことわったけれど、お店の人が「にんずうぶんたのんでください」と言ったので、ドリンクバーにしてもらった。

絵くんはすぐにチョコパフェを食べてしまった。お父さんはパソコンをにらみながら、あいまに、あたしと絵くんとコーヒーをかわりばんこにじろじろ見た。じろじろ見るのがくせの人なのかもしれない。

「りら、早く飲めよ」

絵くんは、半分もへっていないあたしのオレンジジュースのコップを指でさわった。あげる。あたしが言うと、絵くんはすぐに飲みほし、ドリンクバーのほうへ歩いていった。

「絵の友だちなんですか」

お父さんが聞いた。さっき絵くんが、友だちだってしょうかいしたのに、聞いてなかったのかな。思いながら、あたしは、

「はい、すごく友だちです」

と答えた。

「絵は、なんにもしゃべってくれなくて」

お父さんは言った。

「めざしが、好きなんですか」

あたしは聞いてみた。お父さんは、びっくりしたような顔であたしをまたじろじろ見た。

「めざし？」

「絵くんといっしょに食べたって聞きました」

そうだったかな、そういえば、ずいぶん前に食べたかもしれないな。お父さんはつぶやいた。メロンソーダを持った絵くんが帰ってきた。ずるずる音をたてて、絵くんはソーダを飲んだ。

「学校は、どう？」

お父さんが聞いた。絵くんは、うん、楽しいよ、と答えた。かあさんは、元気か。うん、元気だよ。怜子さんは。うん、元気だよ。成績は。うん、いいよ。何かほしいものはあるか。うん、カードがほしいよ。

絵くんはすらすら答えた。そうか、こうやってうそをつくんだ。あたしは感心した。絵くんはカードにはきょうみないって、前に言っていた。せいせきだって、「いい」っていうのとはちがう。「ふつう」だ。あたしは絵くんの通知表をいつも見せてもらうから、知っている。通知表の数字を、絵くんはぜんぜん気にしていない。3も1も、どっちもいいじゃん。そんなふうに言って、二年生の時あたしが3ばっかりのことをじまんしたら、わらったのだ。その時から、あたしも通知表の数字はまあ、3でも2でも1でもなんでもいいのかなと思うようになった。それから、学校が「楽しい」っていうのも、きっとうそだ。楽しくない、というんじゃないけど、楽しい、という言葉はちがう。学校は、楽しいと楽しくないが、とろとろになってまざっている場所だ。

「お父さんは、お金持ちなんですか」

お父さんの絵くんへのしつもんが終わったので、こんどはあたしがしつもんした。お父さんは、またあたしをじろじろ見た。

「どうしてそんなことを聞くの」

「お金持ちって、どんな気持ちなのか、知りたいからです」

「わたしはお金持ちじゃないですよ」

お父さんは、少しふきげんな声で答えた。あっ、今あたし、お父さんの心の中で、引く5くらいだった。びんびんに感じた。時計を見ると、ファミレスに来てから、いつのまにか二時間たっていた。帰ります。あたしは言い、席を立った。

今日のいいカラスは、足す5。悪いカラスは、引く5。朝、そう決めた。たまに、こういう少し大きめの数字を使いたくなることがある。きのう絵くんのお父さんに会ったからかもしれない。でも、そのことは日記には書いていない。

めずらしく、朝お父さんがいた。

「りら、こっちおいで」

お父さんは言った。あたしはテーブルのお父さんのとなりにすわった。ひいおばあちゃんがお父さんに、

「鷹彦（たかひこ）や、ちゃんとカーディガン着てるかい」

と聞いた。ひいおばあちゃんは、あちらの世界に近くなってからも、いつもお父さんのことを心配している。お父さんは、うんうん、とうなずいて、目玉焼きをごはんの上にのせた。

「久しぶりだな、りらの顔を見るのは」

「あたしもお父さんの顔見るの、ひさしぶり」

「お父さんは、大きくなったか？」

「なっていない。あたしは？」

「前会った時の3倍くらいになったな」

「ううん、たぶん、1・1倍にもなってない」

あたしは、小数点のわり算はもうできるのだ。三年生になったばかりの時に、お父さんが教えてくれたから。

「このごろのカラスは、どうだ」

「きのうは、7だった」

「今日は、どうだろうね」

「50くらいかもしれない」

ふうん、とお父さんは言った。じゃあ、今日は大きい数字なんだね、5とか、10とか。

うんそうなの、お父さんはよくわかるのね。あたしはうれしくなった。

お母さんが、またこまったような顔をしている。あたしとお父さんがしゃべっていることが、わけのわからないみょうなことだと心配しているにちがいない。

「りらは、生きてるのは、楽しい？」

お父さんが聞いた。なんだか、絵くんのお父さんみたいなしつもんをするなと、あたしは思った。しばらく、あたしは考えた。

「楽しいことだけじゃないけど、楽しいことが足す1で楽しくないことが引く1だとすると、0引くには、ならないと思う」

「じゃあ、いくつくらいになるの？」

またあたしはしばらく、考えた。

「17くらいかな」

「17か。なかなかいい数字だな」

「お父さんは」

「ときどき、0引くになるけど、まあ、このごろは13くらいかな」

さあ早く食べなさい。お母さんが言う。あたしはお父さんのまねをして、目玉焼きをごはんの上にのせた。黄身がごはんの白にしみて、きれいだった。お父さんが、あたしの頭をくしゃくしゃなでた。黄身におしょうゆをかけてごはんとまぜて食べると、いつもより楽にごはんを食べきれた。生きてることは、17じゃなくて、20くらいの楽しさかもしれないなと、心の中で思った。でもそのことは、日記には書かない。それはきっと、通知表の数字と同じで、どっちでもいいことだから。なんといっても、カラスの鳴き声ほどちゃんと決まってぴしっとした数字は、この世界には、なかなかみつからない。

ビゼンクラゲは大型クラゲ

どうして大人は、オムライスさえ作っておけば子どもがよろこぶって思っているんだろう。

もちろんぼくは、オムライスがきらいってわけじゃあない。でも、オムライスがものすごく好きっていうわけでもないのだ。だから、学校の帰りに、ぼくはりらに聞いてみたのだ。

「オムライスって、どう思う?」

りらはしばらくの間、じっと考えていた。大きなちょうちょが、りらのすぐ横を飛んでいく。りらは急にランドセルを下ろし、ものすごいはやさで、中からうすいタオルを取りだした。それから、両手でタオルの両方のはしっこを持ち、ちょうちょにタオルをかぶせた。そのままタオルをふわりとまるめたまま、りらは、

「やった」

と、小さな声で言った。

タオルを開き、りらは中にとじこめられたちょうちょを、指でやわらかくつまんだ。はねをたたんだ形になったちょうちょは、まっ黒だった。

「カラスアゲハ」

りらは、今度はうれしそうに言い、ちょっといばったような顔になった。

「カラスアゲハなんて、どうでもいいから、オムライスのこと、答えてよ」

ぼくが言うと、りらはきょとんとした。たぶん、ぼくのしつもんのことなんて、すっかりわすれているのだ。

りらは、カラスアゲハのおなかとはねとしょっかくと細くて小さい足を、じいっと見つめている。こうなったら、何を話しかけても、しばらくは答えがないことはよく知っている。ぼくもランドセルを地面に下ろし、中から電子辞書を取りだした。ぼくは、電子辞書を読むのが好きなのだ。電子辞書をプレゼントしてくれたのが、中務(なかつかさ)さんだということが、ちょっとしゃくだけど。

たぶん、三十分くらい、りらはカラスアゲハをかんさつしていた。そのあいだ、ぼくは電子辞書で、「ビジネスクラス」と「じっぱひとからげ」と「なまめかしい」の意味を調べて、おぼえこんだ。

最後に、りらはカラスアゲハを放してやった。カラスアゲハは、ふらふらと地面の近くを飛んでいく。

「つかれたんだよ、アゲハ」

ぼくが言うと、りらはびっくりしたように、ぼくの顔を見た。

「なんだ、まだいたんだ、絵くん」

くやしかったので、

「りらなんて、一生なまめかしい女にはなれないぜ」

と、言ってやった。


なまめかしい、という言葉は、中務さんから聞いた。いっしょにテレビを見ていたら、新体そうの大会をやっていたのだ。

「このおねえさん、なまめかしい動きかたするなあ」

中務さんは、口を半開きにして言った。ばかみたいな顔だったので、ぼくはむっとした。中務さんが、りこうみたいな顔をしても、ばかみたいな顔をしても、ぼくはいつもむっとしてしまう。ふつうの顔の時だって、少しだけはむっとするので、つまりぼくは中務さんが苦手なのだ。

中務さんは、かあさんのボーイフレンドだ。三か月前に、しょうかいされた。はじめて中務さんに会ったのは、うなぎ屋だった。

「母親の彼氏と子どもが引き合わされるのは、うなぎ屋だって、昔から決まってるのよ」

と、かあさんは言っていたけれど、さっぱり意味がわからない。この前怜子さん——かあさんのかあさんで、ふつうなら「おばあちゃん」とよぶところなのだけれど、怜子さんは「おばあちゃん」だの「ばーば」だのというよばれかたは、「金輪際」されたくないって、ぼくが小学生になった時にせんげんしたので、「怜子さん」とぼくはよぶ。ちなみに、「金輪際」という言葉は、つい最近電子辞書で調べておぼえた——に聞いてみたら、わらっていた。

「あら、さよったら、まだあの時のこと、恨みに思ってるのね」

おおむかし怜子さんは、まだ小さかったかあさんと自分のボーイフレンドを、うなぎ屋で引き合わせたのだそうだ。

「さよったら、結局自分だってあたしとおんなじように離婚して、しばらくたったら、ちらほらボーイフレンドなんかもつくることになるくせして、あの時は嫌そうにしてたもんだわよ」

かあさんの名前が「さよ」だということを、ぼくはもちろん知っているけれど、こうやって怜子さんの話の中に、むかしの「さよ」のことが出てくると、いつもふしぎな気持ちになる。

「怜子さんのボーイフレンドは、今どうしてるの」

ぼくは聞いてみた。

「元気にしてる人もいるし、死んじゃった人もいるわ」

「ふうん」

「今も、二人くらいはいるのよ、ボーイフレンド」

「そういえば、かあさんは、なまめかしくないの？」

この時は、まだぼくは「なまめかしい」の意味を知らなかった。中務さんは、新体そうのテレビを見ながら、――絵くんのおかあさんは、ちっともなまめかしくないよなあ――と、楽しそうに言ったので、ぼくはちょっとだけこんらんしてしまったのだ。なまめかしい、って、いいことなの？　それとも、だめなことなの？

「あはは、なにそれ」

怜子さんは大わらいし、かあさんがなまめかしくない話は、それきりになったのだった。

「オムライスって、あたし、少し、苦手です」

りらは言った。

ようやくカラスアゲハのかんさつが終わり、りらはこっちの世界にもどってきたのだ。こっちの世界って、なにそれ。りらはいつも首をかしげるけど、いったん何かにむちゅうになったりらは、ちがう世界に行っているのだと、ぼくは思う。

「ぼくは、苦手ってほどじゃないんだけど、でも」

「オムライスの、ケチャップが苦手です」

まだこっちの世界にもどってきてすぐなので、りらは、ですます言葉でしゃべっている。ほんと、変わったやつ。でも、そういうところ、ぼくはきらいじゃない。

「ケチャップが苦手なの？　ケチャップは、おいしいじゃん」

「でも、ハートの形とか、名前とかをケチャップでオムライスの上に書かれると、あたし、なぜだかわからないけど、なんだかむっとする」

「だよな！」

むっとする、というりらの言葉に、ぼくは思わず大きな声をだした。そうだ。中務さんの作るオムライスには、いつもケチャップの絵や文字がでかでかとのっていて、それでなくてもむっとする中務さんに対して、ますますむっとしてしまうのだ。ケチャップは、好きなのに。

「オムライスを作るのは、絵くんのお母さん？」

りらは聞いた。なんだ、あっちの世界に行ってきたばかりなのに、へんにするどいやつだな。

「ちがう。中務さん」

「なかつかささん？」

「うん、かあさんのボーイフレンド」

お母さんにボーイフレンドがいるなんてすごくめずらしい、と、りらが言うので、ぼくは中務さんが家に来る時にりらを呼ぶことにした。

土曜日のお昼に、いつも中務さんはやってくる。会社づとめだから、土曜日と日曜日しか時間がないんだ。日曜日は、絵くんのおかあさんとデートの日。土曜日は、絵くんとデートの日。そんなふうに、中務さんは言う。

「でも、土曜日、家の中には、絵くんのお母さんもいるんでしょ？　じゃあ、デートとは、ちがうよね」

というまっとうなことを、りらは言ってくれた。とはいえ、かあさんは日中はいつも「かあさんの部屋」という、四じょう半のたたみの部屋にひっこんで仕事をしているから、リビングにはぼくと中務さんしかいない。つまりやっぱりこれは「デート」なんじゃないかと、ぼくはおそれている。

「デートって、あいしあってる人どうしがすることだよ。絵くんは、その、なかつかささんと、あいしあってるの？」

「ううん」

いそいでぼくは答えた。あいしあってるのは、かあさんと中務さんだ。でも、かあさんはほんとうに中務さんのことをあいしてるんだろうか。ぼくには、よくわからない。だってかあさんはいつか、りこんしたとうさんのことを、

「へんな人なのよね、あの人は。だから、離婚したのかもしれない」

と言ってた。そして、中務さんのことも、「へんな人」だと、よく言う。同じような「へんな人」を、あいせるものなのだろうか？

「ね、なかつかささんは、絵くんちで、いつも何するの」

団地のぼくの家まで来るとちゅうで、りらは聞いた。

「中務さんは、料理を作るのが好きなんだ」

「へえ、そうなんだ」

りらの顔が、ちょっとたいらになった。そういえば、りらはとっても小食だ。きゅうしょくも残してしまうし、ぽっちりしか食べないからか、うでや足がとっても細い。もっと太らないとだめよって、いつもお母さんにうるさく言われているそうだ。そんなこと、自分でどうにかできることじゃないのに、ってぼくが言ったら、りらは大きくうなずいていた。

「りらは、食べものでは、何が好き?」

「うーん」

しばらく、りらは考えていた。やがて、そっと答えた。

「クラゲ」


中務さんは、まだ来ていなかった。いつもなら十一時にはスーパーの大きなふくろをかかえてやってくるのに、もう十一時半だ。

「あたしが来るから、きんちょうしたのかな」

りらが言う。

「きんちょう?」

「うん、きんちょうすると、あたし、いつもにげたくなる」

「そうか、中務さんは、にげたのか」

それならどんどんにげだしてほしいと思ったとたんに、ピンポンが鳴った。げんかんのドアについている小さなレンズごしに見ると、なんだ、中務さんはにげてくれてなくて、いつものよりもっと大きなスーパーのふくろをさげて、立っていた。

「今日は絵くんのお友だちもいるから、みんなで料理しようよ」

そう言いながら、中務さんはスーパーのふくろから大きな箱を取りだした。

「そこの君、箱開けて、なかみを出して」

中務さんは、りらに言った。

「そこの君、じゃなくて、仄田りらです」

りらは、はっきりと言った。どうやらりらは、中務さんに対してはきんちょうしていないらしい。

「ごめんごめん、りらくん、なかみ出しておいて」

中務さんは軽くあやまりながら、もう一つのスーパーのふくろから山いもや小麦粉、ぶた肉やえび、ソースにあげ玉をどんどん取りだした。

「肉とえびは、冷蔵庫に入れといて。あとは食卓に」

ぼくはだまって肉とえびをれいぞうこに入れた。りらも、だまったまま箱から大きな器具をひっぱりだしている。

「それ、ホットプレート。便利だから、買っちゃった。焼き肉も簡単にできるし、料理が不得意な絵くんのおかあさんも、きっと助かるよ」

中務さんのその言葉に、ぼくはまた、むっとする。そりゃあ、かあさんはいそがしいので、こった料理は作らない、それに、まとめて作ったものを三日か四日ずっと出し続けるけど、べつに料理が苦手なわけじゃない。グラタンだって作るし、オックステールのシチューだって作る。どっちも、年にいっぺんくらいだけど。それなのに、かあさんはいつも中務さんに向かって、

「あら、中務さんて、ほんとうにお料理が上手。嬉しいわ」

などと言うのだ。いつかかあさんに、どうして中務さんの料理をそんなにほめるのか聞いたら、かあさんは目をくりくりさせて、

「ほめて育ててるの」

と言っていた。

今日はお好み焼きだぞ、と中務さんは言った。実は、お好み焼きというものを、ぼくはまだ一度も食べたことがない。だいたい、かあさんがいつも作る料理は、きんぴらご

ぼうとか、ひじきとか、魚を焼いたのとか、肉をフライパンでただじゅうじゅう焼いたのとかで、怜子さんに言わせれば、「どっかのおばあちゃんが作りそうなもの」ばかりなのだ。「でも、それをさよに教えたのは、あたしなんだけどね」と怜子さんは続け、ちょっとだけ満足そうな顔をする。

「あたし、お好み焼きって、あんまり好きじゃないです」

りらが言った。

「へえ、どうしてりらくんはお好み焼きが好きじゃないの」

キャベツをまな板でとんとん刻みながら、中務さんが聞く。

「甘いソースと青のりが、いやです」

「じゃあ、どっちもかけなきゃいいよ」

「かけなくて、いいんですか？」

ふしぎそうに、りらは聞き返した。

「そりゃそうだよ。りらくんの家では、お好み焼きには青のりと甘いソースが、必ずかかってるの？」

「はい。お母さんがフライパンで作って、お皿にのって出てきます」

「じゃあ、今日は違う作り方をしよう。ほら、ホットプレートのスイッチ、入れて」

りらは、おそるおそるホットプレートのスイッチを入れた。しばらくたつと、ジー、という音がして、プレートが熱くなってきた。

お好み焼きは、大せいこうだった。りらはいつもの二倍以上も食べたし、かあさんもごきげんだったし、中務さんは最後のあらいものまでしっかりやってくれた。

りらは、よっぽどお好み焼きが気に入ったようだった。特に、焼けてきたお好み焼きをへらでくるりとひっくり返すのを、あきずにやっていた。りらがよろこぶので、中務さんは小さなお好み焼きをいくつも作っては、全部りらにひっくり返させたのだ。

「今日は、ありがとう」

夕方、りらはそう言って帰っていった。中務さんも、りらといっしょに帰っていった。

「今日は食べすぎたー」とかあさんが言ったので。夕飯は卵かけごはんに決まった。うちの卵かけごはんは、オクラのきざんだのと、しらすぼしと、かあさんとぼくとで大きなうめぼしを半分こしたのが、入る。

「野菜もちゃんととれるから、これは完全食」

かあさんは、きっぱりと言う。

八時ごろに、かあさんと二人で、卵かけごはんを静かに食べた。

「ねえ」

かあさんが、言った。

「なに?」

「中務さんのこと、もしかして、あんまり好きじゃない?」

「うん」

ぼくは、正直に答えた。

「そうか」

「そうか、って?」

「うーん、絵が中務さんがあんまり好きじゃないんだっていうことがわかったよ、っていう意味」

「中務さんと、もう会わない?」

「……ううん、会う」

「……会うんだ」

「でも、絵が彼のこと好きじゃないんなら、土曜日にはもう来ないでもらうことにする」

えっ、とぼくは思った。中務さんには、しょっちゅうむっとするけど、でも、中務さんがかあさんとだけ「デート」するのも、なんだかいやだった。ぼくがかあさんと中務さんの間にまるでいなくなって、二人きりばかりで会うのは、あぶない感じがする。

何と言っていいのかわからなくて、ぼくはだまって卵かけごはんを食べつづけた。

しばらくして、かあさんがぽつりと言った。

「とうさんとは、今月はもう会ったんだっけ」

「まだ」

「いつ会うの?」

「電話が来ないから、よくわからない」

「絵も、大変ね、いろいろ」

大変ね、という、かあさんの言葉が、人ごとみたいで、腹がたった。

「なんでうちは、みんなのうちみたいじゃないの?」

このしつもんは、かあさんがすごくいやがるしつもんだ。「みんなといっしょ」ということを、かあさんも、ついでに言えば怜子さんも、ぜんぜん大切なことではないと思っている。

「なんででしょうね」

軽く、かあさんは答えた。ぼくのしつもんをむしするつもりなのだ。でもまあ、ぼくのほうだって、イヤミのつもりで聞いてるので、どっちもどっちだ。

卵かけごはんは、おいしかった。おなかも、いっぱいになった。デザートに、中務さんの持ってきたぶどうゼリーを食べた。

「ねえ、クラゲって、食べられるの？」

「クラゲ？」

かあさんは、びっくりしたように聞き返した。

「りらが、クラゲが好きなんだって」

「ああ、それ、きっと中華料理の前菜とかに出てくるクラゲね。食べられるわよ。りらちゃん、渋いわね」

クラゲは、水族館で見たことがある。ふわふわすけているあのクラゲが食べられるなんて、ぼくは今まで知らなかった。


次の週の土曜日、中務さんは家に来なかった。

家の中がいつもよりせまい感じがして、へんな気持ちだった。人が多いほうが、家の中はせまい感じになるはずなのに、ぎゃくだなんて。

かあさんは、いつものように「かあさんの部屋」にこもって、仕事をしている。かあさんの仕事は、本を書くことだ。ときどき、学校の図書室でかあさんの本を読んでいる子がいると、ぼくはあせる。少しだけじまんな気持ちにもなるけれど、ぼくはかあさんの本は読んだことがないので、かんそうを聞かれたらこまるからだ。

ほんとうは、一冊だけかあさんの本をとちゅうまで読んだことがある。男の子が主人公のお話だった。男の子は、ちょっとだけぼくににていた。それでぼくは、はずかしくなって、やめてしまったのだ。かあさんはひそかにぼくのことを見ていて、お話の中に書くのかと思うと、ずるいという気もした。

「あら、あたしのお話の中の子は、絵よりもずっとかっこいいじゃない」

と、かあさんは言う。それは、そうだ。でも、ぼくをずっとかっこよくして、あっちとこっちを少し変えて、あとは塩をひとふりくらいすると、お話の中の子どもになるような気もするのだ。そういうのは、やっぱりなんだか、はずかしい。でも、ぼくはかあさんがお話を書いてかせいだお金できゅうしょくひを出してもらったり服を買ってもらったりしているので、文句は言えない。

三時のおやつの時間になったら、かあさんが部屋から出てきた。

「つまんないなあ、ごはん作ってくれる人がいないと」

お茶を飲みながら、かあさんはぶつくさ言った。

「べつに、中務さんが来てもかまわないよ、ぼくは」

「うん。でもまあ、襖(ふすま)の向こうの緊張状態が、仕事の間も気になるから、いいや」

「ぼくは中務さんとけんかとか、してないよ」

「喧嘩できれば、簡単なのよ」

かあさんとぼくは、ぶどうゼリーを食べた。これが最後のぶどうゼリーだ。

「明日は、どこでデートするの」

ぼくは聞いてみた。べつに知りたくはなかったけれど。

「映画見てくる」

「何のえいが」

「アクションもの」

あいしあっている人たちは、れんあいえいがを見るんだって。いつかりらが言っていた。りらのお母さんとお父さんは、けっこんする前、いつもれんあいえいがをデートの時見ていたのだそうだ。

「お父さんに、れんあいえいがは好きだった？ って聞いたら、えいがのすじよりも、出てくる動物や虫をじっと見ていたから、たいくつはしなかったって、言ってた」

りらは、そう続けたんだった。

「れんあいえいがは見ないの?」

ぼくはかあさんに聞いた。

「恋愛は、いいや、もう」

「え、中務さんとは、れんあいしてるんじゃないの?」

「ちょっと違う。友愛、な感じ」

かあさんの言葉は、ぼくにはよくわからなかった。ぶどうゼリーは、甘くてすっぱくて、おいしかった。中務さんとかあさんのことはわからないけれど、りらのお母さんとお父さんはれんあいをしたみたいだし、きっとかあさんととうさんも、れんあいをしたのだ。ぼくも今に、れんあいをしなければならないのだろうか。頭がくらくらする。

「クラゲ、食べてみたいな」

ぼくは言った。かあさんは、うん、と答えた。


クラゲは、こりこりしていた。きゅうりといっしょにあえたクラゲは、すっぱくて、少しあまくて、ごま油の味がした。

「作り方、中務さんに教わったのよ」

と、かあさんは言った。そんなこと、ぼくに言わなくてもいいのにと思ったけれど、クラゲはおいしかったので、まあいいことにした。

クラゲがこりこりしていたことをりらにほうこくしたら、りらは重々しくうなずいた。

「あれは、ビゼンクラゲなの。とっても大きくて、岡山県のへんの海に住んでるクラゲ」

そう教えてくれて、次の日には図かんまで持ってきてビゼンクラゲの写真を見せてくれた。ビゼンクラゲのかさは、巨大なマッシュルームみたいな形をしていた。そして、じょうぶそうな足で海の中を泳いでいた。いつか水族館で見た、小さくてふわふわただよっているクラゲとは、ずいぶんちがう感じがした。

「大がたのクラゲは、水族館ではまだうまくしいくできないんだよ」

りらは言った。なんでこいつは、こういうことにやたらくわしいんだろう。

「ねえ。なかつかささん、また絵くんちに来る?」

りらは聞いた。

「もう二か月くらい来てない」

「お好み焼き、おいしかったなあ」

「会いたいの? 中務さんに」

「うーん、どっちでもいいけど、お好み焼きは、また作りたい」

それで、ぼくとりらは、土曜日のお昼に、ホットプレートでお好み焼きを二人で作ってみることにした。かあさんが少し手伝ってくれて、けっこううまくいった。りらは、青のりと甘いソースなしの、ウスターソースとマヨネーズをたっぷりのせたお好み焼きを三つ、ぼくは甘いソースとマヨネーズとケチャップをたっぷりのせたお好み焼きを、五つ食べた。

「よく食べるわね」

かあさんは、感心した。一つが小さいから食べられるんです。りらは言って、ふくれたおなかをぽんとたたいてみせた。

「絵くんは、なかつかささんがオムライスにケチャップで絵を書くことがいやみたいなんです」

りらは、かあさんに言っている。

「ケチャップの絵がいやなのは、りらだろう」

「うん、そう。でも、絵くんも、ちょっといやみたいです。少しならいいのかもしれないけど」

「よけいなこと、言わないで」

あわてて、ぼくはりらを止めた。かあさんは、それいじょう何も言ってこなかった。

どうしておなかがいっぱいになると、ねむくなるんだろうと思いながら、ぼくはりらといっしょにおさらをあらった。あらい終わってふきんでふいていると、かあさんがうしろからやってきた。そして、とつぜんぼくとりらをだきしめた。

「何するの」

ぼくはふりはらおうとしたけど——だって、はずかしいし——かあさんはかまわず、だきしめつづけた。

夕飯はまた、卵かけごはんだった。今度、日曜日に中務さんとかあさんとぼくと三人でデートしようと、かあさんは言った。水族館にクラゲを見に行こう、と。

「水族館にはビゼンクラゲがいないから、いいや。それより、中務さんは、また土曜日に来ればいいよ」

と答えたら、母さんはうなずいた。それから、

「サンキュー」

と言って、小さく手をふってみせた。

まったく大人ってやつは。ぼくは思う。子どもは、オムライスさえ作っておけば満足するわけじゃないってことを、きっとかあさんは知っているけれど、でもやっぱり、わかってない。ビゼンクラゲの、とってもどうもうな感じがするところが、ぼくは気にい

ってる。今度りらにたのんで、もう一度図かんを見せてもらおうと思いながら、ぼくは中務さんのばかみたいな顔とりこうそうな顔を思いうかべてみた。するといつもどおり、むっとした気持ちになったので、なんだかちょっと安心したのだった。

泣くのにいちばんいい時間

女の人が泣いている。

公園の、木立にかくれるようにおいてあるベンチにすわって、もう五分以上泣きつづけている。

あたしは公園の入り口のあたりから、女の人を見ている。公園には、あたしと女の人以外だれもいない。

あたしは少しこまっていた。だって、あたしもベンチにすわって、少し泣きたかったから。あのベンチは、あたしが泣く場所なのだ。でも、あたしよりも女の人のほうがずっとベンチが必要なんだって、なんとなくわかったから、こうやって順番をまっている。

地面を、何匹ものありが歩いていく。少し先の地面の、かわいたみみずをめざしているのだ。

まだ、泣いている。

ありがみみずを運んでいってしまってからも、女の人は泣きつづけていた。


「ふうん」

と絵くんは言ったけれど、うわのそらだった。このごろ絵くんは教室ではあたしといっしょにいたがらない。外でドッジボールをしたり、男の子たちどうしでぺちゃくちゃおしゃべりしたりしてばっかりいる。

「ねえ、どうしてあんなに泣いていたんだろう」

「そりゃ、泣く理由があったからでしょ」

というのが、絵くんのそっけない答えだった。

そりゃあそうだ。でも、あたしはその理由を絵くんといっしょに考えたいのだ。

「わかるわけ、ない」

またそっけなく、絵くんは言った。

「そうかなあ」

あたしは、今のところ五つ、女の人が泣いていた理由を考えついている。

一つ。しかられた。

二つ。なくしものをした。

三つ。いじめられた。

四つ。ものすごく悲しいお話を読んだ。

五つ。泣くのが気持ちいいので泣いている。

「絵くんは、この前いつ泣いた？」

「泣かないよ」

「去年の秋に、二回泣いてた」

絵くんが去年の秋に二回泣いたのは、どちらの時も南くんとけんかをしたからだ。南くんはとっても口げんかが上手なのだ。クラスのだれも南くんを言いまかすことはできない。たいがい南くんにいろんなことを言われて、くやしくて泣いて、それで終わりだ。すごい才能だと思う。あたしも南くんみたいな才能があったら、お母さんにおこられた時にも、うまく言い返せるのに。

絵くんもしゃべるのが上手だから、南くんと絵くんの口げんかは、もしかすると引き分けになるかと思っていたのだけれど、絵くんは二回とも負けてしまった。絵くんが流したなみだは、ほんのぽっちりだった。もっとせいだいに泣けばいいのにと思ったけれど、ほんとうに、ぽっちりだった。でも、すきとおってきれいななみだだった。はなもたれていなかった。あたしが泣く時は、いつもはながだらだらたれるので、かっこう悪い。お母さんにおこられて、泣くだけならいいのだけれど、はながたれてくると、とても情けない気持ちになる。せぼねがぐにゃぐにゃしてくるような気持ちだ。

「誇りを保てなくなるわけだね」

と、お父さんは言っていた。そんなに大げさなことじゃないのに、と最初は思ったけれど、でもそうなのかもしれない、とも思った。

「公園に、こんどいっしょに行ってみようよ」

絵くんをさそったけれど、絵くんは首を横にふった。

「泣いてる女は、苦手だ」

ふうん、と、あたしは言った。泣いてる女は、あたしはぜんぜん苦手じゃない。


女の人がすわっていたベンチで、あたしが泣く時は、たいがい理由の五、泣くと気持ちいいから泣く、だ。たとえば学校でいじめられた、とか、しかられた、とかいう理由ではない。

もちろん学校は、つかれる。でもそれは、いじめっ子がいるせいではない。クラスの女の子たちがときどきあたしの悪口を言っていることは、知っているけれど。

「仄田ってさ、いつも上からだよね」

「うけると思って、うけないことばっかり言ってる」

クラス全員ではないけれど、三人くらいの女の子たちが、あたしをいまいましく思っているのだ。

「いい子ぶりっこ」

上からだ、と言われるのは、その女の子たちとしゃべる時に、みんなが使うような言葉を使わないからだ。「むかつく」とか「やばい」とか、みんなはとっても上手にしゃべり言葉の中にまじらせるのだけれど、あたしはどうしてもそれがうまくいかない。まるでよその国の言葉のようで、自分も使ってみたいのだけれど、口にしようとすると、どもったりほっぺたがかっと熱くなったりしてしまう。

いい子ぶりっこ、というのは、あたしが忘れ物をしなくていつも宿題をきちっとやってくるからだ。先生にさされた時も、たいがいあっている。

「りらは、難しい子どもだけど、真面目だからえらいわ」

と、お母さんは言う。でも、まじめ、というのは、学校ではあんまり役に立たない。先生があたしのことをほめると、女の子たちは、くすくす笑う。あたしをばかにしているのだ。だけど、ばかにされることは、あたしはそれほどつらくない。

「人間は、ばかなものなんだよ。それが人間の、いいところ」

と、お父さんもいつか言っていたし。

うけないことばっかり言っている、というのは、お父さんのお古の「すべてシリーズ」に書いてあることを、つい口にしてしまったからだ。この前も、

「バクテリオファージって、なんか火星人みたいだな」

とひとりごとで言っていたのを、聞かれてしまった。バクテリオファージ、というのは、細菌に感せんするウイルスのことで、「バクテリオファージ」という名前をおぼえるのには、五分かかった。ファージには、ラムダくんとT４くんがいて、あたしはラムダくんのほうが好きだ。バクテリオファージ、という言葉を聞いた時の女の子たちの顔を、ときどき思いだす。いっしゅんおどろいて、それからすぐに目がおよいで、最後にはものすごくむっとした顔になった。ラムダくんとT４くんのことまで言っていたら、あの女の子たちはどんな顔になっただろう。そうぞうすると、胸がすかっとする。これは、ちょっといじわるな感じの「すかっと」だ。

そんなわけで、あたしはよく悪口を言われるのだけれど、それで泣きたくなったりはしない。泣くことは、ただ気持ちいいことなのだ。特に、公園のあのベンチで泣くのは、ほんとうに気分がいい。緑はこくて、小鳥は鳴いていて、よその人はだれもいない。

女の人は、また今日もベンチにすわっていた。今日は、泣いていない。あたしは、女

の人のとなりにすわった。

「あんた、だれ？」

と聞かれたので、仄田りらです、と答えた。

「あなたの名前は？」

あたしがそう聞き返すと、女の人はびっくりしたような顔になった。もしかして、あたしが質問もできないような小さな子どもだと思っていたのかもしれない。

「メイ」

女の人は小さな声で言った。

「みょうじは？」

「うるさいよ」

「あたしは自分の名前とみょうじを言いました。あなたも教えるのがすじじゃないでしょうか」

「すじ？」

女の人は、またびっくりした顔になった。

「マジ？」

女の人は続けてつぶやいた。いったいだれに向かってつぶやいているのだろう。自分にだろうか、それとも、空にういている、見えないだれかにだろうか。

「はい、まじめに聞いてます」

あたしたちはベンチに並んですわっている。女の人のとなりにすわる時、あたしはちょっとまよった。もし女の人が泣いていたら、えんりょしようと思っていた。でも、今日は泣いていないので、となりにすわってみたのだ。

「なにこの子。昭和のおばさん?」

女の人は、また(たぶんやっぱり空に向かって)つぶやいた。

「いいえ、二〇〇〇年生まれの満十さいです」

「やっぱりおばさんの言いかただ」

「どうしてこの前は泣いていたんですか」

なんだか話がかみあわないので、思いきっていちばん聞きたいことをたずねてみた。

「は?」

メイさんは、今までよりもっとびっくりした顔になった。それから、ぷいと顔をそむけた。

「気持ちいいからですか?」

「は?」

「いじめられたんですか?」

「は?」

「かなしいお話を読んだんですか?」

「は?」

「しかられた?」

「は?」

「なにかをなくした?」

メイさんは、最後の質問には、「は?」とは言わなかった。そむけていた顔をまっすぐ前にもどし、あたしをちらりと見て、

「うん、失恋した」

と、答えたのだった。


このごろあたしはしょっちゅうメイさんと会っている。

メイさんは十八さいで、大学一年生。しつれんした相手は、同級生の男の人。名前は、かい。

「あたしの友だちにも、かいくんという男の子がいます」

そう言うと、メイさんはいやそうな顔になった。

「その子、冷酷でしょ」

「れいこくじゃありません。このごろあんまりあたしの話を聞いてくれなくなったけど」

「ほら、やっぱり冷酷だ」

絵くんは、れいこくではない。あたしの話にきょうみがないだけだ。

「りらは、かいのことが好きなの？」

「もちろん好きです」

「じゃ、つきあってるんだ」

「つきあっていません」

「そんなら、片思い？」

「かたおもいでもありません」

「ね、タメ口でいいよ」

メイさんは言った。

「年上の人と対等なしゃべりかたをするのは、へたなんです」

あたしはそう答えた。

「堅苦しいんだね。緊張しちゃうよ、こっちまで」

メイさんのその言葉に、あたしは少しうなだれた。

「どしたの」

クラスのあの三人の女の子たちに悪口を言われるのも、あたしがこんなふうだからだということを思いだして、あたしはうなだれたのだけれど、うなだれたのはメイさんのせいではないことも言いたくて、あせった。

「そんなにいそがなくて、いいよ」

「は、はい」

「だから、あせらない、はい、深呼吸して」

すー、はー、と、あたしは息をする。

そうだ、と、あたしは思いつく。メイさんに、「マジ」や「チョー」の上手な使いかたを教えてもらおう。すー、はー。もう一度、しんこきゅうをした。しんこきゅうの時にはく息は、ふつうにはく息よりも、あたたかい。くちびるの下を通って、息は地面のほうへとおりていった。

久しぶりに、絵くんといっしょに帰った。

「絵くんは、男になりかけてるの？」

あたしは聞いてみた。

「男？」

絵くんは、びっくりしたような顔で聞き返した。

この前の日曜日に、ほうじがあったのだ。お母さんのおばあさん、つまりあたしのひいおばあさんの十三回忌なのだと、お父さんが教えてくれた。ほうじは、ときどきある。欅野区のお寺でする時と、千葉のお寺でする時があって、あたしは欅野区のかくよう寺のおぼうさんのほうが好きだ。千葉のお寺のおぼうさんは、いつもあたしの頭をなでる。子どもは頭をなでればいいと思っているのだ。あたしは、頭をなでられるのが、あんまり好きじゃない。

千葉のお寺でほうじをする時には、お母さんのしんせきが、たくさん集まる。お母さんには妹が二人いて、名前はさなえおばちゃんと、さつきおばちゃんだ。さなえおばちゃんはわらいじょうごで、さつきおばちゃんはあまりわらわないで、かわりに聞きたがりだ。

日曜日も、さつきおばちゃんは、あたしのことをたくさん聞きたがった。

学校は楽しい？　テレビは、どんなものを見るの？　お母さんは、やさしい？　いちばんなかのいい友だちは、だれ？

次々に聞くので、あたしは答えるのに少しつかれてしまった。どの質問も、ひとことではなかなか答えられないからだ。

学校は、楽しい時もあるし、楽しくない時もあります。

テレビは、動物と宇宙船と人体についての番組を見ます（バクテリオファージの番組があったら、それもきっと見ます、ということは、言わなかった）。

お母さんは、やさしいお母さんとやさしくないお母さんの両方がいて、どちらのお母さんになるか、お母さんもときどきまようみたいです。

あたしがこれだけのことを、つっかえながら言っている間、さつきおばちゃんは、あんまりおもしろくなさそうにしていたけれど、最後の「いちばん仲のいい友だちは、だれ？」と聞かれたことに、

「いちばんなかがいい、というのは、自分から見たいちばんですか、それとも相手から見たいちばんですか。あたしは絵くんがいちばんなかがいいと思っているけど、絵くんのいちばんは、今はよくわかりません。三年生の時は、絵くんのほうも、いちばんはあたしだったと思います」

と答えたら、とたんに目をかがやかせた。

「りらちゃんの初恋は、その、かいくん、なのね？」

「ちがいます」

あたしは答えた。でも、さつきおばちゃんはあたしの言葉なんか、聞いていなかった。聞きたがりのくせに、どうして人の言葉をちゃんと聞かないんだろう。

「はつこいではありませんし、このごろ絵くんはあたしとあんまり話をしてくれません」

「あらあ、その、かいくん、は、男になりかけてるのね。ますますいいじゃない」

さつきおばちゃんはそう言って、さなえおばちゃんと顔を見合わせ、うなずいた。

「あんまりりらのことをからかわないで。この子、真面目だから」

お母さんが、わって入ってきて言ったので、さつきおばちゃんは質問をやめ、さなえおばちゃんは大きな声でわらった。

「男になりかけって、それ、いったい何？」

絵くんは、少しだけふゆかいそうに聞き返した。

「この前、ほうじで会ったさつきおばちゃんが、そう言ってた」

「なんだよ、それ」

絵くんは、じろじろあたしの顔を見ている。じろじろ見られるのはあんまり好きじゃないけれど、話をしないよりは、ましだ。

「男になりかけると、男の子は女の子と話さなくなるんだって」

「ばかばかしい」

かたをすくめ、絵くんはあたしから顔をそらした。

「ね、ベンチで泣いてた女の人が、なぜ泣いてたのか、わかったよ」

あたしは話題を変えてみた。でも絵くんは、何も答えなかった。

「しつれんしたんだって」

「りらこそ、女みたいになってるぞ」

絵くんは、あたしの顔を、またじっと見た。今度は、「じろじろ」ではなく、「じっと」だったので、さっきほどはいやじゃなかった。

「しつれんって、どんな感じなのかな」

「知るわけない」

「しつれんは、いたいって、メイさんは言ってた」

「メイって名前なの?」

「うん」

「ま、りらに新しい友だちができたことは、よかったな」

絵くんがそう言ったので、あたしは少しおどろいた。メイさんは、あたしの友だちなのだろうか。

「れんあいの話をするくらいだから、友だちなんだろ」

「マジ?」

あたしは、言ってみた。この前メイさんに「マジ」の使いかたを、教えてもらったのだ。何回も、あたしはメイさんの前で「マジ?」とくり返して、練習してみた。家に帰ってからも、小さな声で、ずっと「マジ?」とくり返した。夕ごはんまでに、百回は言ってみた。つかれて食よくがなくなり、せっかくの夕ごはんのおさしみを残してしまった。

「マジ、って、りら、それマジ?」

絵くんは、あたしの「マジ」を聞いて、びっくりしたように、そう言った。絵くんの「マジ」は、あたしの「マジ」とちがって、とっても自然だった。

「うん、マジ」

もう一度、あたしは言ってみた。

「なんか、いつもより声が低くて、りら、こわい」

絵くんは言い、それから、じゃ、また、と言って走っていってしまった。

メイさんとお父さんが会ったのは、ぐうぜんだ。その日は月曜日で、ふだんならばあまり家にいないお父さんが、めずらしく早く大学から帰ってきたのだ。

「やあ、りら」

公園のいつものベンチにメイさんと並んですわっていたわたしに、お父さんはそう声をかけた。

「あ」

メイさんはこしを半分うかせ、お父さんを見ている。

「こんにちは。いや、こんばんは、かな」

お父さんは、メイさんに向かって、言った。

メイさんは、うかせかけたこしを、少しいやそうにだけれど、またおろした。お父さんは、立っている。なんだか落ち着かなくて、そうだ、こういう時はいちばん年下のあたしが立てばいいのだと思いつき、立ち上がった。

「すわって」

お父さんの手を引き、メイさんのとなりに連れていった。お父さんは、すなおにすわってくれた。

「はじめまして、りらの父です」

「あ」

さっきから、メイさんは「あ」しか言わない。もっと、マジ、とか、やばい、とかを、いつものようにすらすら使えばいいのにと、あたしは思う。

「メイさんです。いつもあたしと、しつれんの話をしてるの」

「失恋」

お父さんは、メイさんの顔をまじまじと見た。この前絵くんがあたしの顔を見たような感じで。

「ちょ」

メイさんは、あたしをにらみつけた。

「なんで親にぺらぺら喋（しゃべ）っちゃうのよ」

「え、だめなんですか」

「だめに決まってるじゃん」

「絵くんにも、言いました」

「はーっ、もう」

メイさんは、首をおって天をあおいだ。目を、しばしばさせている。メイさんの顔が、だれかににていると思った。だれだったたっけ。

「大丈夫ですよ」

お父さんが言った。

「妻には、話しませんから」

「妻ぁ？」

またメイさんは天をあおいだ。それからこしをうかし、まよってから、またすわった。

「ええ、妻と妻の妹たちは、そういった話に好奇心をいだく質（たち）なのです」

お父さんは、言った。

「好奇心」

「でも、りらやぼくは、恋愛には、少なくとも今までは、さして興味をいだいてこなかったので、ぶしつけな質問などをすることもないでしょうし」

「じゅうぶん失礼だって」

メイさんは、小声で言っている。

「いい宵（よい）ですね。なんだか、なつかしいような夕方だ。もうすぐ夜が来る、この時間が、ぼくは大好きなんですよ」

メイさんの言葉は耳にとどかなかったかのように、お父さんは一人でつぶやいた。いつものお父さんと、なんだかちがうお父さんみたいだった。

「おじさんは、恋愛に興味がないの？　それなら、どうして結婚したの？」

さっきまで少しおされていたメイさんが、今はこうげきにまわっている。さすがだ。

「見合い結婚でした」

「いくらお見合いでも、相手のことが好きじゃなきゃ、結婚しないでしょ」

「はい。好きで結婚しました」

「じゃあ、それは恋愛じゃん」

「好きになることがすなわち、恋愛ということなのでしょうか」

「だから、そのていねいな言葉づかい、やめて」

「それはなかなか難しいな」

「りらとおんなじで、もしかして小さいころから、そんな言葉づかいだったの？」

「ちがうような気がします」

「今までに、恋愛って、したことがあるの、おじさんは？」

「恋愛」

お父さんは、メイさんの言葉をくり返してみてから、だまった。空を見上げている。さっきまで夕焼けだったのが、今はもう暗くなっていて、そろそろ一番星が見えるころだ。

「恋愛すると、メイさんは、どうなりますか?」

「いてもたっても、いられなくなる」

「いてもたっても」

「うん。それで、相手がしあわせでいるかどうか、心配でたまらなくなる」

「しあわせかどうか」

「で、相手がしあわせなら、自分もしあわせになる」

「もしも、相手がしあわせでなかったら、どうなるんですか?」

「必死にがんばって、その人がしあわせになるようにする」

お父さんは、またメイさんの顔をまじまじと見た。それから、少しだけ首をかしげた。

メイさんがつめてくれたので、ベンチには今、お父さん、メイさん、あたしの順ですわっている。三人で並んで、あたしは夕方の空を見上げ、メイさんはなんだかぼんやりとした顔をし、お父さんはずっと首をかしげていた。

「どこかで以前に会ったこと、なかったかな」

しばらくみんなでだまっていたあとで、お父さんはメイさんにそう言った。

「その言葉って、ナンパの常套句だよ」

メイさんは答えた。

「常套句」

お父さんは、ぽかんとした。


家に帰ってからも、お父さんは考えこんでいた。

「りらは、メイさんに似た人を見たこと、ないか？」

おふろに入る前に、お父さんはあたしに聞いた。うん、さっきあたしも、メイさんににた人がいたって、思ってたの。そう言いかけて、でも、やめた。そのかわりに、あたしはメイさんの顔をそらで思いだしてみた。たしかに、だれかににている。あと少しで、思いだせそうなのに、どうしても出てこない。

「ふろ、一緒に入るか？」

お父さんが聞いたので、あたしはおどろいた。

「入らないよ」

「そうか？」

「だってあたし、もう大きいよ」

「小学校四年生は、大きいのか」

「うん」

「そういえば、そうかもしれないな」

お父さんのおふろは、短い。あたしも、短い。お母さんは長くて、おじいちゃんも長い。

おふろの中で、あたしはいつも五十数えるように言われている。

四十三まで数えたところで、わかった。

メイさんは、絵くんのお母さんに、ちょっとにているのだ。

ほかほかした体で、お父さんの「しょさい」に行った。「しょさい」と言っても、すごく小さい「しょさい」だ。わたしは、むかしお父さんが子どものころに使っていた部屋を使っているのだけれど、お父さんの「しょさい」は、わたしの部屋のすぐ横にたてましをした、へんな形をした二じょうくらいの広さのものだ。

「お父さんは、絵くんのお母さんに、会ったことはあったっけ」

「絵くんて?」

「鳴海(なるみ)絵くん」

「鳴海……」

お父さんは、目をつぶった。何かを思いだそうとするかのように。

「鳴海さよ」

突然、お父さんは言った。

「さよ？」

「小学校の時の、同級生だった」

「お父さんは、どこの小学校に通っていたの？」

「りらと同じ、欅野小学校だよ」

「じゃあ、その、さよさんも、欅野小学校？」

「うん」

「どんな子だったの？」

「よくは知らない。お父さんには、女の子の友だちがいなかったからな」

「男の子の友だちは、たくさんいたの？」

「いいや、全然」

「じゃ、あたしと同じだね。あんまり友だちがいないのは」

「……おまけに、恋愛もしたことがないしな……」

小さな声で、お父さんは言った。れんあいなんてしなくていいんだよと、あたしはお父さんをはげましたくなったけれど、ほんとうにそうなのかわからなかったので、だまっていた。

さよ。鳴海さよ。

あたしがつぶやいていたら、絵くんがこちらをふり向いた。

「なんで、よびつけにするんだよ」

「え?」

おどろいて、あたしは聞き返した。

「人のかあさんの名前を」

あたしは、もっとびっくりした。

「鳴海さよって、絵くんのお母さんなの?」

「知らなかったのか、何回もうちに来てて」

あたしは知らなかった。そもそも、お母さんやお父さんたちに名前があるということが、あたしはふしぎでしょうがない。たとえばお母さんには、「仄田さおり」という名前があることは、もちろん知ってるけれど、やっぱりあたしにとっては「仄田さおり」

じゃなくて「お母さん」だし、お父さんだってほんとうは「仄田鷹彦」なのだけれど、「お父さん」だ。

「りらはいろんなこと知ってるのに、ばかだなあ。父親や母親だって、むかしは子どもだったし、若い男や女だったんだぜ。最初からおじさんやおばさんだったわけじゃないし、だいいちおじいちゃんやおばあちゃんだって、むかしは若かったんだし。うちの怜子さんなんて、おばあちゃん、なんてよんだら、ものすごくおこる」

絵くんの言っていることは、たしかにわかる。むかしのお父さんとお母さんの写真も、見たことがある。お父さんは子どものころ、やたらに頭が大きくてひょろひょろしていたし、お母さんはよく日焼けしていて、たいがいの写真の中で、さなえおばちゃんとまだ赤んぼうのさつきおばちゃんと写っている。

「ねえ」

あたしは絵くんに聞いてみる。

「なんだよ」

「今おじさんだったりおばさんだったりする人たちも、若いころにはみんな、れんあいをしてたのかな？」

「してたんじゃない」

絵くんは、さらっと答えた。

「うちのかあさんなんて、今でもれんあいしてる。ほら、この前りらも会った、中務さん」

「あれは、れんあいじゃなくて、ゆうあいだって、絵くん言ってたじゃない」

「でもやっぱり、れんあいだと思う。かあさん、中務さんが家に来ると、すごくうれしそうだもん」

「じゃあ、鳴海さよさんは、なかつかささんが好きなんだ」

「うん、それは、かくじつ」

ふうん、と、あたしは思う。お父さんはお母さんが好きになって、お見合いでけっこんしたと言っていた。でも、それはれんあいじゃない、とも。

「好き」には、いろんな「好き」があるらしい。それじゃあ、あたしが絵くんを好きなのは、いったいどんな「好き」なんだろう。そして、絵くんがあたしを「好き」なのは？

「ね、こんど、鳴海さよさんと、仄田鷹彦さんを、会わせてみようよ」

「だれだ、その、仄田鷹彦って？」

「うちのお父さん」

「なんでうちのかあさんとりらのとうさんを会わせなきゃならないの?」

絵くんは、まゆをひそめた。

「ただでさえ、中務さんとか、月一回会わなきゃならないとうさんとか、ごたごたしてめんどくさいのに」

「そっか」

たしかに、あたしたちが大人のことをあれこれ考えてあげる必要は、ないのかもしれない。でも、お父さんが「鳴海さよ」さんのことを話す時の顔が、あたしは好きだったのだ。そこには、何かのひみつがあるような感じがした。それはきっと、バクテリオファージのひみつや、宇宙のひみつと、とても近いひみつだ。


「ねえ、メイさんは、もうれんあいは、しないんですか?」

この前、あたしは聞いてみた。

「してもいいけど、なんか、まだ時が満ちてない感じがする」

「時がみちる」

時がみちる、という言葉は、とてもきれいだなと、あたしは思った。波がみちてくるように、時が少しずつ少しずつうちよせてきて、足首までだった深さがひざくらいになり、どんどん深くなっていくのだ。

「時がみちてきたから、絵くんは男になっていってるのかな」

「やだあ、なんかそれ、いやらしい」

「男になるのは、いやらしいことなの？」

「うーん」

メイさんは、考えこんだ。

「そうじゃないね。男とか、女とか、ただの性別だもんね」

「うん。そして、バクテリオファージには、性別は、ないんだよ」

「りら、タメで話してるじゃん」

あたしは、はっとした。ほんとうだ。今あたし、メイさんにていねいな言葉を使っていない。

ついバクテリオファージのことを言ってしまって、あたしは少しひやりとしていたのだ。メイさんが、クラスの、あたしの悪口を言う女の子たちと同じように、あたしをへんな子だと思わなかったかどうか。それで、ていねいな言葉を使うことをわすれてしまったんだと思う。

「れんあいとか、男とか女とか、そういうの、いつになったら、あたしにわかるのかな」

「りらには、一生わかんないかも。あのお父さんの娘だし」

「そうかあ」

れんあいは、あたしにとって、バクテリオファージと同じくらいなぞのものだ。でもれんあいは、バクテリオファージほどは、あたしのきょうみをひかない。お父さんも、ずっとそうだったんだろうか。

そんなことを考えているうちに、あたしは急に泣きたくなった。だから、思いきって、泣きはじめてみた。

「え、どうしたの」

メイさんが、あせっている。

「何か、悪いこと言った?」

あたしは、答えなかった。そのかわりに、泣きながら、大きく口をあけて、わらってみせた。なみだは、あとからあとからせいだいに流れてくる。ものすごく、気持ちがよかった。お父さんは、夜になる前の時間が好きだと言っていたけれど、あたしは、まだ夕方にもならない、午後のこのうとうとするような時間のほうが好きだ。ベンチにすわって泣くのに、いちばんいい時間。

「理由は、ないの。ただ泣きたいから、泣いてる」

「なんだ、びっくりさせないでよ」

「ね、メイさんも、泣いてみて」

泣きつづけながら、あたしはたのんだ。

「じゃ、ためしに」

そう言って、メイさんも泣こうとしてくれた。でも、そうかんたんには、なみだは出ないみたいだった。

「だめだ」

「だめか」

「ま、少なくとも、失恋の痛手は、すっかり癒(い)えたってことだよね」

「マジ?」

あたしは言ってみた。低い、ちょっとこわい声だった。

「マジ」

メイさんの「マジ」は、明るくてふわふわした「マジ」だった。

しげった葉っぱごしに、日の光がさしている。ほっぺたのなみだは、光に当たってすぐにかわいていく。なみだとはなをいっぱい流しながら、あたしは思うぞんぶん、泣きつづけた。

ミジンコそのほか

ずっとふしぎに思っていることがある。

どうして世の中には男と女しかいないんだろう。人間だけじゃなくて、動物だって、オスとメスしかいない。三番めの、たとえばニスとかがいてもいいのに。

「ニスって、いい響きだね」

メイがそう言ったので、ぼくは少しいい気持ちになった。

「オスとメスがない動物も、いるよ」

と言ったのは、りら。

「そうなの?」

と、メイ。

「うん。ミジンコとか」

「ミジンコって、オスでもメスでもないの?」

「うーん、どちらかといえば、メスだけ、っていう感じなんだと思う」

「メスだけかよ」

ぼくがつまらなさそうに言うと、メイとりらは笑った。

「オスだけの方が、よかった?」

からかうような口ぶりで、メイが聞いた。

「……それは、やだな」

「でも、メスだけっていうのも、少し息づまるかもしれない」

と言ったのは、りら。りらが最近、クラスの女子三人から目のかたきにされていることには、ぼくも気がついていた。敵をつくることでなかよくする、っていうやり方の好きな女子たちだ。けど、りらはそれほど気にしていないみたいなので、ぼくはだまっている。

「ミジンコは、じゃあ、どうやって赤ちゃんを産むの?」

メイが聞いた。

「単性生しょくでふえる」

「単性生殖」

「オスとメスの生しょく細ぼうがくっつくんじゃなく、自分の細ぼうだけが分れつして、自分とまったく同じいでんしを持つ子どもができていくの」

「ふうん」

「でも、かんきょうが悪くなると、急にオスが出てきて、ふつうの動物みたいに、オスとメスの生しょく細ぼうをくっつけて、自分とはちがういでんしの子どもをつくるの」

「何それー」

メイがわらった。

「てことはつまり、緊急事態にならないと、オスは出現しないんだ」

「うん。もしもの時には、生物には、たようせいが必要だからって、お父さんが言ってた」

「多様性、ね」

メイが、感心している。大学生が、小学生の知識に感心するな、と、ぼくは思う。でも、りらはたしかにいろんなことを知っている。きんきゅうじたいにならないと、出てこないオス。ぼくはそういう時に急にオスとしてあらわれた自分のことを、そうぞうしてみる。

ちょっと、かっこいい？

いや、むしろ、よびつけられてのこのこ出てきた、まぬけ？

「うん、オスとメスしかいないのは、たしかにつまらないね」

メイが言っている。公園には、ぼくとりらとメイとはとがいて、よく晴れた春の日だ。


このごろ、ぼくはりらとあんまりいっしょに遊ばなくなった。

四年生っていうのは、微妙な時期なのよね。かあさんは言う。びみょう、っていう言葉を、かあさんはどういう意味で使っているんだろう。同じ言葉でも、怜子さんとかあさんとぼくとでは、少しずつちがう意味で使っている時がある。

ぼくは、全然「びみょう」な時期なんかではない。「びみょう」だから、りらとはなれているのではなくて、はなれていてもだいじょうぶだから、はなれているのだ。

だって、りらはいつも、一人でいても楽しそうだから。

ほんとうは、りらよりもぼくのほうが、一人でいるのがいやなのだ。友だちとボールをけったり、ちょっとしたけんかをしたり、なかなおりしたり、じょうだんを言いあったりして、はじめてぼくは「生きてる」って感じがする。

でも、りらはそういうことをしなくても、自分一人でいるだけで、平気で「生きてる」って感じているみたいなのだ。

そういうやつといっしょにいると、ちょっと、つらい。自分がへなへなしてるみたいで。

「へなへなの、どこがいけないの」

と、かあさんならば言うだろう。かあさんは、きびしい。へなへなを許してくれるんだから、ちっともきびしくなんかなくて、むしろやさしいんじゃないかって、人は言うかもしれない。

でも、そうじゃない。

ぼくは、かあさんのようには強くないのだ。かあさんとりらは、少しにている。強いところが。いつか、風にしなうやなぎの木のほうが、風に向かって堂々と立っている太い木よりも強いことを、道徳の時間に教わった。なんか、へりくつのようにも思えたけど、もしかするとりらもかあさんも、やなぎの木の仲間なのかもしれないと、ある日思いついた。

ずるい。

というのが、その時のぼくの正直な気持ちだった。

りらとかあさんは、女だから、やなぎみたいなんだろうかとも、思った。

でも、ちがう。だって、かあさんのお母さん、つまりぼくのおばあちゃんの怜子さんは、あんまりやなぎじゃない。どちらかといえば、強風に向かって体をはって、すぐにぽきんと折れちゃいそうな感じだ。本人に言ったら、おこるだろうけど。

りらがメイをしょうかいしてくれてから、ぼくはまたりらとしゃべるようになった。メイは、やなぎの仲間じゃない。じゃあ、太い木なのかといえば、それもちがうような気がする。

メイは、植物じゃなくて、動物だ。ハムスターとか、フェレットのような。

最初のうち、ぼくはりらとメイのおしゃべりが、それほどおもしろくなかった。メイはすぐにれんあいみたいな話をしたがるのに、りらのほうは「すべてシリーズ」にのっているような話ばっかりして、ぜんぜんかみあっていないからだ。

「すべてシリーズ」は、りらのお父さんが子どものころから大好きだったという科学の本で、さっきりらが教えてくれたミジンコのことや、宇宙のことや、原子力のことなんかが書いてある。なぜだかぼくのかあさんの本だなにも「すべてシリーズ」は何冊もそろっている。かあさんは科学のことにはあんまりきょうみはないはずなのだけれど、

「本屋さんに行くと、なぜだかこのシリーズを、つい買っちゃったのよね。ほかの科学の本には、全然手がのびなかったのに」

と、かあさんは言っていた。

りらとメイの話が、あんまりかみあわないので、ぼくはかえっておもしろくなってき

たのだ。それに、メイのれんあいの話は、テレビのドラマとかでたまに見るれんあいの話とは、ちょっとちがっているような気もした。

自分の話なのに、人ごとみたい、なのだ。

メイは、欅野区の、この公園から十分ほど歩いたところに住んでいる。

一度だけ、りらはメイの家に遊びに行ったことがあると言っていた。

「メイさんのお母さんとお父さんが、あたしは好きです」

と、りらは言う。

「ほらまた、ていねい語」

「でも、お父さんとお母さんは目上の人だから、ていねい語を使いたいです」

「はいはい」

メイは笑った。

「さっきの話なんだけどさ」

と、メイは続ける。

「オスとメスが自分の生殖細胞をくっつけて子どもをつくる、って言ってたじゃない」

「はい」

「もうていねい語じゃなくて、いいよ」

「うん」

りらは、素直にメイの言葉にしたがった。へんなやつ。

「あたしって、うちの父親と母親の生殖細胞が融合してできた子どもじゃないんだ」

「じゃない」

「そう。うちの両親は、生まれたばかりだったあたしと特別養子縁組して、養親としてあたしを育てたんだ」

とくべつようしえんぐみ。ようしん。りらがつぶやいている。たぶん、りらの知らない言葉なのだ。でも、ぼくはその言葉を知っていた。電子辞書で、前に見つけた言葉の、たぶんこれは仲間だ。

ぼくが見つけた言葉は、「とくべつようしせいど」。意味は正確にはおぼえてないけど、たしか、血のつながっていない子どもを夫婦が引きとるせいどのことだったと思う。

「なんか、かっこいい」

ぼくは思わず、つぶやいていた。とくべつようしえんぐみ、という言葉もかっこよかったし、その言葉をじっさいに自分たちのために使っているメイもメイのお母さんもお父さんも、かっこいい感じがした。

「かっこいい?」

メイは、わらった。

「うん、なんか、そんな気がする」

ぼくは答えた。


メイは大学生で、ぼくとりらは小学生なので、そんなにしょっちゅう会っておしゃべりをするわけではない。大学生もいそがしいだろうけど、小学生だって、けっこういそがしい。

だから、次にメイに会ったのは、五月の連休のころだった。


「あら?」

かあさんが言った。ぼくはかあさんといっしょに買い物に来ていた。牛乳やトイレットペーパーやパスタの大袋を買うので、荷物持ちになって、とたのまれた。重いのはいやだ、と言ったら、へえ、そうなの? と言われた。そんなふうに言われると、少しくやしくて、重いものを持ってやろうじゃないかという気持ちになる。

かあさんと二人で歩いているところを、クラスの友だちに見られたら少しはずかしいなと思いながら、スーパーから出て、家に向かおうとしたら、かあさんが道草しようと言った。

「牛乳がくさっちゃうよ」

「あら、絵はいいハウスキーパーになるわね」

かあさんはわらった。

「なんだか、公園に行きたくなっちゃったの」

かあさんの言う「公園」は、たぶんぼくがいつもりらとメイと会っている公園にちがいない。

「あそこ、昔から好きだったのよ」

「むかし」

ぼくは、聞き返した。

「うん。宵の森公園っていう名前だったのよ、以前は」

「よいの森」

「きれいな名前でしょう。よく、怜子さんと散歩したものよ」

「それって、かあさんがまだ子どもだったころ?」

「そうよ、ちょうど絵とあたしが同い年ぐらいだったころ。あら、何か思いだしそうになったんだけど、なんだったんだろう」

かあさんは突然そう言い、首をかしげた。あの公園が、よいの森公園という名前だったなんて、ぼくは知らなかった。

「昔よりも狭くなって、木が伐採されたところは、住宅に変わったのよね。つまらない公園になっちゃったけど、だから反対に人が来なくて、くつろげると思わない？」

「うん、まあそうかも」

かあさんは、どんどん公園に向かって歩いている。何かが聞こえてくる。

くちぶえだった。

「えっ」

かあさんが、立ち止まった。

くちぶえは、高い音と、低い音と、中くらいの音がまじりあった、ふしぎなメロディーのものだった。

「ハモってる」

かあさんがささやいた。

「うん、合しょうみたい」

三つの違う音ていの調べが、重なりあって聞こえてきていた。それぞれの調べにつらた。

「これって」

言いながら、かあさんはくちぶえのほうへとゆっくり進んでいく。ぼくもあとを追った。

そのうちに、ぼくはくちぶえの調べにもう一つのくちぶえが加わったことに気がついた。いちばん高い調べと、同じメロディーなのだけれど、それよりも少しへたくそだ。

かあさんが、くちぶえをふいているのだった。

「このメロディー、知ってるの?」

ぼくは、聞いた。

「うん、たぶん」

くちぶえをいっしゅんふきやめて、かあさんが答える。それから、いそいでまたかあさんはメロディーに参加した。

ぼくとかあさんは、くちぶえに近づいていった。じきに公園が見えてきて、いつものベンチに三人の人がすわっているのがわかった。

「メイだ」

ぼくは小さく叫んだ。

れることなく、きれいに和音をかなでている。

かあさんは、くちぶえをふき続けながら、ぼくの顔を見た。

何かをたしかめようとするみたいに、ぼくの目の中をのぞきこむ。

「メイ」

ぼくはよびかけた。

まんなかの音ていのくちぶえが止み、メイが立ち上がった。

「あれ、絵、ひさしぶり」

メイが言った。メイと並んでいた男の人と女の人も、くちぶえをやめて立ち上がった。

かあさんだけが、最後までくちぶえをやめなかった。

男の人と女の人は、かあさんの顔を、じっと見た。かあさんも、二人を見返している。

「もしかして」

かあさんが言った。

「もしかして」

男の人と女の人も、言った。

「かなあみちゃんなの?」

女の人のほうが、かあさんに聞いた。

「麦子(むぎこ)さん?」

かあさんも聞き返した。

それから、かあさんと女の人は、わっ、とさけび、かけよって、だきあった。

メイといっしょにくちぶえをふいていたのは、メイのお母さんとお父さんだった。

そして、なんとメイの両親とかあさんは、知り合いだったのだ。

かあさんとメイの両親（おもにメイのお母さんのほう）は、ものすごい勢いで、しゃべりはじめた。かあさんも、メイのお母さんも、前につんのめるような感じで、そうだ、これは前に電子辞書で見つけた、「こうかくあわをとばす」っていう、しゃべりかたにちがいない。

こんなかあさんは、はじめてだった。

かあさんはいつも、少しだけ皮肉なような、やさしいような、さみしいような、いつも一人ぼっちのような、そんなしゃべりかたをする。

でも、今日のかあさんは、まるで――まるではしゃいでいる小学生みたいだった。

「麦子さんと最後に会ったのは、いつでしたっけ」

かあさんが聞いている。

「あたしと南生（なみお）が卒業する頃だったんじゃないかな」

「その年に、たしかあたしも小学校を卒業して中学生になったんですよね」

「うん、お互い忙しくて、それっきりになっちゃったんだね」

「はい」

麦子さん、というのが、メイのお母さんの名前だった。お父さんは、南生さん。かあさんが小学生の時に、欅野高校の定時制の生徒だった麦子さんと南生さんに出会って、それから三年間、欅野高校の「くちぶえ部」の活動をいっしょにしたんだって、かあさんは教えてくれた。

「くちぶえ部って、何それ」

ぼくが聞くと、かあさんのかわりに、メイが答えてくれた。

「くちぶえ甲子園をめざすサークル活動のこと」

「くちぶえこうしえん?」

びっくりして、ぼくは聞き返した。

「その冗談、まだ言ってるんですか」

かあさんがわらった。麦子さんも、いっしょにわらう。

「そうよ、我が家の合言葉。いざこざが起こると、みんなで『くちぶえ甲子園めざすんだから、ここで争ってる場合じゃない』って、言い合うの」

ぼくは、牛乳のことが、また心配になった。今日は五月にしてはけっこうむし暑い。かあさん、牛乳。小さな声でつぶやいた。かあさんはぼくの声に気がついてくれた。かあさんは麦子さんと、いそいで連らく先を教えあった。

「じゃまた、いずれ」

「いずれ」

麦子さんとかあさんが言うと、南生さんも、

「いずれ」

と言った。

三人の、ものすごく親しくてわかりあっているような感じに、ぼくは少しどきんとしていた。ぼくの知らないかあさんが、ここにいるような気がした。家に帰ってれいぞうこに牛乳や肉や野菜をしまっている間、ぼくはなんとなく、かあさんと口をきかなかった。


かあさんは、あんまり自分の話をしない。

だから、かあさんが子どものころ、どんな女の子だったのか、ぼくは知らない。

「ふつう、興味ないもんじゃないの、自分の親の子ども時代のことなんて」

メイはぼくに言う。

「メイも、自分の両親の子どものころのこと、きょうみないの？」

ぼくは聞いてみた。

「うーん、どうだろう。うちはあたしと両親の血がつながってないから、元々けっこういろんなこと、話してくれるんで、両親がどんなふうに育ってきたかよく知ってるつもりなんだけど、そのことに興味なかったのかあったのか、自分でもよくわからない」

「いろんなこと。いいな」

りらが言う。

「でも、両親の昔のことなんて、まるで何かの本を読むみたいな感じだよ。よそのことみたいで」

「本を読む」

りらが、感心したようにくり返した。

本を読む、という言葉に、ぼくはまたどきんとした。この前、かあさんとメイの両親が三人でなかよくしていた時のように。

かあさんは、子どものための本を書いている。だから、本の中にはいろんな子どもが出てくる。かあさんの書いた本を、ぼくはちゃんと読んでいない。自分のような男の子が出てきたらはずかしいし、反対に、出てこなかったら、それも少しいやだからだ。

　本を読む、というのは、だから、ぼくにとって、最初からどきんとすることなのだ。学校の図書室の本や、かあさんが書いているのではない本ならば、それほどどきんとはしないけど、本の中に出てくる人たちが、もしかすると、その本を書いた人の家族や知り合いににた人たちなのかもしれなくて、その人たちは、本の中のただのつくりものの人なんじゃなくて、じっさいにどこかにいる人なのかもしれないと思うと、やっぱり少しだけ、どきんとしてしまう。

「メイさんのお母さんとお父さんは、どんな子どもだったんですか？」

　りらが聞いた。ていねい言葉になっている。どこまでも「ゆうずうがきかない」やつだ、りらって。

「貧乏だったんだって」

「びんぼう」

「ま、昭和の日本人は、たいがいが貧乏だったみたいだけど、高度成長時代が始まってからも、ずっと貧乏だったたって」

「こうどせいちょうじだい」

　ぼくは、忘れないように、口の中でくり返した。あとで電子辞書で調べなくちゃ。

メイの両親である麦子さんと南生さんは、小さいころからすぐ近くに住んでいたのだそうだ。中学を出たら、二人とも働かなきゃならなくて、でも高校には行きたかったから、定時制高校に通える会社に入って、二人ではげましあって通ったんだって、メイは教えてくれた。

「なんか、伝記の中の人たちみたいです」

りらが言う。

「うん。なんか厳しくてつらそうな人生だって、あたしも思ったんだけど、定時制高校は楽しかったって」

「楽しかった」

「高校時代までの苦労より、そのあとの苦労の方が、けっこう大変だったって、特に母が」

「そのあと」

「父は、がんばって大学の夜間部を卒業して、あらためて福利厚生のいい会社に就職して生活も楽になったし、自分の好きなことをする余裕もできたから、まだよかったんだけど、母はいろいろあってさ」

「いろいろ」

りらのあいづちが、うまい。メイは、りらのあいづちで、どんどんいろんなことをしゃべる。もしかすると、いつものりらのあの「すべてシリーズ」のことばっかりな、とんちんかんなやりとりも、実は、いろんなことをしゃべりやすくしてるのかもしれない。今までぼくは、りらのことを、自分よりもちょっとだめなやつって思っていたし、ぼくがりらをかばわなきゃならないと思っていたんだけど、もしかしたら、そうじゃないのかもしれない。

「メイさんのお母さんの苦労の話、聞いてみたいです」

まじめくさった顔で、りらは言った。ぼくはべつに、聞きたくなかった。でも、りらが聞きたいんなら、それはおもしろい話なのかもしれない。だけど、その日は「メイのお母さんの苦労の話」を、メイはしなかった。メイのお母さんとお父さんのもう少しくわしい話を聞くことになったのは、もっとあとのことだ。

連休が終わって、かあさんはいそがしくなった。

「お休みって、好きなんだけど、その後がつらいのよね。小学生の時から変わらないわ」

なんて言いながら、日曜日も中務さんとの「デート」には行かず、ずっと仕事をしている。家にいてもたいくつなので、ぼくはボールを持って公園に行った。だれもいなかった。そのへんを一回りしてまた公園に帰ってきたら、クロアゲハが飛んできた。ふわふわ飛んでいくクロアゲハを見ながら、ぼくはボールを何回かバウンドさせた。

メイが、やってきた。となりには、りらもいる。

「これから、うちに行くの。絵も来る?」

メイは聞いた。かあさんに言ってこないと。ぼくは言い、ボールをおなかにかかえた。めんどくさいな、と、少し思っていた。でも、だれもいない公園にいるのも、つまらなかった。

メイとりらのうしろについて、ぼくは団地まで歩いていった。げんかんをあけたら、かあさんは立っていた。まるでぼくたちを待ちかまえていたように。そして、メイのうちに行っていい? って聞いたら、

「そっか、メイの家に行くのか。あたし、ちょっと仕事に疲れちゃったのよね」

と、かあさんは言った。それからいったん家の中に引っこみ、またげんかんまでもどってきてから、持ってきたけいたい電話のボタンをピッピッとおした。

「鳴海さよです」

とはじまったその電話は、きっとメイのお母さんへの電話にちがいなかった。二人は、

しばらくしゃべっていた。

電話を切ると、かあさんはまた家の中に入り、しばらくするとスーパーの袋を手に持ってきた。

「じゃ、行こう」

と言い、かあさんはくつをはいて、げんかんのかぎを閉めた。

「え?」

ぼくが言うと、かあさんはにっとわらい、

「あたしも行くから。ちゃんと手みやげも持ったし」

と言った。


「あら、きれいなテラスハウス。よく日が差しこんで」

と、かあさんは言った。

メイのお母さん、麦子さんは、かあさんの言葉に、そっけなくうなずいた。

「日当たりは、大事よね。夜ってものも好きだけど、昼もあたし、大好きだから」

麦子さんのしゃべりかたは、なんだかお母さんっぽくなかった。うちのかあさんのしゃべりかたと、にている。世の中のお母さんたちは、たいがいお母さんっぽいしゃべりかたをするし、お母さんっぽいことを言うし、お母さんっぽい心配のしかたをする。りらのお母さんも、そうだ。でも、うちのかあさんと麦子さんは、ちがうみたいだ。

「日が差すのが、好きですか?」

りらが、麦子さんに聞いた。

「うん。あなたは、そうじゃないの?」

「日が差すのは大事だって知ってるけど、あたしはほんとうはあんまり、日が差す部屋は好きじゃありません」

「へえ」

と言ってから、麦子さんは、りらのことを見た。でも、ばかにしているような見かたじゃなかった。おこっているような見かたでもなかった。ただなんでもなく、麦子さんはりらを見ていたのだ。

「暗い部屋が、好きなの?」

麦子さんはなんだかちょっと、楽しそうに聞いた。

「自分が住むなら、暗い部屋がいいです」

「住む」

「はい。その部屋には、あたしだけが住んでいて、おふろもお手あらいもお台所もあるんです」

「でも、暗いほうが、いい気持ちだから」

麦子さんは、わらった。かあさんも。りらだけが、わらわずに、まじめな顔をしていた。

メイがお茶をいれてくれた。お茶はへんなにおいがした。

「これは、何というお茶ですか」

りらが聞いた。

「レモンバーム」

「パクチーっぽいにおいですね」

「パクチーっていったら、カメムシの匂いよね。でも、昔はあんなにカメムシを臭いと思ってたのに、パクチーだって思うと、臭くないのよ。へんなの」

麦子さんは言った。

「カメムシは、あまりくさくないのと、すごくくさいのがいます。このお茶のにおいは、あんまりくさくないカメムシより、もっとくさくないと思います」

りらは、さらにまじめなくちぶりで言う。

メイが、今度はお盆にもようのあるおまんじゅうっぽいおかしをのせてきた。

「月餅よ。あたし、夜間高校に通ってたころ、月餅をお腹いっぱい食べたいって、いつも思ってたの。だから、お菓子買うとなると、どうしても月餅の優先順位が高くなっちゃって」

麦子さんは、いいわけのように言った。

「げっぺい」

りらが、ふしぎそうにおかしを見ている。

「食べたこと、ない?」

メイが聞いた。

「ないです」

「おいしいよ。あたしはもう飽きてるけど」

ぼくとりらは、一個のげっぺいを半分わけした。メイとかあさんは、一個全部を食べた。麦子さんは、二個。レモンバームのお茶の次は、ほうじ茶で、そのあとかあさんと麦子さんだけが、コーヒーを飲んだ。かあさんと麦子さんが、ぼくたちにはよくわからない話を早口でしあっているので、ぼくとりらはメイの部屋に行くことになった。メイの部屋は、テラスハウスの二階のいちばん奥だった。

赤と青だった。

「メイさんのお部屋に入れてもらったのは、はじめてですね。アメリカが好きなんですか？」

と聞いたのは、りらだ。

「は？」

メイが聞き返す。

「星条旗の色です、赤と青は」

かべは青くぬってあり、カーテンは赤い。ベッドカバーも赤で、ゆかには青いじゅうたんがしいてある。

「アメリカじゃなくて、フランス」

メイは不満そうに言った。

「フランス国旗なら、赤と青と白、白がありません」

「またていねいな言葉づかい」

「白がない」

りらは、言いなおした。

「白は、心の中にあるの」

「心の中?」

ぼくが聞き返すと、メイは少しうつむいた。

「しまった、子供相手に、ほんとのこと言っちゃったよ」

ほんとのことって、何? と、すぐにりらがたずね、教えて、と、ぼくが続けて言うと、メイはしぶい顔をした。でも、メイは結局「ほんとのこと」を教えてくれた。それは、こんな話だった。

メイとメイの両親とは、この前も教えてくれたとおり、血がつながっていない。「とくべつようしえんぐみ」をしたからだ。そのことは、メイにとって全然いやなことじゃないのだけれど、ときどきメイは、気持ちがふさぐことがあるのだという。

「どんな時に?」

りらが聞いた。

「うーん、たとえば、夕飯を食べながら、ニュースとか見てる時」

「え、なんで?」

おどろいて、ぼくは聞き返した。なぜなら、ぼくも、ニュースをかあさんといっしょに見ている時に、びみょうな気持ちになることがあるからだ。

かあさんは、テレビのニュースを見るのが好きだ。それも、ゲストとかいっぱい出てきて解説をするようなのじゃなくて、アナウンサーが二人くらい並んで、ニュースの内容がどんどんどんうつって、解説はほとんどしない、かあさんに言わせれば、「昔ながらのニュース」が好きだ。で、アナウンサーがいろんなニュースを読んでいくと、かあさんは気に入ったニュース、または、気に入らないニュースについて、いろんな意見を言う。そういう時、ぼくは、びみょうな気持ちになるのだ。

かあさんは、テレビをあんまり信じていない、って言う。テレビよりも、新聞のほうが、あたしにとって大切、とも。それじゃあ、新聞を信じているのかといえば、新聞のことも、あんまり信じていないって笑う。

「じゃあ、かあさんは何を信じてるの?」

ぼくが聞くと、かあさんはにやりとして、

「自分」

と、答える。

かあさんのこういう口ぶりを聞くと、ぼくは、なんだか気持ちが、メイの言葉をかりるなら、「ふさいでしまう」のだ。かあさんが、りっぱすぎるような気がして。そして、ぼくはいつになったらりっぱになれるのかと、不安になってしまって。

「ニュースは、あんまり動物のこととか言わないから、あたしは関心ありません」

また、りらがていねいな言葉を使った。たぶん、ニュースの悪口めいたことを言ったから、ニュースにごめんなさいをするつもりで、ていねいな言葉を使ったにちがいない。へんなやつ。

「ニュースが始まると、必ず南生さんと麦子さんは論議を始めるんだよね」

メイは言った。メイは自分の両親のことを、「麦子さん」「南生さん」とよぶ。

「ろんぎ」

りらが首をかしげる。

「議論のことだよ」

ぼくが言うと、メイが、

「議論よりも、戦う感じが少ない言い合いのこと」

と、おぎなってくれた。

「ろんぎとぎろん。おしい、回文にはならなかった」

りらが、ぼうっとした口ぶりでつぶやく。そういえば、りらは一時、回文にこっていた。しんぶんし、とか、色白い、とか、イカ食べたかい、とか。

「二人は論議が大好きなの。で、たとえば二人の意見が対立した時も、喧嘩なんか絶対にしないで、お互いの考えていることを尊重しあうの」

　メイは続けた。

「ことなる意見も尊重しよう、って、この前たんにんの中井先生が言ってたよ」

なかいかな。また、りらが、ぼうっとつぶやいた。ことなるるなとこ、ともだちも
と。続けて、もっと小さな声で、つぶやいている。回文モードにとつにゅうしてしまっ
たのだ、きっと。

「南生さんと麦子さんって、これまでの一生、ずっと論議しつづけてきたの？」

　ぼくは、聞いてみた。

「たぶん」

「それって、聞いてるだけで、つかれない？」

「うん。むしろ、喧嘩したり機嫌悪くなったりしてくれた方が、楽なの」

「わかる、それ」

「絵は、わかってくれるんだ？　なんか、二人とも、正しすぎる感じなんだよなあ」

　正しすぎる。その言葉に、ぼくは大きく心の中でうなずいた。

　そうだ。かあさんがニュースを見ていろんな意見を言う時、かあさんはたぶん、いつ
だって正しいのだ。ぼくみたいに、てきとうに楽ちんなことでいいやって流したり、め

んどくさいことはずるして飛ばしたりしたいな、とか思ったりは、しないかあさん。それはたぶん、とってもいいことなんだけど。

「なんかちょっと、苦しいよね」

「うん、そうなの。麦子さんや南生さんのせいじゃないんだけど、苦しいの。だからあたし、心の中はできるだけ白くしておくの」

メイは、静かに言った。

心の中を白くしておく。

いい言葉だなって思った。白い部分には、きっと何も書いていない。そこは静かで、正しいとかまちがってるとか好きとかきらいとか、そういう感じの気持ちはなんにもなくて、ただ、白いのだ。

ぼくの心の中は、どんな色なんだろう。黒は、絶対にある。白い部分も、ほんのちょっとは。りらの心には、白も黒もあんまりなさそうな気がした。それじゃあ、りらの心の中には、何色があるんだろう。緑でもない、紫でもない、もしかすると、銀色かも。または、金色。

くるしいしるく。りらが、つぶやいた。苦しいシルク。できた！　うれしそうに、りらは声をあげた。一階から、かあさんと麦子さんのわらい声が、聞こえてくる。

あれからかあさんは、たまに麦子さんと会っているみたいだ。ときどきうちに、かあさんが麦子さんからもらってきたげっぺいがあるから、わかるのだ。

「麦子さんは、今フリーで働いてるから、いろいろ話も合うのよね」

かあさんは言う。

「会社で働いてる女の人たちも大変だけど、フリーの女も、大変なの」

だそうだ。だから、かあさんと麦子さんはぐちを言いあったり、はげましあったりする必要があるのだという。

「かあさんは、とうさんには、ぐちとか、言ったの?」

聞いてみる。

「あんまり、言わなかった」

たしかに、とうさんは人のぐちを聞くのは、あんまり得意そうじゃない。そもそも、人の話を聞くことが、得意そうじゃない。いったいとうさんとかあさんは、夫婦だったころ、何を話していたんだろう。

そういえば、とうさんとかあさんは、どうしてけっこんしたんだろう。とうさんのほうがかあさんのことをすごく好きだったって、怜子さんはいつか言っていたけれど、ほんとうなんだろうか。

ちょうど次の土曜日、かあさんが中務さんとデートをするために、怜子さんがるすばんに来てくれたので、ぼくは怜子さんに、かあさんととうさんの「なれそめ」を聞いてみた。

「だから、岡村くんがさよのことを好きで好きでしょうがなくて、もう、さよがいない時もここを訪ねてきちゃったりして、今だったらストーカーだって言われかねないくらいつきまとって、それで最後はさよがほだされたのよね」

というのが、怜子さんの答えだった。そこまでとうさんがかあさんのことを好きだったなんて、今まで知らなかった。かあさんとりこんした今のとうさんは、べつにかあさんのことが好きには見えない。かあさんのことを悪く言うことはないけれど、かといって、かあさんに会いたがる感じだったりは、全然しない。

「好きでしかたなかったからこそ、うまくいかないとなると、かえって心が離れたんじゃないかな」

と、怜子さんは首をかしげながら言った。

「だいたい、さよは、ちょっと冷たいところがあるのよね」

とも。

「でも、怜子さんも、りこんしたんでしょう。怜子さんの夫だった人は、今はどうしてるの」

「千葉で、畑とか耕して暮らしてる」

「畑」

「絵も、ときどき描いてるはず」

「絵」

「画家なのよ」

へえ、と、ぼくはおどろいた。怜子さんのもとの夫は、つまりぼくのおじいちゃんだ。かあさんのお父さん、ということにもなる。かあさんがぼくに「絵」という名前をつけたのは、おじいちゃんが画家だからなのだろうか。

「そうかもね。あの子はあの人のことが、すごく好きだから」

怜子さんは、ちょっとつまらなさそうに言った。つまらなさそうにしている怜子さんは、いつもよりも、かわいい。

「かあさんは、とうさんのことをいちばん好きだった時よりも、中務さんのことが、好きなのかな」

ぼくがつぶやくと、怜子さんは、ふん、という顔をした。

「人の恋路のことを心配するより、宿題は、したの?」

いや、まだ。ぼくが言うと、怜子さんはぼくのおしりを軽くたたいた。こういうのを、「やぶへび」というのだ、きっと。やぶへびへぶや。回文には、ならなかった。りらはきっと、宿題なんてとっくにすませているにちがいない。


怜子さんに、むかしはとうさんがかあさんを大好きだったことを聞いてから、ぼくは心配なことができてしまった。

そんなにかあさんのことが好きだったのに、今は全然好きじゃなさそうなとうさんの血をひいているとすると、ぼくも、いつかりらやかあさんや怜子さんのことを、全然好きじゃなくなるかもしれない、って。

公園でメイに会ったので、ぼくはそのことについて相談してみた。

メイは、大わらいした。

「絵って、どういう子供? なんか、発想が、子供じゃないよそれ」

そうなのだろうか。でも、ぼくはいつだって、気持ちがぐらぐらしてばっかりなのだ。前にも言ったように、ニュースを見ていても、はっきりした意見なんか持てない。ニュースでだれかがだれかをだめだって言っていると、ほんとうにだめだな、と思うし、反対に、そうじゃなくてだめじゃないのよ、とかあさんがニュースに反対すれば、なるほどだめじゃないのかも、とすぐに思ってしまう。

りらのことだって、そうだ。ぼくは、りらが好きだけど、このごろはりらが好きじゃないような気持ちになることもある。りらは、とってもかしこいけど、ときどき、まるでばかみたいだからだ。まるでばかみたいなりらは、ちょっと、ウザい。なかよくしているのを、クラスの男子に見られたくない。

でも、りらはたぶん、いつもぼくのことを好きだ。

「何それ」

また、メイがわらった。

「しょってる、って言うんだよ、そういうの」

いや、ぼくは何もしょっていない。しょっていないから、心配になるのだ。ぼくが背負わなきゃならない、ぼくだけの荷物を、まだ背負えていないような気がするのだ。

「ところで、メイのお父さんとお母さんは、どうしてけっこんしたの?」

話題を変えたくて、ぼくは聞いてみた。

「ああ、それね。南生さんと麦子さんの場合、ちょっと変わってるんだよね」

メイは言い、ぼくの目をじっとのぞきこんで、

「聞きたい?」

と言った。


南生さんと麦子さんは、好きで好きでしょうがないからけっこんしたのではないのだ、というところから、メイは話を始めた。

「好きじゃないのに、けっこんって、するの?」

というぼくの質問には、メイはすぐに答えてくれなかった。

「先を急がないで」

それだけ言って、メイは話を続けた。

「絵は、女の子は、好き?」

反対に、そう質問された。

「べつに」

と、ぼくが答えると、メイはちょっとわらった。

「いや、好きな子がいるとかいないとか、そういう話じゃなくて、絵は将来もし結婚することがあったら、女の子としたい? っていうこと」

「うん、そりゃそうだろ」

「南生さんはね。女の子のことを好きにならない男の人なの」

「え？」

「男の人しか好きにならない男の人、っていうこと」

ああ、と、ぼくはうなずいた。そういう人のことを、ゲイっていうんだって、かあさんがいつか教えてくれたことがある。メイとゲイって、ひびきがにている。回文に使えるかもしれない。

「でも、それならどうして南生さんは女である麦子さんと結婚したかっていうと、それはね、子供がほしかったからなんだって」

「へえ」

ぼくは、どうともとれるあいづちを打った。じっさい、へえ、としか言いようがなかったし。

「でも、メイは麦子さんから生まれたんじゃないよね」

びみょうな話だな、こんなこと聞いていいのかな、と、少し心配しながら、でも、ぼくは思いきって聞いてみた。

かあさんが、子どもはどうやってできるか、という話を、ぼくが今年の春四年生になった時にしてくれたので、ぼくは、「セックス」のことを、少しだけ、わかっている。

そして、「セックス」は、とても好きな相手とするのじゃないと、あとでいろんな後悔をする、ということも。もちろんほんとうにはわかっているんじゃないかもしれないけど、かあさんの説明を聞いたので、頭ではわかっているつもりだ。だって、体育の時間で二人組になってサッカーのパスとかする時でさえ、好きじゃないやつと組むといやな感じになることがあるんだから、たいして好きじゃない相手と、「セックス」みたいな、チームワークがものすごく必要そうなことをするとしたら、かなりむかついたりとまどったりいらいらしたりするんじゃないだろうか。

「そう。最初から、麦子さんは、子供を産むつもりは、なかったんだって」

「じゃあ、なぜけっこんしたの？　子どもをうむつもりはないっていうことは、麦子さんは南生さんと、セックスもするつもりがなかったってこと？」

びっくりして、ぼくは聞いた。もう「びみょう」な段階は過ぎてしまっていて、かなりやばいことを聞いているのは、自分でもわかっていたけれど、とめられなかった。

「絵、セックスのこと、知ってるんだ。じゃ、説明の手間がはぶけるね。子供を産むつもりがなくても、人は避妊してセックスをするものだけど、麦子さんに限っては、絵の言うように、最初から南生さんとセックスをしないって決めて、結婚したんだって」

ひにん、という言葉を、ぼくは知らなかった。でもきっとそれは、セックスをしても子どもがうまれなくするっぽいことなんじゃないかということは、なんとなくわかった。

すごいじゃん、自分、と、いっしゅん思った。

「子どもができないのに、子どもがほしくてけっこんするのって、へんじゃない？」

ぼくは、そう聞いた。

「でも、法律的に夫婦になっていれば、特別養子縁組はできるから」

というのが、メイのきっぱりした答えだった。

ほうりつてきにふうふになる？

「つまり、役場とかに婚姻届を出して認められたってこと」

メイが、教えてくれる。

「ほうりつてきじゃないけっこんも、あるの？」

「ま、結婚っていうもの自体が、法的契約だから、言葉の上では、ないね。事実婚ってものは、あるみたいだけど」

「事実こん」

「役場に届けを出さないけど、夫婦、みたいな」

「男の人どうしが好きあって、けっこんしたい場合は、どうするの？」

「世界にはいろいろあるみたいだけど、日本では、事実婚しかできないんじゃないの？

あたし、そのへんは、全然くわしくないけど」

「なんでも話してくれる南生さんは、そのへんは、教えてくれないの？」

「聞けばいくらでも教えてくれるだろうけど、聞いたことない」

あっ、と、ぼくは思った。そうか。事実こんだと、「とくべつようしえんぐみ」が、できないのだ。とすると、南生さんが好きな男の人とくらしたとしても、その二人は、「特別ようしえんぐみ」で、子どもを持つことは、できないんだ。またまたぼくは、すごいじゃん自分、と思ってしまった。

でも、なんか、男と女の組み合わせじゃないと、「特別ようしえんぐみ」ができないって、ずるくないか？

「うん。不公平だよね。それに、もう一つ問題があると思わない？」

問題。いったい、なんだろう。

「南生さんがいくら子供がほしかったとしても、そのためになぜ麦子さんがゲイの南生さんと結婚までしてその思いにつきあうのかっていうこと。だって、南生さんはゲイなんだから、いつ男の恋人と暮らしたくなるか、麦子さんは不安にならないのかなって、あたしならくよくよするよ」

なるほど。それも、大きな問題だ。そこには、気がつかなかった。すごいじゃん自分、って、今このしゅんかん、全然思えなくなってしまう。

ぼくはなんだか、つかれてきた。かあさんがニュースの時にいろいろ「正しい」ことを言う時みたいな感じだ。メイは、べつに「正しい」ことを言おうとしてるんじゃなくて、説明をしてくれているだけというのは、わかるんだけど。

「疲れた?」

みすかしたように、メイが聞いた。

「うん」

「あたしも、説明するの、疲れた」

「だよね」

「だよ。だって、よその人のことなら、ふーん、そうか、って、流しちゃえるけど、南生さんはあたしの父親だし、あたしは南生さんをよく知ってるし、麦子さんのこともよく知ってるから、流せないんだよね」

ああそうか、と、ぼくも思う。もし、ぼくが南生さんにも麦子さんにも、一度も会ったことがなかったら、男の人しか好きにならない男の人がいて、でも子どもを育てたいから「特別ようしえんぐみ」をするためにけっこんして、とかいう話を聞いても、きっと明日には忘れることができるくらいの、人ごとな話ですんだのだ。

でも、ぼくは南生さんと麦子さんとメイのくちぶえも聞いたし、麦子さんにげっぺいをごちそうになったし、「特別ようしえんぐみ」で二人の子どもになったメイともけっこうもう長い友だちだから、全然人ごとにはならないのだ。

はあ、と、ぼくはため息をついた。

「麦子さんの話は、今日は、いいや。またいつかね」

メイは言い、ベンチにすわったまま、手足をつっぱらせて、のびをした。

家に帰って、一晩ねむって、朝、時間割をそろえながら、ぼくはメイのしてくれた話を思い返してみた。

かあさんは、麦子さんからそういう話を聞いているのかな。というのが、最初に思ったことだった。

聞いている、ような気がした。

でも、麦子さんからかあさんがそういう話を聞いた時に思ったことと、ぼくがメイから聞いた時に思ったことは、きっと全然ちがうことだろう、とも。

ほんとのほんとでは、ぼくはほとんど、何も思わなかったのだ。

そりゃあ、つかれはした。でも、つかれたあとの、その先のことまでは、何にも考えられなかったのだ。

きっとこれは、ぼくの「けいけんち」が低いからだ。

せっかく「セックス」のこととか、「ゲイ」の人のこととか、「特別ようしえんぐみ」のこととか、「ひにん」のことを聞いても、ぼくは少ししか生きてなくていろんなことをまだ知らないから、「その先」のことを想像することができないのだ。

ちょっと、くやしかった。

りらならば、どう感じるんだろう。

りらも、ぼくと同じように、「けいけんち」は低い。でも、なんだかりらならば、ぼくが思いつかないことを思いつくような気がする。

ぼくは、前にりらとメイと三人で話したミジンコのことを、突然思いだした。メスとかオスとかがないミジンコ。りらは、ミジンコの気持ちのこととか、考えるんだろうか。ミジンコには脳みそがないから、気持ちはありません。まじめな顔で、そう答えるりらがうかんでくる。

麦子さんと南生さんのけっこんのことは、かあさんには、何も聞かないことにしよう。

そう決めて、ぼくはランドセルのふたをぱたんと閉めた。ごはんだよー、という、かあさんの声に、わかった、と、ぼくは小さく答えた。

中生代三畳紀

このごろあたしは、大きくなってきた。

まず、くつがきつくなった。スカートやズボンも、なんだか短くなってしまっている。上着も、少しきつい。この前読んだ『不思議の国のアリス』では、アリスが急に大きくなっていたけれど、あたしも今、急に大きくなってしまったような気持ちだ。

虫や宇宙の本ではなく、『不思議の国のアリス』を読んだのは、お母さんの妹のさなえおばちゃんがプレゼントしてくれたからだ。あたしがちっとも本を読まない、と、お母さんはさなえおばちゃんにぐちを言ったのだ。

あたしは本は、毎日読んでいる。虫や星や人体についての本を、くり返し。でもお母さんは、そういう本のことを、あんまり本とは思っていないみたいなのだ。

「りらは、物語を楽しめないの?」

お母さんは、少し前にあたしに聞いた。あたしはうまく答えられなくて、だまっていた。物語は、べつにきらいじゃない。ただ、きらいじゃないことよりも、好きなことを先にやりたいだけだ。きらいじゃない物語の本を読むよりも、つい虫や星の本を読んでしまう、というだけのことなのだ。でもあたしは、そのことをうまくお母さんに言えなかった。

『不思議の国のアリス』を書いた人は、数学の先生だったそうだ。だからきっとあたしの気に入るんじゃないかって、さなえおばちゃんは言っていた。

たしかに、『不思議の国のアリス』は、おもしろかった。いろんな動物が出てきたし。フラミンゴのバットとハリネズミのボールが自分勝手なところも、よかった。あと、三月ウサギと帽子屋とヤマネがばかげたお茶会をしていることに、アリスががまんならなくなって、どんどん行ってしまうところも、よかった。あたしはアリスのそういうところが、うらやましい。

あたしもときどき、いろんなことにがまんがならなくなるけれど、どんどん行ってしまったり、口に出して「ばかげてる」とか言うことが、なかなかできない。お母さんのもう一人の妹の、さつきおばちゃんが、あたしのことをいろいろ聞きたがって、

「りらちゃんは、お父さんとお母さんの、どっちが好き?」

などという質問をした時に、もしあたしがアリスだったら、

「そういうぐにもつかないしつもんを子どもにするって、どうなんですか」

と、はっきり言えただろうに。ぐにもつかない、という言葉は、絵くんから教わった。

「ぐにもつかない」って、いかにも「ぐにもつかない」感じのひびきだ。だから、あたしはすぐに気に入ってしまった。そして、がまんがならないことに出会うたびに、

「ほんと、ぐにもつかないんだから」

と、心の中で言い返している。でも、心の中でだけだ。そこが、あたしのだめなところなのだと思う。

「そこが、りらのいいところじゃないか」

と、お父さんは言ってくれるけれど。


話が、ずれてしまった。

あたしの話は、けっこうずれるって、絵くんは言う。そんなことないよ、と、メイは言ってくれるけれど。

そう、あたしは、このごろ体が成長しているのだ。

始まりは、きゅうしょくの時間だった。あたしはきゅうしょくが得意ではない。食べるのがおそいし、たくさん食べることもできない。ところが四年生になって二か月ほど

たったころ、そう、梅雨に入る少し前だった、あたしは生まれてはじめてきゅうしょくでおかわりをしたのだ。

メニューは、あんかけ焼きそばだった。あんかけは、もともと好きだった。とろみ、というひびきも、いい。それでも、おかわりをするなんてことは、食べる前は考えてもいなかった。いつもならすぐにおなかがいっぱいになってしまうし。

ところが、おさらが空になっても、あたしはまだおなかがいっぱいになっていなかったのだ。つけあわせのパリパリサラダも、牛乳も、一口リンゴゼリーも、全部食べた。それなのに、まだ食べられる感じがした。それであたしは、おそるおそるおかわりに立った。

あんかけ焼きそばは、まあまあの人気メニューだ。だから、もうおかわりのぶんは残っていないかもしれないとも思ったけれど、少しだけ、あった。

あたしは、おさらの四分の一くらいの量を、よそった。食べきれなかったらどうしようかと、少し心配になった。

でも、だいじょうぶだった。食べながら、むねがどきどきしていた。仄田さん、おかわりしてる！　と、だれかが言ったらどうしようかと思って。

教室の中はざわざわしていて、男子のほとんどはもう校庭に出ていってしまっていた。

女子も、半分くらいしか残っていない。気がつくと、きゅうしょくをまだ食べているのは、あたしともう一人、星川さんだけだった。星川さんは、あたしと同じで、きゅうしょくを食べるのがいつもおそい。おかずを残すことも多い。星川さんとはべつになかよしじゃないけれど、あたしは実は、星川さんのことは、けっこういしきしている。なかまのような、でも、なかまにはならせてもらえないような、そんな気持ちで。

おかわりしたあんかけ焼きそばをあたしが食べ終わってからも、星川さんはきゅうしょくをもぐもぐ食べていた。星川さんは、とてもきれいだ。クラスのだれも、星川さんがきれい、とは言わないけれど、あたしは星川さんがものすごくきれいだと思っている。たとえば、ヒョウモンチョウのもようのように。または、T4バクテリオファージのしっぽのように。

星川さんは、あたしにとって、特別な感じのする子だ。クラスの女の子の一部が、あたしをいまいましく思って悪口を言うのは今も続いているけれど、星川さんの悪口を言う子はいない。

きゅうしょくを食べるのがおそくても、じゅぎょう中にあたしと同じようにぼんやりしていることがあって先生に注意されても、体育の時間にうまくボールをあつかえなくても、星川さんはだれからもいまいましく思われない。なぜなんだろう。星川さんがとてもすらっとしていて、ボールをあつかうのは下手だけれど、足ははやいからだろうか。

星川さんには、友だちがいない。もしかすると、友だちがいないから、いまいましく思われないのかもしれない。あたしには絵くんもいるし、今はメイも友だちだ。あたしをいまいましく思う女の子たちは、絵くんがあたしの友だちだっていうことを、あんまりわかっていないかもしれないし、ましてやメイのことなどまったく知らないけれど、あたしから「友だち」のにおいを感じているような気がする。

そうだ、星川さんには、友だちがいないのだ。少なくとも、クラスには。だから、星川さんはいつも一人だ。一人で、静かにすわって、静かにじゅぎょうを受けて、静かにきゅうしょくを食べて、静かに休み時間をやりすごしている。そして、その静かなようすが、とてもきれいだと、あたしは思っている。

きゅうしょくであんかけ焼きそばをおかわりしたころから、あたしの体は大きくなりはじめたのだ。とすると、あたしはもしかすると、星川さんくらい身長が高くなるかもしれない。そして、星川さんと同じように、あたしも足がはやくなるかもしれない。

でも、ちがった。いくらくつがきつくなっても、ズボンが短くなってきても、あたしの足はちっともはやくならない。あたしが今いちばん気になるのは、むねのことだ。下着にむねがこすれると、いたいのだ。そのことを、あたしはお母さんに言えないでいる。

お父さんは、いろんな話を聞いてくれるので、お父さんに相談するべきかもしれない。けれどわたしは、このことは、お父さんにも言わない。言ってもいいのかもしれないし、ほんとうはお父さんだろうがお母さんだろうがさなえおばちゃんだろうがさつきおばちゃんだろうが絵くんだろうが、平気で相談すればいいのかもしれない。

でも、できない。

どうして、気持ちのことは相談できるのに、体のことは、相談しにくいんだろう。自分の体の中に、内ぞうやのうみそがあることは、なんだか、はずかしい。それって、とってもふしぎなことだ。

「いつも服を着てるから、はだかを見られるのが恥ずかしいよね、あたしたちは。内臓も、それと一緒じゃない？　むき出しになってたら、内臓のことも脳みそのことも、もっとしょっちゅう話題になるのかも」

メイはそう言った。

ひさしぶりに会ったメイに、自分にいぶくろや十二しちょうがあることが、はずかしいと思うこと、ない？　と、あたしは聞いてみたのだ。

「じゃあ、いつも服を着ていないで、はだかのまま毎日いたら、はだかを見られても、はずかしくないかな」

「うん、たぶん。動物は服なんか着てないけど、全然照れたりしないじゃない」

「動物の考えかたは、人間とはちがうんじゃないかなあ。あと、動物は、たいがい毛がたくさんはえてるから、はだかでもはだかがかくれてるよ」

「毛ははえてるけど、はだかなことに変わりはないでしょ。昆虫とかは、毛はあんまりはえてないし」

「こんちゅうかあ」

動物の考えることは、人間とはちがう、と、今あたしは自分で言ったけれど、それって、ほんとかなあと、しゃべりながら、思った。

だいいち、動物って、考えるのかな。

そもそも、「考える」っていうことについて、あたしはあんまりわかっていない。

考えるって、なんだろう。いろんなことをつなげて、新しいことを思いついて、古いことも思いだして、今いるところから、ぴょん、と飛んで、ちがうところに行く、ということを、今まであたしは「考える」ことだと思ってきた。

とすると、動物は、「考える」のだろうか。

いつも庭を横ぎるねこ――シロクロ、と、あたしはこっそり名前をつけている。白と黒だから——は、同じ場所でひるねをする。うちのエアコンの室外機の上か、ものおきの屋根の上だ。ねながら、ねこはときどき目をあける。そういう時、ねこは何かを考えているように見える。

シロクロがねそべる場所を変えることは、ほとんどない。いつだって、決まって室外機とものおきの屋根。

それってじゃあ、もしかして、ほんとうはシロクロは何も考えてないっていうことなのかもしれない。だって、あたしがシロクロなら、ちがうところにもねそべりたくなる。なわばりの関係なのかもしれないけど、でも、庭の日あたりのいい草むらや、ぬれえんのすみっこの日だまりにも、ねそべってみたい。

「メイは、ときどき、ちがうベッドにねたくならない?」

あたしは聞いてみた。

「はは、ならないよ、なじんだベッドが一番。恋愛でもしてりゃ、別だけど。りらは、ちがう寝床で寝たくなるの?」

「うん。おふとんじゃなくて、ゆかの上とかおしいれの中とかで、たまにねたくなる」

「寒そう」

「冬ならね」

また話がずれてしまった。

「ね、メイは、おっぱいの先っぽがこすれていたくなること、ない?」

どうせずれてしまったのだからと、あたしは、ついに口に出した。なぜだろう、ほかの人には言えないのに、メイには、けっこうかんたんに言えてしまった。

「ああ、それって、なつかしい」

メイは、ベンチに並んであたしと同じ方向を見たまま、答えた。

「第二次性徴だね、それは」

第二次せいちょう、というその言葉は、あたしの気に入った。いぶくろやおっぱいや十二しちょうよりも、ずっとたいらな感じがする。

「第二次せいちょうだと、おっぱいがいたくなるの?」

「うん。あれ、めんどくさいよね」

「めんどくさいって言うか、いたい」

「あはは」

メイがわらったので、あたしもほっとした。おっぱい、という言葉だって、あたしはかなりはずかしかったのだけれど、もうはずかしくない。

「ね、れんあいすると、なじんでないベッドでねたくなるの?」

「なじんでないベッドっていうか、恋人のベッドにもぐりこみたくなる」

「こいびとのベッド」

そういえば、テレビとかで、ときどきベッドで半分はだかの女の人が半分はだかの男の人のとなりで、ねこみたいににょーっとのびていることがある。そういう場面が出てくると、お母さんはだまってしまうし、ひいおばあちゃんは「あれあれ」と言う。お父さんは、どっちでもいいような顔をしているけれど。

「メイも、ベッドでねこみたいになったこと、ある？」

「いいね、その表現」

「いい？」

「ベッドで猫になった日も、遠くなったなあ」

メイが「ベッドでねこになった」としたら、たぶんシロクロと同じような、少しうわのそらみたいな顔つきで、ベッドにもぐりこむような気がした。あたしもいつか、シロクロと同じ顔つきで、「こいびと」のベッドにねたくなるのだろうか。

それはなんだか、ちょっといやだ。

あたしは、一人で、暗いところで、だれにもじゃまされずにねるのが、いちばん好きだ。だれかのベッドでなんか、ぜったいに、にょーっとのびたりしたくない。

お母さんが、ブラジャーを買ってきた。

「そろそろ、どうかな」

そう言いながら。

「ブラジャーしてる子、クラスに一人か二人しかいない」

あたしは小さな声で答えた。

「もうすぐ、みんなするようになるわよ」

「もうすぐって、いつ？」

「来年かそのうち」

「今は、まだみんなしてない」

「あら、りらは、みんなと一緒のことは、そんなに好きじゃないんじゃなかった？」

そうお母さんは言い、ほほえんだ。

あたしはたしかに、みんなといっしょのことが、あんまり得意ではない。でもべつに、いっしょのことがきらいなわけでもない。ただ、うまくできないだけなのだ。休み時間にいっしょにお手あらいに行くとか、いっしょのはやさで歩くとか、おたがいの気持ちがそろっているかどうか、いつもこまかくたしかめあいながら遊ぶ、とか。

ブラジャーは、むずかしかった。せなかがバッテンになっていて、かぶって着るようになっているのだけれど、バッテンとせなかがうまくなじまないし、ずりあがってうまくぴたっと体になじんでくれなかったりした。

でも、ブラジャーをすると、おっぱいがこすれていたいのがなくなるのは、よかった。

「お母さんは、あたしのおっぱいがこすれていたいことを、知ってたの?」

あたしは、聞いてみた。

「なんとなく」

「どうして、わかったの?」

あたしは、日記におっぱいがこすれていたいことを書いたことがあったかどうか、思いだしてみようとした。書いていないはずだ。口に出してはずかしいことは、日記にも書かないと思うし。

「わたしもりらと同じ年の時に、そうだったから」

「そうなんだ」

お母さんがお母さんでよかったと、あたしは思った。ときどきお母さんは、あたしのことを「扱いの難しい子」だと、さなえおばちゃんやさつきおばちゃんにこぼすので、あたしはそういうのはやめてほしいって、少しうらんでいたのだけれど、あたしのおっぱいがいたいことを、言わないでもわかってくれるのは、助かる。

「ずっと、いたいのかな」

あたしは聞いてみた。

「ううん、じきに、いたくなくなる。そのあとで、おっぱいが育つのよ」

「育つ」

あたしは、びっくりした。あたしのおっぱいは、育つのか！ もうあたしはずいぶん育っているのに、そのあたしの一部が、これからまた新しく育つって、とってもへんな感じだ。まるでその一部は、あたしじゃないみたい。

「アリスは、ブラジャーをしてたのかな」

あたしは、小さな声で言った。

「え？」

お母さんは聞き返したけれど、あたしはもう何も言わなかった。

「これからも、心配なことがあったら、なんでも聞いてね」

お母さんはそう言い、あたしのへやから出ていった。あたしは、三つあるブラジャーを目の前に広げ、ため息をついた。これから毎朝、ブラジャーをつけなければならないのだ。なんてめんどくさいのだろう。

そういえば、メイも「めんどくさいよね」と言っていた。アリスはたぶん、あたしよりも年下だから、ブラジャーはしていないだろう。うらやましい。

びっくりした。

第二次性徴って、大人になって赤ちゃんをうむ用意をするための、体の変化なのだ。第二次性徴、という漢字を、あたしはもう知ってしまった。学校の図書室にある百科辞典で調べたのだ。調べるのは、あたしは得意だから。

メイから「第二次せいちょう」という言葉を聞いた時には、ただ耳でだけ聞いていたので、「せいちょう」というひびきは、たいらに思えた。でも、こうして漢字を知ってしまったら、もうたいらには思えない。もっとこう、きかいじかけのような、ミシンがけのような、ぎざぎざした立体的でかたい感じがする。

あたしの体は、赤ちゃんをうむ用意をしているの？

赤ちゃんをうむなんていうことは、したくない。もちろん小学四年生は、赤ちゃんをうめない。たぶん。

でも、二十さいになった時にも、三十さいになった時にも、あたしは自分が赤ちゃんをうむとは思えない。そんなの、ぜんぜんそうぞうがつかない。

自分が五十さいになったり、七十さいになったりした時のことは、わりとうまくそうぞうできる。かみの毛が白くなったり、しわができたり、どっこいしょ、と言って立ち上がったりするのは、ちょっとすてきなことに思える。でも、あたしが赤ちゃんをうんで、だっこひもでつるして歩いたり、ベビーカーをおしたり、しつけをしたりしているところなんて、どうやってもすてきなことには思えない。

あたしは小さいころから、おままごとが苦手だった。人形も、ぬいぐるみも、ほしいと思ったことはない。赤ちゃんと人形はちがうものかもしれないけれど。犬をかいたかったりねこをかいたかったりも、しなかった。ワニは、かなりかいたかったけれど。

「ねえ、女の人は、赤ちゃんをうまなきゃならないの?」

あたしはメイに聞いてみた。

「まさか」

というのが、メイの答えだった。あたしは、ほっとした。

「でも、体は、赤ちゃんをうむ用意をかってにしちゃうんだよね」

「まあ、そうだね」

「用意を、中止にしてもらうことは、できないの?」

「それは難しいかもね」

あたしは『不思議の国のアリス』に出てきたくすりのことを思いだした。お話の最初のほうで、アリスの目の前を、かいちゅう時計を持ってチョッキを着た白ウサギが走っていくのだ。アリスはウサギを追いかける。そして、ウサギの穴にとびこむ。穴のおくは深い井戸みたいになっていて、アリスはそこに落ちてしまう。ずーっと落ちた先の底には、ほそながい広間があって、そこにくすりがあったのだ。

「わたしをお飲み」

というふだが、くすりのびんにはくくりつけてあった。アリスがそのくすりを飲むと、体がどんどん小さくなる。

「赤ちゃんをうむ用意がやめになって、反対に、赤ちゃんをうまないようにどんどんしてくれるくすりがあればいいのに」

あたしは、つぶやいた。

「用意がやめになる薬」

メイは、目をみひらいた。

「メイは、赤ちゃん、うみたい？」

あたしが聞くと、メイはしばらく考えていた。

あたしはだまった。メイも、だまっている。さいごに、メイは、ひとこと、

「赤ちゃんは、謎だな」

と言った。


あたしはそれからしばらく、アリスのくすりのことを考えつづけた。アリスはくすりを飲んだら、小さくなった。でも、そのあと、

「わたしをお食べ」

という字の形に、干しブドウがきれいに並んでいるケーキを食べると、反対に、やたら大きくなってしまうのだ。

三メートルくらいになったアリスを、もう一度小さくしたのは、こんどは、せんすだった。白ウサギが落としていったものだ。そのせんすで自分をあおぐと、アリスはまたちぢんでいく。最初アリスは、せんすであおぐとちぢむことがわかっていなかったので、あやうく小さくなりすぎて、消えるところだった。

そんなに急に小さくなったり大きくなったり小さくなったりしたら、車よいみたいにならなかったのか、本を読みながらあたしはアリスのことが心配だったのだけれど、今は車よいみたいになっても、おっぱいが大きくなるのを止めることができるなら、せんすを使いたい気分だ。

きのう学校で、あたしはいつもあたしのことを目のかたきにする女の子たちが、

「仄田、ブラジャーしてる」

と、こそこそ言いあっているのを、聞いてしまったのだ。

ブラジャーは悪いものなんかじゃない、ということを、あたしはもちろん知っている。でも、女の子たちがこそこそ言いあっているのを聞くと、ブラジャーは悪いものだとしか思えなくなってしまう。悪いものを体にくっつけたあたしは、まるでアリスのお話の中の、トランプのハートの女王さまになったような気分だった。

ハートの女王さまは、人の首をすぐに切りたがるのだ。

あたしは、人の首なんかぜんぜん切りたくない。でももし、ハートの女王さまになってしまったら、人の首を切るのが好きになるかもしれない。そうしたら、あたしのことをきらっている女の子たちの首も、切りたくてしかたなくなるんだろうか。

いやだなあ。

自分が、自分じゃないものになるのは、こまる。

ほうかご、あたしは絵くんをさがした。ハートの女王さまにならないですむように。

絵くんに会って、「ぐにもつかない」という言葉のことや、もしもワニをかったら名前は「さんじょうき」にするつもりなことなんかをしゃべったら、ブラジャーが悪いもの

じゃないって、また思えるようになるような気がしたのだ。

でも、絵くんは、見つからなかった。

あああ、と、あたしはため息をついた。

その日の夕ごはんは、アジフライだった。前のあたしなら、一つ半くらい食べたら、おなかがいっぱいになったのに、その夜は三つも食べてしまった。

気持ちはしずんでいるのに、おなかだけがちゃんとすくのは、ちょっときみ悪かった。ますます、自分が自分じゃないものになるような気がした。

あたしがうつむきながら、もそもそアジフライをかんでいたら、ひいおばあちゃんが、アジフライにかけるようにと、てんかふんの丸い箱をくれた。お父さんによれば「あちらの世界に近い」ひいおばあちゃんは、たぶんソースかマヨネーズのつもりで、てんかふんをくれたのだ。ありがとう、と、あたしは言って、おとなしく受けとった。てんかふんは、シッカロールのことだけど、ひいおばあちゃんはいつも「てんかふん」と言う。

食後、アジフライとソースのにおいのげっぷが、いくつも出た。あたしのいぶくろが、たくさんのアジフライを消化するのを、いやがっているのかもしれない。消化したえいようが、あたしの体を成長させるのを、とどめようとしてくれているのかもしれない。

あたしは、自分のいぶくろを、こっそりおうえんした。

でも、げっぷはすぐに出なくなった。いぶくろは、もうあたしのみかたをするのをやめにしちゃったんだろうか。

てんかふんのふたをあけて、あたしはそっとにおいをかいだ。アジフライやソースのような、温度のあるにおいじゃなくて、すべすべした冷たいにおいがした。りら、手伝って、とお母さんが言ったので、あたしはテーブルのちゃわんやおさらを、お母さんといっしょにかたづけた。お母さんがあらっていくしょっきを、あたしはふきんでふいていった。ひいおばあちゃんが、向こうのたたみのへやで、ころんと横になっている。小さないびきが、聞こえてくる。

ハートの女王様になったり、赤ちゃんをうむ用意を体がかってにしたりするなら、いっそのことワニになるほうが、ずっといいなと、ひいおばあちゃんのいびきを聞きながら、あたしは思った。もしもワニになったら、庭に小さな池をほってもらおう。お母さんはいやがるかもしれないけれど、お父さんにたのんだら、きっといい池をほってくれるにちがいない。ワニには、どのくらいの大きさの池がひつようだろう。そうだ。もしあたしがワニになったら、名前は「さんじょうき」のなかまな感じの「ちゅうせいだい」にしてもらおう。そう考えついたら、ようやく気分がよくなってきた。

明日、もし絵くんと話ができたら、ワニになったあたしを、かならず「ちゅうせいだい」とよぶように、言おう。そして、絵くんも、いっしょにワニにならないか、そして名前は「さんじょうき」にしないかって、さそってみるのだ。

たましいの名前

りらが、なんだかちょっとへんだ。

「そうかな、べつにへんだとは感じないし、もし少しはへんだとしても、人生、いろんな時期があるよ」

と、メイは言うのだけれど。

「またはさ、りらがへんだって感じるのは、絵の感じかたに原因があるんじゃないの?」

「感じかた?」

「うん、絵が変化したとか、成長したとか、退化したとか」

「たいか、って、どういう意味?」

「うしろに下がること」

「前向いたままでうしろに下がるのって、むずかしいよね。この前体育の時間に、うしろ歩きさせられて、うまくできなかった」

「そもそも、りらの、どこがへんなの?」

メイが、ぼくをじっと見ている。風がふいて、耳のすぐ横をちょうちょがかすめていった。りらならば、そのまま会話を中断して、じっと観察しはじめるところだ。

りらが、ぼくからはなれていくような気が、このごろしているのだ。学校の中では、りらはぼくのことを一番信用していて、一番友情を感じていて、いや、そんな教科書みたいな言葉じゃなくて、そうだ、りらは、ぼくがりらに一番近いって思っていた、はずなのだ。

ところが、このごろりらは、ぼくのそばにいない。四年生になったころから、ぼくとりらは、たいがい教室でもはなればなれだった。でも、いっしょにいないからって、気持ちがはなればなれだとはかぎらない。りらは、いつだって、ぼくのほうを向いていた。顔は向いていなくても、気持ちが、ぼくのほうを向いていた。

でも、今はそうじゃない。

「あのさ」

メイが言う。

「絵は、りらのこと、みくびってない?」

「みくびる」

びっくりして、ぼくは聞き返した。

「うん、りらには、絵しかいない、って」

「だって、ずっとそうだったんだもん」

「今までそうだったからって、これからもそうだとは、限らないでしょ」

コレカラモソウダトハカギラナイ。

メイの言葉が、頭の中でわんわんひびく。

「そんな」

口に出そうとは思っていなかったのに、ぽろりと、言ってしまう。

「そんな、ってことだらけだよ、人生は」

「メイ、なんか、年とった人みたい」

「成熟した人間って表現してほしいな」

「は？　成じゅく？」

メイが、ぼくの頭のてっぺんを、げんこつでこつんと突いた。あんまりいたくはなかったけど、いたい、とわざと心の中で何回もくり返して、「そんな」という気持ちが、なかったふりをした。

もちろん、りらがいつかぼくからはなれていくっていうことは、知っている。

でも、それがこんなに早いとは、思っていなかった。

たとえば、小学校を卒業して、中学生になったら。高校生になったら。いや、もっと大人になって、二人ともそれぞれけっこんしたら。そうしたら、りらとぼくは、もちろんはなれる。でも、それまでは、りらはずっとぼくのすぐ近くにいるはずじゃなかったんだろうか。

ぼくは今、さみしいのかな、と考えてみる。

いや、それほどさみしくはない。

ぼくはりらが好きだけど、りらに告白したいとかつきあいたいとか、一度も思ったことはないし。

「小学四年生は、まだつきあうとか好きとか、そういう気持ちにはならないんじゃないの？」

メイはそう言ったけれど、クラスの中には、つきあってる子たちが何組かいる。リョウと、マナ。のぶと、さゆ。それから、オウシロウとじゅりあ。どの子たちも、ほうかごは二人でいっしょに家に帰る。休みの日には、デートもしているみたいだ。リョウとマナなんて、お父さんやお母さんにもちゃんとしょうかいしあっているって言ってた。

「そんな若いころから恋愛しなきゃならないのかー。苦労を先取りしてるね、最近の若者は」

メイは、わらった。

このごろ、りらとぼくの間には、白くてぼんやりしたまくがはっている。

まくは、うすくてすぐに破れそうだけれど、ぼくはなんだかこわくて、そのまくを破れない。だって、破ったとたんに、前とはちがうりらがいそうな気がするから。

「若者は、繊細だね」

メイが言う。

たしかに、若者って、なんか、めんどくさいものなのだなと、ぼくは思う。早くおじさんになりたい。そして、まくとかつきあうとかはなれるとか近づくとか、そういうのは、もう全部どっちでもよくなりたい。

でも、メイはぼくをさとすように、こんなことを言った。

「おじさんになったら、また違う『膜』とか『出会いと別離』とかがあるみたいだよ。うちの南生さんと麦子さん見てると、そう思う」

おじさんになってもだめなのか。それじゃあ、おじいさんになったら、どうなんだろう。だれかとけっこんして、おくさんが子どもをうんで、孫とかもできて、仕事ももうたいしょくして、そうだ、そういうのを、「ゆうゆうじてき」って言うんだった。去年、電子辞書で調べた言葉だ。

「絵、それって、昭和の価値観だよ。大黒柱を囲んだファミリーを組織するって未来像、すごいね絵は。絵のお母さんは、そういうのに反発を覚えるタイプに見えるんだけど、不思議」

さんざんだ。ぼくはべつに、「大黒柱」になんてなりたくないし、「ファミリーをそしき」したくもないけど、それ以外のことを、うまくそうぞうできないのだ。

こんなだから、りらとの間にも、まくができてしまったんだろうか。

「ちょっと、考えてみる」

ぼくは、少ししょんぼりしながら、立ち上がった。メイは、すわったままぼくを見送った。家に帰ると、かあさんは仕事をしていた。いつもこもる四畳半のふすまは閉じていて、食卓にはコンビニのおむすびとからあげとごぼうサラダのパックがおいてあった。

「夕飯です。全部食べてだいじょうぶだよ。お風呂入れといてくれると、ありがたし」

という紙が、からあげのパックの上にのっている。かあさんの字は、少しよれていた。きっと仕事が進んでいないにちがいない。

考えてみる、と言っていたのに、からあげを全部食べ終わるころには、ぼくはメイと話したことを、ほとんどわすれていた（ということは、ほんとうはもっとあとになって思いだした。だって、わすれている時には、自分がそのことをわすれてることなんて、わかるわけがないんだから）。

かあさんは、夜八時になっても、ずっと四畳半にこもっていた。おふろは、今日は入らなくてもいいんじゃないかなと決めて、ぼくはパジャマに着がえてしまった。テレビをつけたけど、見たいものがなかった。今日は宿題はなかったし、まだねむくなかったので、かあさんのところに送られてきた本の山のいちばん上から、順番に一冊ずつ取っていって、ぱらぱらめくった。かあさんのところには、「ぞうてい」という本が、ときどき送られてくるのだ。たいがいは、子どものためのお話だけど、たまに大人用の小説や、詩の本なんかもまじっている。

本は、全部で十二冊積みあげてあった。てっぺんから七冊めまでの本は、全部子ども向けの本で、一冊ずつめくってみたけれど、どれも出だしにうまくのれなくて、ぼくはすぐに放りだしてしまった。

八冊めは「新書」で、漢字ばっかりだったのでやめて、その下の三冊は大人の小説で、これもやっぱり横においておくことにして、いちばん下が、写真のいっぱいのっている本だった。

ぼくは、その写真の本が気にいった。

ふつうの本よりも大きなその本は、ふつうの本ならうら表紙にあたるところが表紙で、左にめくっていくと、まず外国語の文がずらずら並んでいた。なんだこれ、と思いながらまためくると、今度は日本語になったけど、その日本語も、たて書きじゃなく、横書きだった。

本が重かったので、ひざにおいた。もっとめくっていくと、白黒の写真があらわれた。大人が二人、子どもが三人、写真の中にいた。大人の男の人が、肩にねこをのせている。服は、ジャージだ。大人の女の人も、ジャージを着ている。ラジオ体そうみたいに両方のうでを上にのばして、お日さまを見上げるみたいに顔をあげている。子ども三人も、ジャージを着ていた。一人は体育ずわり、もう二人はねそべっている。

五人は、横一列になっていたけど、ばらばらな感じがした。その、ばらばらな感じが、よかった。同じようにジャージを着ているのに、同じ場所にいるのに、五人が知り合いだとか家族だとかいう感じが、ぜんぜんしない。どこからか急に連れてこられて、ほらそこに並びなさい、となりの人としゃべっちゃだめですよ、せきとかもしないでね、と言われて、しかたないからそこにいるみたいに見えるのだ。

次のページをめくると、それも白黒の写真で、今度ははだかの女の人がうしろを向いていた。女の人は三人いて、せの高さが少しずつちがっていた。おしりが、丸くたれている。エッチな写真のはずなのに、エッチじゃなかった。じゃあ、どういうのがエッチなのかって聞かれると、ぼくにはうまく答えられないけど、とにかくエッチとはちがう、はだかだった。

ぼくは、どんどんページをめくっていった。人は一人もいないで、鳥だけがうつっている写真もあったし、家の屋根のかわらが十こくらい大きくうつっている写真もあったし、むかしっぽいバスがむかしっぽいバスていにとまっている写真もあったし、赤ちゃんが四人まじめな顔をしてねそべっている写真もあった。どの写真も少しずつへんだったけど、ぼくは好きだった。

ページをめくるのを、やめられなかった。

かあさんの四畳半からは、何の音もしてこない。いつもなら、「あーあ」とか「もう」とかいうかあさんの声がときどき聞こえてくるし、いすをずらしたり、パソコンのキーボードをかちゃかちゃ鳴らす音も聞こえてくるはずなのに、しんとしていた。

ぼくは、時計を見た。

八時だった。

さっきも八時だったはずだけど。ぼんやり思いながら、写真の本をひざにおいたまま、女の人のおしりのページを、また見てみた。

きゅ。

という音がした。

気がつくと、夜じゃなくなっていた。パジャマのまま、ぼくは外にいた。そこは砂だらけで、地面についたおしりと、足のうらが、じょりじょりした。暗くなくて、でも日がてっている感じもしなくて、うすぼんやりした場所だった。

「かあさん」

よんだけど、だれも答えなかった。ぼくは写真の本をひざから落としてしまった。

そのとたん、またぼくは家に帰ってきた。写真の本は、すぐ横にすべり落ちていた。

「かあさん」

またよぶと、四畳半のふすまが開いて、かあさんが顔を出した。

「あらもう八時すぎ。お風呂入る?」

かあさんは聞いた。

「ううん、入らない」

ぼくは答え、いそいで写真の本をうしろにかくした。

「そっか。じゃ、あたしも今日は入らない」

そう言いながら、かあさんは四畳半から出てきた。

「もうねる」

ぼくは言って、かあさんにせなかを向けた。そっと写真の本を本の山の下におしこんで、そのまま部屋に入った。

「歯、みがいたー?」

かあさんが言っている。みがいたよ。答えて、ベッドにもぐりこんだ。もちろん、歯はみがいてなかった。ほんとうはまだねむくなかったけれど、ふとんをかぶって、ぎゅっと目をつぶった。


七月になれば、夏休みが来る。毎年夏休みは来るのに、今年の夏休みはいつもとちがうものになるような気がしているのは、なぜなんだろう。

この前、写真の本を見ていた時に、へんなことが起こったからかもしれない。

でも、あれは、ほんとうに起こったことだったのかな。

ゆめだったのかも。

りらとは、この前ひさしぶりに話した。

話してみたら、りらがぼくからはなれていくみたいな気持ちになっていたのが、少しうすまった。

「あのね」

と、りらは言った。

「あのね、あたし、このごろ人体や宇宙の本だけじゃなくて、いろんな本を読むようになったの」

へえ、と、ぼくは言った。だって、それ以外、言いようがなかったから。

たとえば、りらが器械体そうを始めた、とか、トランペットをふき始めた、とか、一輪車に乗れるようになった、とかなら、すごいって感心できるけど、もともとりらは本を読むか虫をかんさつするか一人でぼんやりいろんなことを考えるかばっかりしてきたのだから、いくら今までとちがう本を読むようになったとしても、あんまり変わりはない。

「もっとおどろいてよ」

りらが言うので、

「マジ？　ヤバイ！」

と大きな声で言ってやった。

「いいね、それ」

りらはよろこび、いっしょに、「マジ、ヤバイ」とくり返した。でも言いかたがおそくて、すごくゆるい、「マジヤバイ」だった。

この前写真の本を見ていた時に起こったことを、ぼくはりらに言ってみようかと、いっしゅん、思った。りらの、ゆるい「マジヤバイ」がなかなかよかったので。

でも、やめておいた。りらはきっと、そんなことはありえない、とか、かんちがいじゃない？　とかは言わないだろう。だから、言ってもいいのかもしれなかった。だけど、ぼくはどうやって説明したらいいのか、わからなかったのだ。

夜、写真の本を見てたらさ。夜じゃなくなってさ。砂の上にすわっててさ。それから、すぐにまた夜になったんだけど。そんな言葉だけじゃあ、あの時のことは説明しきれない。

もう少し様子をみよう。ぼくは、心の中で思った。

「ねえ、図書館に行かない？」

りらが言った。

「図書館」

「うん。欅野区立第一図書館。行ったこと、ない？」

「ない」

「メイは、けっこうよく行くみたい」

「小学生が行ってもいいの？」

「うん」

「ま、つきあっても、いいけど」

りらは、にっこりした。少しだけ、むねがどきどきした。この前の夜、写真の本を見たあと、ベッドにもぐりこんだ時のどきどきとは、ちがうどきどきだった。こいつ、なんか、かわいい。ぼくは、りらのにっこりした顔を見ながら、ちらっと思ってしまったのだ。

りらの身長が、ぼくと同じくらいになっているのに気がついた。なんか、少し、あせる。次にそう思ったとたんに、むねのどきどきは止んだ。図書館は、少し遠かった。


「で、初めて行った図書館、どうだった？」

かあさんに聞かれ、ぼくは、

「べつに」

と答えた。

図書館は、冷たいにおいがした。たくさんすうと、いたいようなにおいだ。りらは慣れた感じで、どんどん図書館のおくのほうに歩いていった。ぼくは、りらについていった。りらのかみの毛が、前よりのびている。かたの少し下で、りらが一歩ふみだすたびに、かみの毛の先っぽがそわそわゆれる。見ていると、くすぐったくなった。

いちばんおくのたなの前で、りらは立ち止まった。

「この本、おもしろいんだ」

りらは言って、一冊の本を取りだした。きれいな本なのに、古い感じがした。表紙をめくると、そこには、男の子と女の子の絵がかいてあった。でも、りらはすぐにその本をたなにもどした。

「まちがえた、これじゃなくて、こっち」

そう言いながら、もどした本のとなりのとなりにあった、大きめの本を取りだす。

ぼくは、びっくりした。

だって、その本は、写真の本だったから。

「いっしょに見よう」

りらは本をかかえて、いすにすわった。そのあたりにはだれもいなくて、かべぎわに並んだいすにも、だれもすわっていなかった。

ぼくとりらは、並んですわり、りらがひざの上で開いてめくっていく写真の本を、いっしょにじっとながめた。

写真は、白黒だった。この前家でぼくが見た本とはちがう写真の本だったけれど、白黒なのは、同じだった。

「この写真が、すごく気にいってるんだ」

そう言ってりらがめくったページには、人はうつっていなかった。かわりに、何十冊もの本が並んだたなが、らせん階段のずっとずっとおくまで続いている、これは、もしかしたらどこかの図書館なんだろうか。

「バベル、っていう題なんだよ、この写真」

「ばべる」

「へんな題だよね」

どこかで聞いたことがあるなあと思ったけれど、どこで聞いたのか、思いだせなかった。りらとぼくは、しばらくその写真をじっと見ていた。それからまた、りらはページをめくっていった。いろんな写真があった。どの写真にも人がいなくて、でも、写真のどこかに、だれかがかくれているような気がした。

図書館を出ると、日がくれかけていた。そんなに長い時間図書館にいたんだと思って、おどろいた。

「ばべるって、何?」

帰ってから、かあさんに、聞いてみた。

「すっごく高い塔の名前」

「どこに立ってるの?」

「もう壊れた」

それじゃあ、あの写真は、もう今はないとうの中の写真なんだろうか。わけがわからなくて、ぼくは少しへんな気持ちになった。おく歯が、うまくかみしめられないような気持ちだ。ちゅうとはんぱで、おちつきが悪い。

「おなかすいた」

ぼくがそう言うと、かあさんはかたをすくめた。そして、

「自然にご飯ができるとは思わないでね」

と言いながら、立ち上がってれいぞうこをあけ、鼻歌をうたいだしたので、ぼくはもっとちゅうとはんぱな気持ちになってしまったのだった。


次の土曜日は、とうさんと会う日だった。

このごろとうさんはいそがしいらしくて、この前会った時から、二か月がすぎている。

「ねえ、とうさんは、ぼくと会ってて楽しいのかな」

土曜日の朝に、ぼくはかあさんに聞いてみた。

「とうさんに、何か言われたの?」

「ううん」

「じゃ、絵がとうさんと会っても楽しくないの?」

「楽しいっていうのとは、いつもちがうし」

「じゃあ、とうさんと会うのって、どんな感じ?」

ぼくは、しばらく考えた。とうさんとかあさんがりこんしたのは、ぼくがようちえんのころだ。とうさんは、いつも会社から帰るのがおそかったから、ぼくはあんまりとうさんといっしょに遊んだり出かけたりすることがなかった。そういうのは、かあさんの係だったんだと思う。ほかの家は、お父さんが会社でいそがしくても、土曜日とか日曜日には、家族で出かけていた。でも、うちは土曜日と日曜日は、かあさんの仕事の「かきいれ時」だったので、ほとんどずっと家にいて、それじゃあその時とうさんはどうしていたかっていうと、たしか、とうさんも机に向かって仕事をしていた。しかたないので、ぼくも絵をかいたり小さな音でテレビを見たりした。お休みの日の家の中は、学校のある日よりも、もっと静かだった。

お昼ごはんと夕ごはんの前になると、かあさんがあわててフライパンとおなべのまわりをちょこちょこ走りまわって、どんぶりや大きなお皿に、どん、と山もりになったごはんを作った。あのころ、かあさんはいつも少し、いらいらしていた。

「とうさんと会うのは、あんまり楽しくないけど、ちょっとおもしろい」

「あのひとは、面白いのか」

かあさんは、笑った。

とうさんとは、いつものファミレスで待ち合わせた。ぼくはおすしをたのんで、とうさんはピザをたのんだ。ピザなんて、めずらしいね。ぼくが言うと、とうさんはうなずいて、

「たまに、ものすごく食べたくなる。さよは、元気か?」

と言ったので、びっくりした。とうさんがかあさんのことを、さよってよぶのは、はじめてかもしれない。

「仕事がいそがしいみたい」

「そりゃ重畳」

「ちょうじょう?」

「あとで、電子辞書で調べてみろ」

食べ終わると、とうさんはすぐに帰っていった。いつもメイと会う公園のベンチにす

わって、ぼくは電子辞書をひらいた。とうさんに会う時には、たいがい持っていくのだ。おまもりを持っていくような感じかもしれない。

ちょうじょう、という言葉は五しゅるいあった。「牒状」という文字がいちばん気に入ったけれど、たぶんとうさんが言ったのは「頂上」か「重畳」のどちらかだろう。「頂上」は「いただき。てっぺん。この上ないこと」で、「重畳」は「この上もなく満足であること。とても好都合なこと」だ。でも、もしかすると、どっちでもなくて、じつは「超常現象」の「超常」なのかもしれない。「常識を超えた現象。科学では説明できないようなこと」ってあるから。それはずいぶんかあさんに失礼なんじゃないかなと思ったけど、かあさんに聞かせたら、大わらいするかもしれないので、あとで言ってみようと思った。

りらが、いない。

いや、ちがう。りらは、いる。でも、ほんとうにりらは、あそこにいるんだろうか。

教室の向こうの列に、たしかにりらはすわっている。いつものように、教科書の上に少しうつむくようにして、先生の話をあんまり聞いていないふうに見える角度で。でもたぶん、りらは先生の言うことはちゃんと聞いている。もしもりらがじゅぎょうにきょうみがないばあい、りらは顔をちゃんとあげて、かえって先生のほうをまっすぐに見るからだ。つまんない時は、先生が学校の外ではどんなふうなのかそうぞうしてみるんだ、って、りらは前に言っていた。

いつものりらが、いつものりらっぽくすわっている。

なのに、ぼくは、りらがいないって感じてしまうのだ。

ちょっと前には、りらがぼくのそばからはなれていくような気がしていたのだけれど、今は、はなれていくどころじゃなくて、もうそこにいないのだ。

このごろ、ぼくとりらは、しょっちゅう図書館に行くようになった。いつもの図書館のあのおくのたなまで行って、写真の本をながめたり、ときどきは男の子と女の子の絵が、表紙をめくったページにある本をぱらぱらながめてみたり、前に一度読んだことのある子ども用のお話の本を読み返してみたりする。

あきると、図書館の外に出てベンチにこしかけ、道を歩いている人たちの名前当てごっこをする。田中さんとか山本さんとか、そういう名前じゃなくて、「たましいの名前」を当てるのだ。

「たましいの名前」については、メイが教えてくれた。

「人はみんな、たましいの名前を持ってるの。麦子さんのは『トリスタン』で、南生さんは『太郎』、あたしは『のりたま』」

なにそれ、と、りらと二人でおもしろがると、メイはそれぞれのたましいの名前の「ありかた」を教えてくれた。「ありかた」っていうのは、そのたましいの性格みたいなものだそうだ。

麦子さんの「トリスタン」のありかたは「悲しみ」、南生さんの「太郎」は「そのものずばり」、そしてメイの「のりたま」は、「ご飯は大切」。

メイの言葉を聞いて、りらはじっと考えこんだ。

「あたしのたましいの名前は、何かな」

しばらくりらは考えていたけれど、自分のたましいの名前は、思いつかなかったようだ。かわりに、

「絵くんのたましいの名前は、きっと『恒星』だよ」

と言った。

「恒星って、どういうありかたのたましいなの?」

メイが聞いた。

「恒星は、自分で光ることができる星なの。だから、『自分で光る』っていうたましい」

りらがそう答えたので、ぼくは少しはずかしかった。自分で光るって、かっこよすぎ

じゃないか、って。

図書館にいっしょに行く時と、メイに会う時には、りらは、いるのだ。すぐそこに、ぼくといっしょに。

でも、それ以外の場所だと、りらの体はそこにあるっていうのに、りらはそこにはいないのだ。

メイにそうだんしなきゃ、と思った。それとも、かあさんに？

かあさんは、このごろすごくいそがしそうだから、そうだんしにくい。メイにならもっと気がるにそうだんできそうだけど、またちゃかされたらいやだなと思う。

りら。

ぼくは、心の中で、教室の向こうにすわっているけど、そこにはいないりらに、よびかけた。

帰ってきて。

目のすみを、小さな黒いものがよこぎったような気がした。ねずみ？　と、はんしゃ的に思ってから見直すと、何もいなかった。気温は高いのに、体がぶるっとふるえた。

りら。

ぼくは、もう一度、よびかけた。

海でおぼれそうになった

夏休みは、うれしい。だけど、なぜなんだろう、夏休みの最後は、いつもさみしい。長いお休みが終わるんだから、そりゃあさみしいに決まってるでしょう。お母さんは言う。でも、今年の夏休みが終わった時、いつもよりももっと、あたしはさみしかった。

あたしの四年生の夏休みは、こんなふうに始まった。

夏休みに入った最初の日、あたしは一人で図書館に行った。

絵くんとは、いっしょじゃなかった。絵くんは、学校のプールに毎日行くって言っていたからだ。七月から八月の最初の週まで、プールはかいほうされている。絵くんは、泳ぎが得意だ。でもあたしは泳げないから、行かない。

あたしは、図書館で読みたい本があったのだ。それは、いろんな家の写真や間取りや、あと、その家に住んでいる人の「住んでみた感想」がのっている本だ。

そういう本があることを、あたしは知らなかった。でも、一学期の終わりごろ、絵くんといっしょに図書館に来た時に、発見したのだ。おくのたなの、少し手前のたなに、家の本は何冊かまとめて置いてある。

図書館は、すいていた。まだあいたばかりで、入り口の、新聞やざっしのコーナーには、おじいさんが何人かすわって、ゆっくりざっしをめくっていた。ずらっと並んだたなや、自習用のつくえのあたりには、ほとんど人がいなかった。

あたしは家の本を二冊持って、まどぎわにあるかたいソファーにすわった。ソファーのすわる部分はすりへっていて、ざらざらしている。足が当たるところにはいっぱいきずがついていて、よく見ると小さなシールがはってあった。小さな子がはったのかもしれない。うさぎとか、かえるとか、お日さまとかのシールだった。

家の本を、あたしはていねいに読んだ。中で、あたしが特に気に入ったのは、木がものすごくしげっている家だった。森みたいな木々にかこまれたその家は、一階だてだった。ましかくで、白いペンキがぬってある。気に入ったのは、屋上があるところだ。一階だてなのに、屋上があるのが、へんで、すてきだった。屋根の部分は平たくなっていて、どうやら家の中から屋根にちょくせつ上がれるようになっているらしい。その平たい屋上には、物干し台があって、シーツとくつしたとシャツが何まいか干してあった。

シーツは、風になびいていた。

家の中の写真も、何まいかあった。中は、けっこう暗い。まどが小さいのだ。あたしが大好きな暗さだった。そのうえ、木に囲まれているので、ますます暗いのだと思う。

部屋の感じは、あたしのうちとはずいぶんちがっていた。うちは、一階に、台所と、食堂けん居間がある。その二つの部屋は板ばりだけれど、あとはみんなたたみの部屋だ。一階にある二つのたたみの部屋の、かたほうはひいおばあちゃんの部屋、もうかたほうはおじいちゃんの部屋だ。ひいおばあちゃんの部屋には、小さなテレビがあって、食事の時以外は、ひいおばあちゃんはたいがいそのテレビを見ている。もっと大きなテレビが食堂けん居間にあるけれど、うちではあんまりテレビは見ない。それなのに、テレビはすごく大きくて、「うちの一階」というと、あたしはテレビのことばっかり思いだしてしまう。四角くてうすくてりっぱなテレビ。でも、あんまり使われなくて、少しかわいそうなテレビ。

二階には、たたみの部屋が二つある。一つはお父さんとお母さんの部屋、もう一つはあたしの部屋だ。あたしの部屋には、前も言ったように、お父さんの「しょさい」がくっついている。一階の屋根の上に「たてまし」した「しょさい」だ。ただ、お父さんは平日はめったに家にいないので、そこは実は、あたしの部屋みたいになっている。

というふうに、あたしの家には、こまかい部屋がいっぱいあって、おまけにたいがいの部屋はたたみの部屋なのだけれど、写真の家には部屋は一つしかないのだ。その部屋は、とっても大きな部屋で、そこは台所と食堂とねる場所とお客さんが来る場所とをかねている。もしかすると、運動したり歌をうたったりもするのかもしれない。あんまりものが置いてなくて、倉庫みたいなふんいきでもある。そして、うす暗い。気持ちよさそうな、うす暗さだ。

いいなあ、と、あたしはため息をついた。大きくなったら、こんな家に住めるかな、とそうぞうしてみた。

あたしは一人でその家に住みたい。犬もねこもかわない。かめは、かってもいいかもしれない。あと、昆虫はいろいろかいたい。

夏休みの一日めは、ずっと図書館ですごした。お昼にはいったん家に帰ったけれど、午後にはまた図書館に行った。自習室はいっぱいになっていたので、すわり心地の悪いソファーで、あたしはずっと家の本を読んでいた。あたしが気に入ったその家に住んでいるのは、うちのおじいちゃんと同じくらいの年のおばあさんだった。おじいさんはいなくて、一人ぐらしだ。

「一人が好きなのよ」

という、おばあさんの言葉が本にはのっていた。「一人が好きなのよ」と、あたしは持ってきたノートに書きこんだ。自由研究に使えるかもしれないと思ったからだ。一人が好きな人と、そうじゃない人について、とか。

家に帰ったら、もう夕ごはんの時間をすぎていた。お母さんにしかられるかと思ったけれど、お母さんはなんだかぼんやりしていて、何も言わなかった。あたしは気づかれないように、いそいで手をあらってうがいした。そして、食堂に行っていすにすわった。

「おかえり」

と、おじいちゃんがわざとのような大きな声で言った。たぶん、あたしがおそくなったので、注意しなきゃと思ったにちがいない。あたしは知らんふりで、

「ただいま」

と答えた。お母さんは、台所とテーブルの間を、だまって行ったり来たりしていた。

「りらは、手伝いとか、ほとんどしないんだ」

絵くんが、少しばかにしたように言ったので、あたしはむっとした。

「そんなこと言うんなら、絵くんは、お手伝い、たくさんするの?」

「うん、食事とかも、かんたんなものなら、作れるよ」

絵くんは、ご飯をたくこともできるし、ぶた肉いためも作れるし、ほうれんそうをゆでることもできるそうだ。四年生になってからは、火を使ってもいいことになって、「かあさんに料理をしこまれてるところ」

なのだという。

あたしは前は食べものにはきょうみがなかった。少ししか食べることができなかったので、どんな料理でも、みんなおんなじだったのだ。でもこのごろあたしは、食べものが好きになった。絵くんのところでお好み焼きを作ったのは去年のことだ。あの時は、まだあたしは料理のことはどうでもよかった。ただ、絵くんのお母さんの「ゆうあい」の相手だという「なかつかささん」が、あたしにも食べられるお好み焼きを作ってくれたのが楽しくて、ホットプレートでいっぱい焼いて食べたのだ。

今なら、あたしはきっと甘いソースがかかっていても、お好み焼きが食べられると思う。肉の、あぶらみだけじゃなく、にくにくした部分も好きになったし、カレーに入っているにんじんだけじゃなく、お母さんがサラダに入れるにんじんも、好きになった。

「あたしも、しこんでもらえるかな、料理」

「うちのかあさんに?」

「うん、うちのお母さんは、あたしのこと、まだ何もできない小さい子どもだと思ってるみたいなんだもの」

「火を使うより前に、りらはじゃがいもの皮をむいたりキャベツをせんぎりにしたりは、できるの？」

「できない」

「じゃ、そこから始めなきゃ。皮むききが使えるようになることと、せんぎりができるようになることと、お米をとぐことからだな」

はー、とあたしはため息をついた。でも、その三つができるようになったら、絵くんは絵くんのお母さんに、あたしのことも「しこむ」ようたのんでくれるかもしれない。

もっと料理ができるようになったら作ってみたいもののことを、絵くんは話してくれた。ジャンバラヤと、シュークリーム（生クリームの）と、タンタンメン。どれもカタカナだ。なんだか少し、にくたらしい。カタカナなのがにくたらしいし、ジャンバラヤの意味がわからないのも、にくたらしい。

夕方家に帰ると、お母さんが食堂けん居間の小さなソファーに横になっていた。ひいおばあちゃんが見ているテレビの音が、おくから聞こえてくる。

「どうしたの」

と、お母さんに聞くと、お母さんはだるそうに起き上がった。

「ちょっと昼寝してたら、こんな時間になっちゃった」

そう言いながら、目をぱちぱちしている。いつものお母さんじゃないみたいで、あたしは心配になった。

「大丈夫よ。寝覚めだからぼんやりしてるだけ」

「ねえ、あたし、夕ごはんの手伝いする」

「あら、助かるわ」

いつもなら、あたしにはあんまり手伝いをさせてくれないお母さんが、めずらしくそう言ったので、あたしは心の中で「しめた」と思った。絵くんが言っていたことを身につける、いいチャンスだ！

「お米、とぎたい」

そう言うと、お母さんはまた目をぱちぱちした。さっきのぱちぱちよりも、ずっと元気のあるぱちぱちだ。

「あら、じゃあ研いでみてよ」

それで、あたしは大いにはりきってお米をといで、にんじんの皮もちゃんとむいて、キャベツも上手にせんぎりにして……ならよかったのだけれど、ぜんぜん、だめだった。

ねこの手、という形を、あたしはお母さんに教わった。ほうちょうを持つのとは反対がわの手をふわっとグーの形にするのが、ねこの手だ。ほうちょうで切ろうとするにんじんやキャベツをおさえる時には、手の指をのばしてはだめで、必ずねこの手にしなきゃ、あぶないのだ。

でも、ねこの手はむずかしかった。グーの形は作れるけれど、すぐにぎゅっとしてしまって、ふわっとはできない。だって、もうかたほうの手では、ほうちょうを使っているのだ。ほうちょうは、こわい。指を切ったら、血がぴゅっと出る。

「ゆっくりすれば、だいじょうぶ」

お母さんは言いながら、てきぱき野菜をあらってから、水切りかごに立ててあったお皿をふいた。あたしが使っていないほうのまな板で、ねぎを切り、そのあとにはしょうがをすりおろした。その間にあたしができたのは、にんじん一本の皮を、皮むききでむくことだけだった。おまけに、皮はまだところどころ残っていた。

「上手上手」

お母さんはそう言ってほめてくれたけれど、あんまり気持ちがこもっていない「上手上手」だった。皮をむいたにんじんを、五分くらいかけてようやく六つくらいに切ったら、あたしはすっかりつかれきっていた。

「最初にしては、うまいわよ、りら」

「うまくない。絵くんはもっとうまくできる」

「じゃあ、明日から毎日お手伝いして。もう四年生なんだから、りらもお台所に入ってもいい年ごろよね、考えてみれば」

お母さんはそう言って、一人でうなずいていた。それではあたしは、絵くんのお母さんにはもう料理を教えてもらわなくていいのだ。

絵くんといっしょじゃなくなったことには、少しがっかりしたけれど、もし絵くんのお母さんに料理を教わることになったら、きっと絵くんは先ぱいぶってえらそうにするだろうから、まあいいかと思った。

七月の末までに、あたしはお米をとぐこともできるようになった。

「りらも、大きくなったわね」

と、お母さんは言った。たしかにあたしは大きくなった。せたけものびたし、かみものびたし、体ぜんたいも大きくなった。それはあんまりうれしいばっかりのことじゃなかったけれど、お米がとげるようになったことは、うれしかった。すぐに絵くんにじまんしようと思ったけれど、がまんした。じまんは、とっておいたほうがいい。いざという時のために。

家についての本を読むようになってから、あたしは新聞の中に入ってくる広告をよく見るようになった。家の広告をさがすためだ。

土曜日と日曜日には、特に家の広告がたくさん新聞に入る。欅野区の中の、すぐ近くや少しはなれたところにあるマンションや、「古家」のたった土地、それに、まっさらなただの地面だけの土地の広告は、みんなとてもおもしろい。

あたしは、マンションに住んでみたい。メイのところのようなテラスハウスでもいい。たくさんの人たちが、同じたてものに住んでいて、でもみんな別々なのって、いったいどんな感じなんだろう。

うちの両方のおとなりの阪井さんと堀さんは、どちらもあたしが生まれる前からうちのおとなりさんだった。阪井さんのおばあちゃんと堀さんのおばあちゃんは、うちのひいおばあちゃんとなかよしさんだったそうだ。今はどちらのおばあちゃんもあまり外に出てこないし、うちのひいおばあちゃんも家でずっとテレビを見ているので、三人が立ちばなしをしているところを見かけることはなくなったけれど、あたしが小さいころには、阪井さんのおばあちゃんはいつもあたしを見て、

「鷹彦くんによく似てるわねえ」

としょっちゅう言っていたし、堀さんのおばあちゃんは、

「鷹彦くんが大人になるなんて、まあ、わたしたちも年とるわけよねえ」

と言っていた。

たかひこくん、というのは、あたしのお父さんの名前だ。ひいおばあちゃんは、お父さんのことをいつまでも子どもだと思っているみたいだけれど、阪井さんのおばあちゃんも、堀さんのおばあちゃんも、同じだ。お父さんは、大人の「仄田さん」じゃなくて、いつまでたっても「鷹彦くん」なのだ。

この前あたしは、図書館のすぐそばにある家の広告をみつけた。

そこには「築十五年」のアパートがたっている。

「マンションとアパートって、どうちがうの」

と、あたしはお母さんに聞いてみた。

「アパートは学生さんが住むところ？　いや、そうじゃないわね、わたしが小さいころは、家族でアパートに住んでたものねえ。違いって、うーん、難しいわねえ」

というのが、お母さんの答えだったけれど、ちょうどその時家にいたお父さんが、かわりに答えてくれた。

「マンションは、たぶん二十とか五十とか、たくさんの個人や家族が住んでる建物。アパートは、だいたい十以内の個人や家族が住んでる建物」

だそうだ。

「築十五年」のアパートの広告は、今まで見たことのない広告だった。

「アパートの部屋をかします」という広告じゃなくて、「アパートを売ります」という広告だったのだ。

アパートって、買うことができるんだ！

あたしはびっくりした。

「ぼくの知人にも、アパートを買った奴がいるよ。で、一階は人に貸して、二階部分の部屋全部は自分一人で使ってるんだ。そいつは考古学者で、本や古いものやいろんなもののコレクションが大好きなんで、コレクションを置く部屋が必要なんだって」

「へえ、変わった人ねえ」

お母さんは目を大きくみひらいてそう言った。

「でも、楽しそうだよね？」

お父さんがそう言うと、お母さんはひらいた目をきょろきょろさせた。

「そうなのかしら……」

アパートの二階全部が自分の部屋で、その下には何人かの人が住んでいる。あたしはそういうアパートに住んでいることをそうぞうしてみた。

すてきだ！

八月になってプールのかいほうが終わったら、広告の「売りアパート」を、絵くんといっしょに見に行ってみようと、あたしは決めた。

アパートは、図書館のとなりのとなりのとなりにあった。二階だてで、一つの階に四つ部屋がある。

「ここにだれか知ってる人とかが住んでるの？」

絵くんが聞いた。

「ううん」

「じゃあ、なんで」

「このアパートを買おうかどうしようか決めるために、見に来たの」

「え？」

あたしにはちょきんが十万円ある。小さいころからのお年玉や、入学いわいにもらったお金やなんかを、お母さんがためておいてくれたのだ。でも、十万円ではアパートを買うことはできない。その千倍よりもっと多いお金が必要だ。だけど、世の中には「ローン」というものがあるって、この前あたしは知った。さなえおばちゃんのところは、この前ローンを「くりあげへんさい」したのだそうだ。「くりあげへんさい」は、かりていたお金を、予定より早く返すことだ。

「さなえおばちゃん、すごいのね」

あたしが言うと、お母さんはうなずいた。そして、

「うちはもともとここがお父さんのところの持ち家だから、ローンがないので助かるわ。でもそのかわりに、家族が多くていろいろあるんだけどね」

と言った。いろいろ、というのは、もしかして、あたしが「扱いの難しい子」だということだろうか。ひいおばあちゃんが「ぼけてる」ことだろうか。それとも、お父さんが少し変わり者で、「なんだか話が通じないのよね」と、ときどきお母さんが文句を言うことだろうか。

アパートのまわりを、あたしと絵くんはぐるりと歩きまわってみた。せんたくものが干してある部屋が、一つだけあった。二階のはしっこの部屋だ。あとの部屋は、カーテンもつるしていなくて、ドアについている郵便受けからは、チラシがはみ出ていた。たぶん二階のはしっこの部屋だけには今も人が住んでいて、あとの部屋はからっぽなんだろうな。

「このアパートを買って、どうするの」

絵くんが聞いた。

「住むの」

「一人で?」

「うん」

「食事とかは?」

「家に帰って食べる」

「それじゃあ一人で住んでることにならないよ」

「やだなあ、少し料理ができるからって、ばかにしないで」

「料理は生きることのきほんだからな」

あんのじょう、絵くんはいばった。今ではあたしもキャベツをせんぎりにしたり、にんじんを皮むききでむいたり、たまごをわってかきまぜたり、カレーのもとをスープにとかしたりできるって、じまんし返そうと思ったけど、やめておいた。やっぱりこれは、いざという時のためにとっておいたほうがいい。

アパートの二階のはしっこの、せんたくものが干してある部屋は、静かだった。だれかが出てくるかもしれないと、あたしと絵くんはしばらく待っていたけれど、一回もドアはあかなかった。

そのうちに絵くんはあきてしまったみたいで、「もう帰ろうよ」とか「図書館に行かない？　暑いし」とか「アイス食いたいな」とかいろいろ言いはじめた。あたしが答えずに、アパートをかんさつし続けていたら、絵くんはいつの間にかいなくなっていた。

夕方までかんさつしていたけど、二階のはしっこの部屋からは、けっきょくだれも出てこなかった。せんたくものは、午後の早い時間に見た時よりも、なんだかしおたれていた。


八月の後半には、あたしは一日おきくらいにアパートに通った。はしっこの部屋には、若い男の人が住んでいることを、あたしはつきとめた。たぶん、大学生だ。いつもＴシャツに半ズボンをはいて、サンダルをつっかけている。午前中の早い時間に部屋を出て、夕方になってもたいがいまだ帰ってこない。たぶん夜になったら帰ってくるのだろうけれど、あたしはそこまではかんさつできないので、確かではない。

このアパートは、少し日当たりがよすぎるな、というのが、あたしが八月の終わり近くになって出したけつろんだ。

アパートは、平たいところが、いい。どうやらあたしは、平たい家が好きみたいだ。でも、アパートのまどは大きくて、部屋の中は明るそうだ。図書館の家の本の中の、あたしが気に入っている家のように、部屋の中が暗ければいいのに。

暗いアパートをさがすこと。あたしはノートに書きこんだ。

暗いアパート、という字を書いているさいちゅうに、あたしはこの夏休みに海に行った時のことを思いだした。

海には、お父さんとお母さんと三人で行った。おじいちゃんやひいおばあちゃんがまじらない、三人だけでどこかに行くのは、めったにないことだ。

「近ごろ、お母さんが少し疲れてるみたいだから」

と、お父さんは言っていた。三人で電車に乗って、あたしたちは神奈川県の海に行った。泳げないあたしは、海に行くのはあんまり気が進まなかったけれど、お父さんが、

「夏は海に行かなきゃ」

と言ったのだ。

でも、海であたしは、おぼれそうになった。

その時のことを、あたしは思いだしたのだ。ほんの三週間くらい前のことなのに、ずっとむかしのことのように、あたしは思いだしていた。なんだか、ふしぎな気持ちで、思いだしていた。

ふしぎな気持ちになるのは、たぶん、あたしがおぼれそうになったことを、お母さん

もお父さんも知らないからだ。もし知っていたら、このことはうちの「大ニュース」になっただろう。みんながものすごく心配して、あたしもお母さんもお父さんもおじいちゃんもひいおばあちゃんも、いろんなことを言いあったり、反対に言わないでおいたり、そのあとも長い間いろんな気持ちになったりして、ちょっとめんどうなことになってしまっただろう。

でも、だれもあたしがおぼれそうになったことを、知らない。だって、あたしが言わなかったから。

あたしがおぼれそうになったのは、うきわに入ったまま流されてしまったからだ。うきわに入ってぷかぷかういていたら、急に水が冷たくなったのだ。びっくりして見まわすと、今までたくさんの人がいた海に、だれもいなくなっていた。

(もしかしてあたし、しゅんかんいどうしちゃった?)

その少し前に図書館で読んだ本に、しゅんかんいどうのことは書いてあった。ちょうのうりょくが使える子の話だった。

でも、あたしはちょうのうりょくを使ったのではなかった。流れが急にはやくなって、あたし一人を少し先まで運んでしまったのだ。そういう流れが、ときどきあるって、あとであたしは図書館でこっそり調べて知ったのだけれど、その時はそんなことはぜんぜん知らなかったので、あせった。そして、あせったあたしは、うきわからはずれてしまったのだ。

あたしは水の中にしずんでいった。ばたばたあばれなかったので、鼻や口にはあんまり水が入らなかったのが、よかったらしい。近くで泳いでいた人があたしを見つけてくれて、すぐにうきわのところまで引き上げてくれた。

「つかまれる?」

その人は、女の人だった。あたしはぶるぶるふるえていて何も答えられなかったけれど、うきわにつかまることは、できた。

そのまま女の人は、浜までうきわをおしてくれた。海から上がってお母さんとお父さんのところによたよたもどっていって、そのあとふり向いたら、女の人はいなくなっていた。

「どうしたの。寒そうよ」

お母さんが聞いた。

「うん、なんでもない」

あたしは答えた。お母さんはつかれているのだから、心配させちゃいけないと思ったのだ。

「りらは、泳げないから、ずっとうきわを使ってるんだね」

ねそべっていたお父さんが、のんびりと言った。

「でも、安心していいよ。ぼくも、泳げないしな」

「それなのに海に来るなんて、へんな人ね」

お母さんは、少しうれしそうに、お父さんに向かって言った。お母さんは、海が好きなのかもしれない。

「泳げないけど、ときどき海に行きたくなるんだよな、不思議なことに」

お父さんは言って、のびをした。あたしはもう、寒くなかった。助けてくれた女の人は、なつかしい顔をしていた。一度も会ったことのない、知らない人なのに。


夏休みは、どんどん終わりに近づいていた。でもその時はまだ、あたしはそんなにさみしくなかった。これまでの夏休みと同じくらいしか。

あたしが今までの夏休みよりずっとさみしくなったのは、たぶんあたしが、夏休みの最後の日に、あたしを助けてくれた女の人に、また会ったからだ。

八月三十一日の午前中は、絵くんの家に行った。算数の宿題をうつさせてほしいって、絵くんが言ったからだ。そのかわりに、絵くんはあたしのえらんだ本の読書感想文を、書きあげてくれていた。あたしは読書感想文が、ものすごく苦手だ。お話の中の人の気持ちや、お話のどこがよかったか考えはじめると、あたしはどうしていいかわからなくなってしまう。だって、人の気持ちなんてわかりっこないし、どこがよかったかを決めるのも、なんだかしつれいな気がするから。でも、絵くんはすらすら書くことができるって言う。

「てきとうに、感動したとかへんだと思ったとか、何も気にせず書けばいいんだよ」

と、絵くんは言う。

明日から学校か、と、あたしはぼんやり考えていた。ずっと行っていないと、学校がどんなところだったか、わすれてしまう。教室や、じゅぎょうのことは、おぼえている。でも、クラスの子たちと、どんなふうに話していたか、休み時間に何をしていたか、体育の時間にペアになる時うまくいかなかったら、どんなふうにやりすごしていたかを、あたしはすぐにわすれてしまうのだ。

お昼になったので、あたしは絵くんにさよならをして、家に帰った。今日は冷やむぎよ。お母さんが台所からあたしに言った。いそいで手をあらって、うがいをして、庭にみょうがをさがしにいった。みょうがは、三こあった。まだ花はさいていない。三こともむしって、台所の水道で洗って、お母さんにわたした。

「きざんでみる？」

お母さんが聞いたので、あたしはうなずいた。すとん、すとん、と音をたてて、みょうがをきざんだ。今までで一番うすくきざめた。

午後は、むし暑くなった。ひるねを三十分してからめざめたら、頭が少しいたかった。前にお母さんが言っていた、「寝覚めだから、ぼんやり」というのは、こういうことなのかなと思った。だとしたら、お母さんはかわいそう。頭がいたいのは、いやな感じだ。

宿題は全部できているので、あたしは外に出ていくことにした。お母さんに声をかけたら、お母さんは、家の中のどこかから、

「はーい」

と答えた。

せみが鳴いていた。せみのすがたをさがそうとして、木の上の方を見上げていたら、海であたしを助けてくれた女の人が、あらわれたのだ。

女の人は、むくげの木のかげから出てきた。

「また会ったわね」

女の人は、まっすぐあたしの顔を見ながら、言った。

「あの」

あたしは、口ごもった。

「なあに？」

「あの時は、ありがとう」

「ふふ、危なかったものね、あの時は」

「あぶなかったんですか？」

「そうよ、私が助けなかったら、あなた、おぼれてた。死んでたかも」

「しんでたかも……」

あたしは女の人の言葉を、小さな声でくり返した。女の人の言っていることは、こわかったけれど、この人はうそをついていない、という気がした。

そうか、あたしは、もしあの時女の人が助けてくれなかったら、あの時海でしんでいたかもしれなかったのだ。

「死ななくて、よかった」

女の人は、言った。

「……はい、よかったです」

「ご両親は、心配したでしょう」

女の人が言うので、あたしは首をふった。

「おぼれそうになったことは、言いませんでした」

「そう」

女の人は、うなずいた。それでいいのよ、というように。

どうしてあたしは、お父さんにもお母さんにも、おぼれたことを言わなかったんだろう。

「だって、死は、だれとも分かち合えないものだからね」

女の人が、静かな声で言う。まるで、あたしが今考えたことが、わかってしまったみたいに。

女の人は、やっぱり、とてもなつかしい感じがした。だから、あたしはとてもさみしくなってしまったのだ。なつかしい、と、さみしい、は、近い気持ちなんだということを、あたしはその時、初めて知った。


次の日は、ものすごく暑かった。久しぶりの学校は、知らない場所みたいだった。始業式のあとには、ひなんくんれんがあった。非常ベルが鳴ってから全員が校庭に集まるまで、三十分以上かかった。

「暑すぎ」

と、いつもあたしをばかにする女の子たちが言っている。女の子たちから、あたしは少しでも遠ざかろうと、クラスのみんなの一番うしろについて階段をおりていった。絵くんの頭が見える。

「出席番号順に並んでー」

と、先生がさけんでいる。うしろのほうにいたあたしは、のろのろ前に進んだ。あたしの少し前には、あたしの悪口を言う三人の女の子のうちの一人が、出席番号の順番にしたがって並んでいる。三人に囲まれるのじゃなく、一人だけなので、まだいいんだけれど、やっぱり少しどきどきする。

校庭の土が、もわっと暑かった。ひんけつを起こすといやだなと思った。四年生になってからは、一度もひんけつを起こしていないけど、三年生のころまで、あたしは全校朝礼の時にしょっちゅうくらくらしてたおれていたのだ。

少し前に並んでいる絵くんのうしろ頭をながめながら、あたしはくらくらしないように、心の中でおまじないをとなえた。

「たけやぶやけたたけやぶやけたたけやぶやけた」

三回となえると、いろんなことがだいじょうぶになるはずだ。かんたんなおまじないだけど、けっこう、きく。

くらくらは、遠ざかっていった。そしてあたしは、海であたしを助けてくれた女の人がだれだか、急にわかってしまった。

あの女の人は、図書館の写真の本の中にいた人だ。女の人は、写真の中で、ひがさをさして、まっすぐ立っていた。女の人の横には、男の人もいた。男の人は、ひがさはさしていなかった。でも、手にはかさを持っていた。ひがさじゃなくて、ふつうの雨がさだ。きれいにたたまれた、長い雨がさだった。

あの写真の本は、ずっと前の本のはずだ。絵くんが、「おくづけ」というものを見て、教えてくれた。たしか、絵くんやあたしのお母さんたちが生まれるより前に出た本だって、絵くんは言っていた。だとすると、女の人は、もうあの本の中の女の人の年じゃないはず。でも、女の人は、本の中の女の人と、同じ顔、同じかみがた、同じ服そうをしていた。

校長先生の話が終わって、列はばらばらになった。教室にもどる前に、あたしは空を見上げた。せみがどこか高いところで鳴いている。すごくさみしいなあ、と、あたしはまた思った。

犬はまだうちにいる

ぼくはうそをつくのが、けっこう上手だ。今日も、一つうそをついた。

今日はとうさんと会う日だった。このごろぼくは、とうさんと会うのがめんどくさい。それに、もしかするととうさんも、ぼくと同じでめんどくさく思ってるんじゃないかと、ときどき感じる。

「そうなの？　でも絵がそう感じるんなら、そうなのかも」

と、かあさんは言う。

「それって、だめなんじゃない？」

ぼくが言うと、かあさんは首をかしげた。しばらく考えている。

「だめなのかな」

「だって、父親だよ。子どもに会うのは、うれしいんじゃないの？」

「そうなのかな」

「じゃなきゃ、どうしてわざわざ会うの？」

「義理、とか？」

それはちょっと。ぎりでいやいや子どもと会うような父親の息子なのか、ぼくは。

「義理って、べつに悪いことじゃないと思うけど」

かあさんは言った。

「えー、なんだかあんまりいいひびきじゃないよ、ぎりって」

「義理も果たせないような男じゃなくて、よかったじゃない」

「ハードルが低すぎ」

「たしかに」

とうさんは、あんまりおしゃべりじゃない。かあさんだって、そんなにおしゃべりじゃないとぼくは思っていたけど、かあさんや怜子さんにくらべると、とうさんはかなり「だまりやさん」だ。「だまりやさん」という名前は、かあさんが教えてくれた。

「離婚する時に、ますますあのひと、黙り屋さんになったから、ほんと、往生したわよ」

とのこと。

「おうじょうする」という言葉が、ぼくは気に入った。だから、電子辞書で調べて、ノートに書きこんでおいた。ひびきからして、王様とかお城とかに関係する言葉なのかと思っていたら、ちがった。この世をさって、ごくらくじょうどに生まれかわること。死ぬこと。どうにもしようがなくなること。という三つの意味があった。かあさんはまだこの世を去っていないので、どうにもしようがなくなる、という意味で使ったんだろう。たしかに、「だまりやさん」と会っていると、どうにもしようがなくなる気持ちになることがある。だから、かあさんはとうさんとりこんしたのかもしれない。でも、ぼくはとうさんと会っている時の「どうにもしようがなくなる」感じは、けっこう好きだ。だけどそれとは別に、とうさんと会うのは、めんどくさい。うそっぽい、と言いかえてもいいかもしれない。その、うそっぽさにひっぱられて、ぼくはうそをついたのかな。

学校は楽しいよ。

いつもとうさんが「学校はどう」と聞くと、ぼくはそう答えていた。でも、今日はちがう答えをした。

学校は、なんか、あんまり好きじゃない、って。

それが、ぼくのついたうそだ。

はっきり言って、ぼくは学校が好きだ。りらは学校にいる時、図書館にいる時のりらよりも、かなりどんよりした感じになるけど、ぼくはそうじゃない。ぼくは学校の自分のクラスが、いごこちいい。休み時間にいっしょに遊ぶ友だちもたくさんいるし、勉強だって苦手じゃないし、体育もけっこう得意だし。クラスには、いじめられてる、とか、シカトされてる、とかいうほどじゃないけど、なんとなくみんなから軽く思われる子がいる。そういう子は、みんな少しずつ、いごこちが悪そうだ。

りらも、その一人だ。りらがいけないんじゃない。だって、りらはおもしろいやつだし。いいやつだし。ほかの、軽く思われてる子たちだって、おんなじだ。でもなぜその子たちが軽く見られちゃうかというと、その子たちはたいてい、自分がしたいことが、みんなにばれちゃってるからだ。

たとえばりらなら、みんなといっしょに遊ぶより、大好きな虫とか宇宙のこととか未来のこととかを考えたりかんさつしたりするほうが楽しい、っていうことが、まるみえだ。だからほかの、まるみえじゃなくて、自分が本当にしたいことをかくしてる女子たちから、いやがられる。目ざわりだって、思われる。で、結局はその女子たちは、りらを「軽く見る」ことに決めるのだ。

ぼくは、自分がほんとうは何をしたいかっていうことは、うまくかくしてる。ていうか、自分が何をしたいのか、あんまりはっきりしてないから、かくすっていうより、てきとうに流してる、っていう感じ。

「学校が、あんまり好きじゃないのか」

とうさんは、少しこまったような顔になった。

「前は、学校は楽しいって言ってたじゃないか。何かあったのか」

そう聞かれて、ぼくは少しうつむいた。下手なうそ、ついちゃったな、と思ったから。

いつもぼくがつくうそは、もう少し上手だ。上手なうそ、というのは、そのうそをついたあとに、もっとたくさんのうそをつかなくてもいいうそのことだ。

明日までの宿題を、まだ夕方になってもやってない時に、もうやったよ、とうそをつくとか。それなら、夕ごはんのあと、かあさんが仕事をまた始めた時に、時間わりをそろえるついでに、まだやってなかった宿題を、ちゃちゃってやっちゃうことができる。

あとは、ちょっと苦手な子と体育で組んだ時、苦手じゃないふりをするとか。

「そういうのは、嘘じゃなくて、方便って言うと思うわよ」

って、いつか怜子さんが言っていたけど。

「絵は、要領がいいの？」

とも、聞いてきた。

そうかも、と答えながら、あんまりいい気持ちじゃなかった。ほめられていないような気がしたから。

「うちの血筋に、要領のいい人間が登場しようとは！」

怜子さんは言い、おおげさにかたをあげてみせた。ぼくは、ますますいやな気持ちになった。

学校があまり好きじゃない、って、とうさんに言ったのは、この時のことがあったからかもしれない。だって、学校が好きで、いろいろようりょうがよくて、ほうべん、とかいうずるっぽいものをうまく使える自分って、どう考えても、いい感じがしない。

「悩みがあるなら、いつでも聞くぞ。あんまり役に立たないかもしれないけど」

とうさんは、しんけんな顔をした。ぼくは、ますますうつむいてしまった。

「だいじょうぶ」

小さな声で、答えた。いつものうそを上手につくぼくなら、こういう時、にっこり、と、にやり、のまん中みたいな顔をして、

「なんてね、たいしたことないし。ちょっと言ってみたかっただけ」

なんて、てきとうに言えたはずなのに。

とうさんは、ふだんはおかわりしないコーヒーをおかわりした。その間、ぼくもとう

さんも、ほとんど何もしゃべらなかった。今日は、とうさんだけじゃなく、ぼくも、「だまりやさん」になっちゃったようだった。

夏休みが、もうすぐ始まる。

うれしい。

はずなのに、いつもほどは、うれしくない。

プールは八月のはじめまであって、三年生と四年生は午前中十時半から十一時半まで、自由に泳いでいいことになっている。

ぼくは毎日プールに通った。うちの夏休みの一日は、けっこうきそく正しい。ぼくは朝おきると、まずごはんのしたくをする。夏休みの間、朝ごはんは、ぼくの係になったからだ。かあさんが買っておいたものを使うんじゃなく、買いものもぼくがすることになっている。

「冷蔵庫の中のものを使って料理できるのが、ほんとの家事ってものだしね」

かあさんは、なんだかいばったふうに言った。買いものに行けなかった日に、れいぞうこの中のものだけで料理を作るのは、かあさんがいちばん得意なことだ。

トーストと、ジャムと、ウインナーか目玉焼き、それにレタスをちぎったものとトマト、牛乳。それが、ぼくの作る朝ごはんだ。何かがなくなったら、プールの帰りにスーパーによって、買いたす。スーパーで買いものをして帰るのは、少しはずかしい。りらにならじまんできるのに、友だちにはうまく言いだせない。だからいつも、本屋によるとか、ちょっと用があってとか、ごまかす。こういう時も、前ならもっとうまくできとうなうそをつけたのに、とうさんにつまらないうそをついてから、どうも調子が悪い。

朝ごはんが終わると、おさらあらい。その間にかあさんがそうじとせんたくをする。

「共働きの家庭ね、うちは」

かあさんは言う。でも、ぼくは働いてないから、共働きじゃない。

「義務教育を受けるのは、働くのと同じくらい大変なことでしょう?」

と言って、かあさんはわらう。小学校や中学校に毎日行くのは、かあさんにとっては、「えらい」ことのようなのだ。別にえらくもないんだけど、と思うけど、ときどきは、もしかしたらえらいことなのかも、とも思う。

おさらをあらうと、もう九時すぎになっている。宿題をしたり、しているふりをしたりしているうちに、すぐ十時になる。ぼくはプール用のセットをふくろに入れて、家を出る。せみがいっぱい鳴いている。団地の一階の家の小さい庭には、いろんな草や花がさいている。夏休みの間は、草も花も、どんどんのびる。あんまりざっそうをぬいてない庭のほうが、ぼくは好きだ。団地のはしっこのA号とうの、そのまたはしっこの家の庭が、いちばん草ぼうぼうで、りらとぼくは、この庭の前でも、ときどきまちあわせる。

プールでは、クロールと背泳ぎで泳ぐ。背泳ぎは一年生の時、クロールは二年生の時、怜子さんが教えてくれた。怜子さんは、泳ぐのが上手だ。

「オボレロノロマハノロマデナケレバオボレナイ」

という、りらのおまじないみたいなのを、ときどき怜子さんはとなえる。かあさんが小さいころ、いちばん好きだった本の中の言葉だって、怜子さんは言っていた。

「それは、どういう意味?」

聞いたら、

「自分の子供たちのことを信用してる、っていう意味の電報の文章」

と言っていた。その本の中のおとうさんは、夏休みに子どもたちだけでキャンプをしていいかと聞かれた時に、そういう言葉をでんぽうで家族に送ってきたのだ。おとうさんは、家族とはなれているらしい。でも、ぼくのところのようにりこんしたんじゃなくて、たんしんふにんみたいなことをしてるのよ、と怜子さんは教えてくれた。

「このまとめ方、さよが聞いたら怒るだろうけど」

と、怜子さんはわらっていた。

おぼれろのろまはのろまでなければおぼれない。ぼくは最初この文の意味がわからなかったんだけど、今はなんとなくわかる。のろまならおぼれろ、でものろまじゃないからおぼれないだろう。君たちはのろまじゃないから、キャンプに行っていいんじゃないかい。っていうことだ、きっと。その本の中のおとうさんは、じゃあ、自分の子どもはおぼれない、って思っているのかな。そんなことを言われたら、ぼくだったら、かえってびびる。プールではおぼれない自信はあるけど、海や湖や川ではどうだかわかったもんじゃない。

「ずいぶんこわい本なんだね」

とぼくが言うと、怜子さんはわらった。

「子どもたちだけでヨットに乗る話よ」

「ますます、こわい」

「日本じゃ、考えられないわよね」

「お金持ちの家なの?」

「たしかに。でも、そのまとめ方、さよが聞いたらまた怒る」

さよ、と怜子さんはかあさんのことをよぶ。ぼくがもっと小さいころは、怜子さんは自分のことを「ばーば」って言っていたし、かあさんのことは「絵くんのかあさん」だったけど、ぼくが小学校にあがってからは、怜子さんは自分のことは「あたし」で、かあさんのことは「さよ」とよぶようになった。

ジャムはなかなかなくならないけど、食パンやトマトや牛乳はすぐになくなる。だから今日もプールのあとは、スーパーに行かなくちゃならなかった。

トマト、食パン、と、わすれないように買うものをつぶやきながら、歩いた。あせが出てくる。目に入ると、しみる。

スーパーに入ったら、急にひんやりした。気持ちよくて、ゆっくりたなのものを見ていった。今日は買わなくていいんだけど、いつもうちで買うりんごジャムとはちがう、キウイジャムとかさくらんぼジャムやはちみつを、手に取ってながめた。

家に帰ったら、一時をすぎていた。

「おかえりー。遅かったのねー」

かあさんが、ふすまの向こうから声をかけてくる。食たくには、ラップをかけた焼きそばのおさらがのせてあった。ラップが、くもっている。べにしょうがが、たくさんかけてある。青のりも。

かあさんはぼくを信用してるのかな。オボレロノロマハのお話の中のおとうさんみたいに。ラップをとりながら、考えた。

ぼくのことは、信用しないほうがいいのに。そう思いながら、焼きそばを食べた。そのあとで歯をみがいたら、歯ブラシに、青のりがいっぱいくっついた。

プールがおしまいになってからは、たいがいりらといっしょに図書館に行くようになった。

りらは、読みたい本が見つかると、ぼくがいっしょにいることをすぐにわすれて、一人でずっと本を読んでいる。前はそういうりらのことが楽ちんだったけど、このごろは、それが少しつまらない。

「ねえ、りら」

家の本をずっと読んでいるりらの足を、ぼくは軽くけった。りらは、顔をあげない。けったことに、気がついてないのかな。

「ねえ」

もう一度、話しかけてみる。まだ顔をあげない。

「アイス食べようよ」

やっと顔をあげた。

「絵くんは、そんなにアイスが好きなの？　こないだアパートをみはってた時も、アイス食べたいって言ってたよね」

おちついた声で、りらは言った。

ぼくははらがたった。なんでそんなに、大人が出すようなおちついた声で言うんだよ、と思った。まるで、ぼくにおせっきょうしてるみたいだ。

「だってアイスがおいしいのは、だんぜん夏だし」

そう言い返した。

りらは、本から顔をあげたまま、しばらくだまっていた。それから、

「たしかに」

と言って、本をとじた。

「じゃあ、アイス食べにいこう」

いすからぴょんと飛びおりて、本をたなに返し、りらはぼくのま正面に立った。前はぼくのほうがせが高かったのに、今は同じくらいのせの高さだ。

「おっきくなった?」

ぼくが聞くと、りらはうなずいた。

「なった」

「いいな」

「あんまり、うれしくない」

「なんで?」

「せまい場所に入りにくくなる」

「なにそれ」

「せまい場所と暗い場所が、好きなの」

りらの声は、やっぱりおちついていて、大人っぽい。いつからこんな声になったんだっけ、りらは。夏休み前は、そうじゃなかった。もっと、りらっぽい声だった。何かがちょっと足りないので、さがしてるような声。

アイスを買いに、スーパーに行くことになった。コンビニより安いからね。ぼくが教えたからだ。りらはすなおに、絵くんもの知りだね、と言った。


その犬には、スーパーの帰りに出会った。

りらと別れて、団地の給水とうの横を歩いていたら、ほえられた。

そこに犬がいるなんて知らなかったから、びくっとした。ほえられたくらいでびくっとしたのがくやしくて、犬をにらんだ。

こっちの気持ちがわかったみたいに、犬はまたほえた。さっきより、もっとぼうぼうほえた。かいぬしは、どこにいるんだろう。のらねこはよくいるけど、このへんにはのら犬は、ふつういない。でも、前はのら犬がいっぱいいたっていうことは、かあさんがいつか教えてくれた。

「野良犬だけじゃなくて、飼ってる犬も、放し飼いにしてるところが多くて、団地の中をうろついてたのよ。嚙まれたこともあるから、わたし、犬はちょっと苦手」

と、かあさんは言っていた。

放しがいの犬なら、どこにでも行ける。それって、いい感じだ。でも、ぼくが知ってる犬は、みんなかいぬしといっしょに散歩に行く。もしも、かいぬしが散歩で歩く場所を、犬が好きじゃなかったら、いやだろうな。ぼくが犬なら、ひねくれちゃうかもしれない。

「大丈夫、犬は飼い主が大好きだから、一緒に散歩に行けるだけで、もう大喜びしちゃうの。それが犬のすばらしさなの」

ってかあさんは言ってたけど、ほんとにそうなのかどうか、ぼくはちょっとうたがっている。だって、犬のほんとうの気持ちなんて、だれも知らないはずじゃないか。

犬が、またほえた。給水とうが西日で光ってる。かいぬしは、見当たらない。団地にはこの時間、あんまり人が歩いていない。

「放し飼いの犬もいっぱいいたし、子どもも大人もいっぱいいたのよね、以前はこの団地。でもこのごろ、お年寄りが多くなって人影もまばら。あら、わたしももうお年寄りなのかしらね」

と、かあさんはわらっていた。お年よりは、怜子さんなんじゃない、とぼくが言ったら、またわらった。

「笑ったこと、絶対に言わないでよ」

と、急いでつけたした。

ほえるだけじゃなく、うー、といううなり声を犬はたてている。少し、こわい。飛びかかられたりしたら、かなわないかもしれない。こういう犬がいっぱいうろついていた、かあさんが子どものころって、大変だったんだろうな。

ぼくは犬と見あったまま、うしろに下がった。でも、走ってにげたりしないよう、気をつけた。だって、にげたら、きっと追ってくる。動物の足のはやさにかなうわけがない。それに、にげるっていうことは、こっちのほうが弱いって言ってるようなものだから、だめだ。

できるだけ上から、犬を見おろした。いつかりらから、動物は強いものにはしたがうんだって聞いた。だから、自分が目の前の犬よりずっとせの高い大きな犬なんだっていう気持ちになって、見おろした。

犬は、だまった。しっぽを、地面にうちつけ始めた。

どんなもんだ。

心の中で、自分にじまんした。そのまま犬は、回れ右して、あっちのほうへ歩いていった。うしろから見ると、犬はすごくやせていた。毛もぼそぼそしている。急に、かわいそうになった。

「犬！」

よんでみた。犬は、ちょっとふりかえった。それから、走ってにげた。ぼくに、いじめられると思ったのかもしれない。


次にその犬に会ったのは、おぼんのころだ。おぼんには、りらのうちはむかえ火をたく。ごせんぞさまが帰ってくるためにたくんだって、一年生の時に聞いて、ぼくはふしぎだった。まず「ごせんぞさま」っていうのが、よくわからない。あとでかあさんに聞いたら、

「自分と血のつながった、昔の人たちのこと」

って言っていた。

「なら、うちのごせんぞさまは、怜子さんなの?」

とうさんのほうのおじいちゃんおばあちゃんもいるけど、かあさんがとうさんとりこんしたのは、ぼくが六さいくらいの時だったから、そっちのごせんぞさまには、ほとんど会わない。

「ご先祖様っていうのは、もう亡くなった人たちのことを言うのよ」

かあさんは、まじめな顔で教えてくれた。でも、わらいをこらえてるのはわかった。

「そのうち怜子さんも、ご先祖様になるんだろうけどね」

「しんだら?」

「そう。かあさんも、死んだらご先祖様になるのよ」

「じゃあ、ぼくもそのうち、ごせんぞさまになるの?」

「絵に子孫ができたらね」

そのへんで、ぼくはさっぱりわからなくなってしまった。しぬことを考えるのも、いやだった。それに、知らないむかしの人が、むかえ火に引きよせられてやってくるのも、なんだかこわかった。

「うちは、むかえ火、たかないでね」

そうお願いした。かあさんはまたまじめな顔で、うなずいた。

でも今はもう、ぼくはむかえ火がこわくない。おぼんが終わったころ、団地の電柱の下に、ときどきナスの牛やきゅうりの馬や、燃やしたあとの「おがら」が残っていることがある。だれかが、むかえ火と送り火をしたあとだ。ごせんぞさまはきゅうりの馬に乗ってきて、なすの牛に乗って帰るのだ。

犬にまた会ったのは、なすの牛が電柱の下に置いてあるのを、りらと二人でじっとかんさつしている時だった。ばう、という鳴き声がしたので、りらはこの前のぼくみたいに、びくっとした。でもぼくはもう、びくっとしなかった。

「やあ犬」

って話しかけたら、ばう、って返事をした。犬は、この前よりもっとやせていて、毛もしょぼしょぼだった。

「えさ、あげようよ」

りらが言った。家にある魚肉ソーセージとチーズをいそいで持ってきて犬にあげたら、ばくばく食べた。それから毎日、ぼくとりらは、犬にえさをあげるようになった。

でもある日ぼくは、中学生たちが犬に石を投げてるのを見てしまった。犬は、しっぽをまるめてうしろ足の間にかくして、ふるえていた。石が当たると、ものすごいはやさでにげた。中学生たちは、わらっていた。ぼくは、すごくはらが立った。中学生が犬にしていたみたいに、ぼくが中学生たちに石を投げたくなった。でも、投げなかった。だって、中学生は三人いたし、ぼくは中学生よりずっと弱いから。

りらには、中学生たちが犬に石を投げたことは、言わなかった。すぐおこりそうだからだ。たいがいの女の子なら心配するだろうけど、りらなら、心配するよりおこるに決まっている。りらはめったにおこらないけど、動物や草や木のことになると、急におこりやすくなる。

一年生の時にりらがおこったのは、ありをふんづけてる子を見た時だった。りらは、その子に「ふまないで」って言って、それからその子の足をがしっとつかんで、ぜったいにはなそうとしなかった。二年生の時は、学校でかっているうさぎをいじめてる子を見てすごくおこってたし、三年生の時はクラスでかってた金魚を水の中から出して、てのひらの上でびちびちさせてた子に、「いやっ、やめてーーー」ってさけんだので、クラスの子たちにわらわれた。でも、その子がおどろいて金魚をすぐに水にもどしたので、よかった。

ぼくは中学生からかくれたけど、りらなら、中学生のまんまえまで走っていって、「こら」って言うかもしれない。そしたら、りらなんかすぐにやっつけられてしまう。

中学生たちのことをずっとだまっているうちに、ぼくは食よくがなくなってしまった。朝ごはんも、パン半分しか食べられない。ジャムをいっぱいつけて、むりやりもぐもぐ飲みこむと、むねのあたりがつまって、苦しかった。昼ごはんも夕ごはんも、いつもの半分くらいしか食べられないので、かあさんが心配した。でも、ぼくは犬と中学生のことを、言わなかった。

それからも、何回か、中学生たちが犬をけったり、石を投げたりしているところを、ぼくは見てしまった。

どうしようって思うと、むねがつまって、日がたつうちに、ますますいたくなっていった。

夜中、かあさんがぼくをゆり起こした。

「どうしたの」

目をあけると、かあさんが心配そうにのぞきこんでいた。

「叫んでたのよ」

え？　と、ぼくはぼんやりしたまま言った。

「ただの寝言かと思ったら、何十秒も叫んでるから、起こしたの」

自分がさけんでたなんて、知らなかった。ゆめを見ていたのかもしれないけど、おぼえてなかった。

かあさんは、ぼくの夏がけをかけなおして、上からぽんぽんたたいた。すぐにねむたくなった。次に起きると、朝になっていた。

「病院に行く?」

朝ごはんを食べながら、かあさんが聞いた。

「さけんだから?」

「ううん、食欲がないし、顔色も悪いから」

「熱とか、ないよ」

「そうねえ」

かあさんは、ぼくの顔をじっとのぞきこんだ。

「何か言いたいことがあるんじゃない?」

そう言われて、ぼくはまた、むねがつまった。犬をいじめる中学生のこと、かあさんに言おうか。でも、もしかあさんまで石を投げられたりしたら、どうしよう。うちにも、とうさんがいたらよかったのに。生まれて初めて、思った。

「言いたくなったら、言う」

ぼくは、小さな声で答えた。

「うん、言いたくなったら、すぐに言ってね」

かあさんは言った。少しむねのつかえがとれて、パンは全部食べられた。でも、牛乳を飲んでいるうちに、うっとなってしまった。かあさんに気がつかれないように、息を止めて、少しずつ、少しずつ、牛乳の残りを飲みこんだ。


夏休みの最後の日に、りらがうちに来た。ぼくがりらの読書感想文を書くかわりに、りらが算数の宿題をうつさせてくれることになっていたからだ。

算数の宿題は、いつもならもっとかんたんにできるはずなのに、むねがつまっているせいで、ぜんぜん進まなかったのだ。ほんとうは、感想文もいつものようにはすらすら書けなかったけど、算数よりもずっとマシだ。

りらがぼくの感想文を読んで感心したので、ぼくは少しとくいな気持ちになった。

「てきとうに、感動したとかへんだと思ったとか、何も気にせず書けばいいんだよ」

って、りらに言った。でも、言ってからすぐ、「何も気にせず書く」なんていうこと、これからまたできるのかなって、思った。だって、うそをつくのも、もう上手じゃないし。中学生に会わないように、犬のいそうな場所を通らないようにしてるし。でも、そのことはまだだれにも、かあさんにも、言えないでいるし。

りらは、お昼ごはんの前に帰っていった。かあさんの作ったそうめんを食べて、古いマンガを読んで、少しひるねして、そうしたら夕方近くになった。かあさんは、仕事をしている。ほんとうは、ずっと仕事してるんじゃなくて、ぼくとおんなじように、古いマンガを読んだり、送ってきた本を読んだり、あとはたたみにねそべってぼーっとしてることも多いって、ぼくは知ってるけど、でも、それは「必要な時間」なんだって、かあさんは言っている。

つまらなくなって、外に出た。蚊が、ぷーん、っていう音をたてて、耳のそばに飛んできた。すごく暑い。もう夕方になるのに。

ばう、という声がした。

ぼくは、びくっとした。おどろいてびくっとしたんじゃなくて、むねがつまってびくっとしたのだ。

中学生たちが、いた。犬をかこんで、にやにやしてる。一人が、犬を強くけった。犬は、にげた。でも、もう一人が犬のうしろにまわった。犬は、ぐるぐる同じところを走りまわっている。

すごく、むねがいたくなった。それから、急にむねのいたみがとれて、そのかわり、頭がきーんとした。いたいんじゃなくて、遠くのものが今までよりずっとはっきり見えるような感じで、きーんとした。

ゆるさない。

頭の中で、声がした。自分の声だって、わかっていたけど、自分の声じゃないみたいだった。

ぼくは、そばに落ちていたとがったぼうを地面からひろって、てのひらでぎゅっと持った。ゆっくり中学生たちのほうに近づいた。中学生のけりがまた、犬のおなかに命中した。犬は、小さな声で、うー、とうめいた。

おまえら、しね。

頭じゅうに、自分の声がひびいた。

ぼうのとがったほうを前につき出してにぎり、また犬をけろうとしている中学生のほうへ、ぼくはかけだした。

しね。

しね。

中学生のせなかに、ぼうがささった。うすいTシャツの生地をつきぬけて、ぼうは中学生のせなかにささっている。血がふきだした。中学生が、びっくりした顔をして、ぼくのほうを向いた。

そのとたんに、時間がもどった。

ぼくは、そばに落ちていたとがったぼうを地面からひろおうとしていた。でも、だれかがぼくの横に立った。背の高い人だった。見上げると、男の人だった。どこかで見たことがある気がしたけど、だれだかわからなかった。男の人は、かさを持っていた。

「棒よりも、この傘を使うことにしよう」

男の人は言った。そのまま男の人はすっと進んで、また犬をけろうとしている中学生の背中を、かさの持ち手のカーブのところで、とん、とつついた。

中学生が、ふり向いた。大人がいることに気がついて、犬をけるのをやめた。ほかの二人も、けるのをやめた。

「犬をいじめてはいけない」

男の人は言った。

「は？　いじめてなんかないよ」

「嘘をつくな。ずっと見ていたし、警察にも電話した」

「遊んでただけじゃん」

三人は口ぐちに言って、かけだした。男の人は、追わずに、ただ三人が行ってしまうのを見ていた。

しね、と、ぼくはもう一度思った。でも、さっきみたいには、頭はきーんとしてなかった。ただ、言葉だけで、しね、と思ってみただけだった。

犬がこっちにやってきた。男の人がしゃがんだ。ポケットからかまぼこみたいなものを出して、犬にあげている。ぼくも、ポケットからパンを出した。朝、また残してしまったパンだった。もしかしたら犬に会えるかもしれないと思って、持ってきたのだ。

「犬」

男の人は、話しかけた。

「犬」

ぼくも、話しかけた。犬は、がつがつとかまぼことパンを食べた。

「危ないところだったね」

男の人は、急に立ち上がり、ぼくに言った。

「あぶないところ?」

「殺さないですんで、よかった」

「え」

「人は、簡単に人を殺せてしまうから」

「まさか」

「だって、君はあの子を、棒で突き刺したじゃないか」

「でも」

でも、中学生たちは、せなかから血を流したりしていなかった。あれは、ぼくがそうなればいいって、そうぞうしたことのはずだった。

「だけど、そうなっていた未来があったかもしれない」

男の人は、ぼくの顔を、じっと見た。

「苦しかったんだね」

静かに男の人は言った。ぼくは、うつむいた。なみだが、にじんだ。泣くもんか。泣くもんか。思ったけど、どんどんなみだが出てきた。声も出た。これ、「おえつ」って言うんだった。電子辞書で調べて、前にノートに書いた。

「幸運を祈ってるよ、君の人生の」

男の人はぼそっと言って、それから軽く手をふって、行ってしまった。犬が、ぼうってほえた。ぼくの足に、体をおしつけてくる。こっちにおいでよ。そう言うと、犬はついてきた。

団地の階段のところで、さよなら、と小さな声で言ったけど、犬はぼくを見上げて、しっぽをぱたぱたふっている。しばらくまよったけど、階段をのぼりはじめたぼくに、そのままついてきた犬を、追い返さないことに決めた。

ドアをあけたら、うしろにいる犬が、ぼう、ってほえた。げんかんに出てきたかあさんに、

「今夜だけでもうちに入れていい?」

って、聞いてみた。

かあさんはしばらく犬をじっと見ていた。それから、

「いいけど、うちでは飼えないから、飼ってくれる人、探さなきゃだね」

と言って、犬の足をふくぞうきんを取りに、せんめん所へ走っていった。


あの、かさを持った男の人が、図書館の写真の本の中にいた人だって気がついたのは、始業式の日だった。

「ああ」

って、ぼくは思った。それから、

「嘘をつくな」

って、中学生たちに言った時の、男の人の顔を思いだした。こわい顔じゃなかった。さみしそうな顔だった。そして、ぼくに、

「苦しかったんだね」

と言った時の顔も、いっしょに思いだした。その時も、男の人はさみしそうな顔をしていた。

写真の本は、一九六二年発行って、「おくづけ」に書いてある。今から五十年くらい前だ。とすると、男の人は、今は怜子さんと同じくらいの年か、もっと年上になってるはず。

でも、男の人は、写真の中と同じ年に見えた。もうあの男の人は、しんでしまったのかな。だから、今から五十年前のすがたで、ぼくの前にあらわれたのかな。

しんでしまった人だって思っても、ぜんぜんこわくなかった。ただ、少しだけ、おなかの中がきゅっとした。せみが鳴いている。うそをつくのは、もうやめる。それから、犬をおふろに入れるのはすごく大変だから、もしまたおふろに入れなきゃならない時は、かあさんじゃなくて自分がする。ぼくはそう決心した。

決心したら、もうおなかの中はきゅっとしなくなった。犬は、まだうちにいる。ひみつだけど。犬がだれかのうちにもらわれて行くまでは、いっぱいおふろに入れて、いっぱい牛乳にひたしたパンをあげるんだ。

ピーッピ　ジジジジ

秋は、ツクツクボウシが鳴くと始まる。というのは、絵くんのお母さんが教えてくれた。

ツクツクボウシは、今いっぱい鳴いている。八月のまんなかくらいから、鳴いていた。でも、まだ秋になった感じは、ぜんぜんしない。夏休みが終わったばかりで、すごく暑いし。

「だけど、夜になると、秋の虫の声が聞こえるでしょう」

絵くんのお母さんは、言っていた。

秋の虫のことは、あたしはけっこうくわしい。スズムシは二年生の時にかっていたし、うちの庭のどのへんをさがすとコオロギが見つかるかも、知っている。スズムシは、お父さんが「同僚の先生」からもらってきた。お父さんは、大学で先生をしている。科学の先生だから、きっと「同僚の先生」も、科学の先生だ。科学の先生は、いろんなものをかうのがしゅみの人が多いのだと、お父さんは言っていた。スズムシだけじゃなくて、ミツバチや、イグアナや、あとヘビをかっている人もいるそうだ。ワニをかっている人は？　と聞いたら、そういう「同僚の先生」は思い当たらないなあと、お父さんはわらった。

スズムシは、どんどん大きくなった。何回も脱皮して、きれいな声で鳴くようになったので、庭にはなした。九月いっぱい、毎晩スズムシは庭で鳴いていた。卵を生むかなと思っていたけど、次の年、もうスズムシは鳴かなかった。コオロギは、毎年生まれてきて、毎年コロコロ鳴くのだけれど。

「まだ暑いのに、どうして秋の虫は出てくるんだろう」

あたしが聞いたら、絵くんのお母さんは、

「秋の気配を感じるんじゃない？」

と答えた。秋のけはい。すてきな言いかただと、あたしは思った。

でも、せいかくには、ちがうんじゃないかな。しぜんの中では、虫が卵を生む時期は、たぶんきっちり決まっている。人間の赤ちゃんが、人間のおなかの中に決まった時間いるのと同じで。九月がいくらまだ暑くても、その前の年の九月に虫が卵を生んで、春になってかえって、そのあと決まった時間がたって九月になると、虫はいつも鳴きはじめる、それだけのことなんだと思う。
でもあたしは、そのことを絵くんのお母さんには言わないで、頭の中だけで思ってい
た。前なら、きっとすぐに口に出したけど。
あたしは、前より少し無口になった。
「思春期が近いからかしら」
と、お母さんは言う。
ししゅんき、という言葉は、ちょっとこわい。ほうきで何かをはいて出しちゃう、み
たいなひびきだから。あたしが無口になったのは、ししゅんきが近いからかもしれない
けど、あともう一つ、いつもあたしをばかにする、れいのクラス三人組が、このごろも
っとわかりやすいいやがらせを、あたしにするようになったからだ。
あたしが言ったことを、三人組は、休み時間に黒板に書く。今日も、書かれた。
「ひやりはっと〜」
はくぼくで、わざとひょろひょろした字になっている。まわりには、絵もいっぱいか
いてある。ヘビとか、ぼう人間とか。
ヒヤリハット、という言葉は、メイから聞いた。会社とかで、ヒヤリとしたり、ハッ
としたりする、まだじこにならないけど、へたするとじこにつながるようなできごとの

ことをさすのだ。そういう、きけんのもとをちゃんと見つけて、じこにならないようにするのが大事だって、メイは大学のじゅぎょうで教わったって言っていた。

「ヒヤリハット、会社だけじゃなく、個人の人生にも、けっこうあるよ」

「人生」

あたしが聞き返すと、メイはにやりとして、

「うん、人生。まだそんな長く生きてないけど、思い返すと、ヒヤリとしたりハッとしたりしたこと、いくらでもあるねえ」

なるほど、と、あたしも思った。その前の日、あたしもそういえば、ハッとしたのだ。道にカマキリがいたので、あたしはかがんでカマキリをひろいあげた。カマキリの、あの細いどうの部分をそっと持つと、カマキリは少しあばれるけど、すぐにおとなしくなる。カマキリは、茶色かった。あたしはそのカマキリがすぐに好きになって、家につれて帰ろうとした。でも、家に帰って虫かごをさがしているうちに、カマキリは動かなくなってしまった。しんじゃったのかと思って、少し泣きそうになった。でも、そうじゃなかった。しばらくすると、カマキリは急にはねをひろげて、飛んでいってしまった。あたしがずっとカマキリを持っていたから、きっとカマキリは弱ってしまったのだ。しななくて、よかった。

「りらも、今まであったヒヤリハット、思いだした?」

「うん」

「人生は、危険に満ちてるよね」

「うん」

人生はきけんにみちてる。というメイの言葉がかっこよかったので、あたしは休み時間に、ノートのうらに「人生はきけんにみちている」と、えんぴつで書きこんだ。そして、小さな声で「ヒヤリハット」とつぶやいてみた。そうしたら、三人がそろってあたしをかこみ、

「きもーい」

とくちぐちに言ったのだ。

三人は、黒板のところへ走っていって、「ひやりはっと~」と書いた。でも、「ヒヤリハット」はほんとうはカタカナだし(メイが大学のノートを見せてくれた)、「ひやりはっと~」なんていうふうに、ばかみたいに「と~」とはのびない。ついでにまわりにかいた、おどってるぼう人間やヘビは、きっといやがらせのためにかいたのだろうけど、ぼう人間もヘビも、あたしは好きだから、そっちは平気だった。

「おどってる」

あたしがつぶやくと、三人組はまた、

「きもーい」

と言った。「マジ」と「やばい」は、あたしはもう言えるようになったけど、「きもい」はまだうまく言えない。というか、「きもい」っていう言葉が、あたしはすごく苦手だ。なぜなら、「マジ」「やばい」が、足す感じの音の言葉だとすると、「きもい」は、引く感じの音の言葉だから。このごろあたしは、カラスの声を足したり引いたりしなくなって、かわりに言葉の音を、足したり引いたりするようになった。

「マジ」は、足す3。「やばい」は、足す0・5。「さかあがり」は、あたしはできないし、体育でさかあがりをやらされるのはいやだけれど、足す4。「ジャム」は好きだけど、引く2。そして、「きもい」は、引く50。言葉の意味と、足す引くの数は、関係ない。言葉を音楽みたいにして聞いているうちに、あたしにとって、足すのものと、引くのものに、わかれてくるのだ。

足すの言葉を、あたしはたくさん使いたい。でも、足すの言葉ばっかりだと、なんだかぴりっとしないので、その中に引くの言葉をちょっぴり入れるのが、いい。

だけど、「きもい」は、引く50で、大きすぎる。だから、どんな文章にも入れることができない。それなのに、クラスの子たちはけっこう「きもい」を平気で使う。クラスのどこかで「きもい」っていう言葉が聞こえると、あたしはいつも、びくっとしてしまう。

秋が始まって一か月くらいたった日、あたしは「きらい」が、足すなのか、引くなのか、考えていた。

あたしは、三人組のことが、きらいだ。自分が三人のことをきらいだって思っていることは、おととい、メイと話している時に初めてわかった。

このごろずっと、あたしはむねのあたりが、ちりちりしている。前よりたくさんごはんを食べるようになったせいなのかと、最初は思っていた。じゃなければ、体育の時間にさかあがりの練習をいっぱいしているからかもしれない。さかあがりは、できる子にとっては、くるっとまわる丸い運動だけど、できないで何回もしっぱいするあたしみたいな子にとっては、ただ体がさかさになるばっかりの運動だ。体がさかさまになると、いちょうもさかさになって、いえきがぎゃく流するにちがいないから、むねのあたりがちりちりするんじゃないかな、と思ったのだ。

でも、さかあがりの練習をしない日も、そんなにたくさんごはんを食べなかった日も、むねのあたりはいつも、ちりちりしている。

「法則性を見つけることが大切だよ」

と、いつかお父さんが言っていたことを、あたしは思いだした。

春になると、さくらがさくこと。夏が近くなると、木の葉っぱがわさわさしげること。秋になると、緑の葉っぱが赤や黄色に変わること。冬になると木の葉っぱは落ちてくるけど、年が明けてからえだの先っぽをよく見ると、小さなめがふくらみはじめていること。そういうことは、「ほうそくせい」の一つだって、お父さんは言っていた。一年じゅうさくらがさいたら、それはもう、「ほうそくせい」ではない。あとたとえば、絵くんと遊んだ日は、少しあたしの声が大きくなる、とか、学校のテストがよくなかった日は、お母さんがかなしい顔になる、とか、そういうのもたぶん、「ほうそくせい」だ。

さかあがりをした日に、あたしのむねはちりちりするけど、さかあがりをしない日も、ちりちりしている。おなかいっぱい食べすぎた日、あたしのむねはちりちりして、でも、ためしに次の日おかわりをしないで前みたいに少ししか食べないでいたけど、やっぱりちりちりしていた。

だから、さかあがりといっぱい食べるのとむねがちりちりするのは、「ほうそくせい」じゃない。

それじゃあ、なぜあたしのむねは、ちりちりするんだろう。

何日か、自分のことをあたしはかんさつした。「ほうそくせい」を見つけるためには、かんさつがとても大事だって、お父さんは言っていたから。

そしてあたしは、発見した。

土曜日と日曜日、あたしのむねは、ほとんどちりちりしない。でも、日曜日の夕方になると、ちりちりは少しふえてくる。そして、月曜日、登校して教室に入ると、とたんにむねのちりちりがはげしくなるのだ。

じゃあ、むねのちりちりは、学校に行くことと「ほうそくせい」があるのかもしれない。あたしは思って、それからもいろんなかんさつを続けた。

それで、わかったのだ。

あたしのむねのちりちりは、れいの三人組と、はっきりむすびついてる、って。

「そんなの、少し考えればすぐわかりそうなことなのに」

と、メイは言った。

「もちろん、あの三人がちりちりとかんけいしてるのかもって、最初から、思ってはいました」

「ていねい語になってるよ」

「三人組のことを話してるから、親しい言葉を使いたくないんです」

「なるほど、合点だ」

「がってんだ?」

「わかった、ってこと」

「がってんだ、は、足す5な感じです」

「足す5?」

「はい、引く、じゃなくて、足す5」

メイは、足すと引くのことについて、それ以上つっこんでこなかった。

「それより、その三人、どうにかならないのかね」

「どうにか、なりますか?」

「ならせたいよね」

「でも、むずかしいです」

「そりゃね。簡単にイジメをやめさせることができるくらいなら、最初からイジメは受けないよね」

「そうなんです」

その三人は、どんな子たちなの。メイが聞くので、あたしはしばらく考えてみた。

三人のみょうじは、高木さん、津田さん、沼山さん。高木さんはかみが長くて、津田さんもかみが長くて、沼山さんはかみがみじかい。三人とも、かわいいハンカチをいつも持っている。学級会の時は、三人はあんまり発言しない。担任の先生と、なかよし。

そういうことは思いついたけど、でも、その子たちがどんな子なのか、あたしにはよくわからなかった。

「ふつうの子たちだと思います」

「ふつうの子」

「悪い子でもないし、特別にいい子でもないです」

「そりゃまた、めんどくさいね」

「めんどくさい?」

あたしが聞き返すと、メイはうなずいた。

「悪い子なら対処する方法もありそうだし、いい子なら話せばわかるかもしれないけど、どっちでもないとなると、どうしていいか、あたしにもわからん感じ」

「そういうものですか」

「そういうものだよ」

はあ、と、あたしはため息をついた。たいしよ、とか、話せばわかる、というのも、あたしにとっては大変すぎるのに、メイに「わからん感じ」と言われてしまったら、もうあたしは、がっくりだ。

「ところで、りらはその子たちのことを、どう感じてるの」

「どう、とは？」

「仲よくしたい、とか、踏みにじりたい、とか、ほんとは好き、とか、永遠に嫌い、とか」

「ふみにじる」

メイのその言葉に、あたしはいっしゅん、うっとりした。あたしは虫をふみにじったことは一度もないけど、ときどき自分のくつしたをふみにじる。ぬいだばっかりのくつしたを、床に長くのばして、じっくりふむ。そうすると、くつしたをはいていた時より、くつしたと心が通じるような気がする。でも、それはただの「ふむ」で、「ふみにじる」とは、少しちがうかもしれない。

あたしは、三人となかよくしたくもないし、ふみにじりたくもないし、もちろん好きじゃないし、でも、えいえんにきらい、というのはちがうと思った。

あたしは、ただあの子たちが、きらいなのだ。

だけど、それは、えいえんのことじゃない。えいえんにきらいになるためには、えいえんにあの子たちのことをおぼえてなきゃならない。そんなの、ごめんだ。

「えいえんじゃなくて、ただの、きらい、だと思います」

「なるほど」

「はい」

「妥当なところだね、ただの嫌い」

あの子たちがきらい。そう口に出したら、あたしのむねのちりちりが、少しよくなった。

「きらい。きらい。きらい」

あたしは小さな声で、くり返してみた。

メイは、なんにも言わないで、ベンチであたしの横にすわっていた。

「きらいってわかると、少し安心します」

そう言うと、メイはうなずいた。

「だよね。わからないもやもやが、言葉の形になると、もやもやが減るよ」

「ですよね」

メイがアイスをおごってくれると言うので、それからコンビニに行って、ガリガリくんソーダをおごってもらった。ガリガリくんソーダの青い色は、こすぎなくて、うすすぎなくて、あたしは好きだ。

「絵くんて、どんな男の子なんだい」

と、お父さんに聞かれた。

お父さんがあたしの友だちのことを聞くのは、めずらしい。あたしがどんな「すべてシリーズ」を読んでいるか、とか、植木算とつるかめ算とどっちが好きか、とかいうことなら、ときどきお父さんは聞いてくる。でも、あたしにどんな友だちがいるか、とか、クラスは楽しいか、とかいうことは、ほとんど聞いてきたことがない。

「絵くんは、絵くんなの」

あたしは答えた。

「そうか、絵くんは、絵くんなのか。つまり、絵くんのかわりはいない、ということだね」

「そうなの」

お父さんは、よくわかってくれるなと、あたしは思った。お母さんのほうは、わかる、ということはそれほど大切じゃないみたいだ。お母さんは、わかることより、ほっとすることのほうが大事なんだと思う。あたしに好ききらいが多かったり、通知表に「もっとお友だちをつくりましょう」と書かれたりすると、お母さんはがっかりする。でも、にんじんをたくさん食べるようになったり、友だちとやくそくがあるので出かけると言ったりすると、お母さんはすごくほっとする。そして、よろこぶ。ほんとうはにんじんは今もあんまり好きじゃないことや、友だちっていったって、クラスの女の子とかじゃなく、絵くんとメイだけしかいないことは、お母さんはどうでもいいみたいだ。そういうなかみの細かいことは、お母さんはわりとどっちでもいいんだと思う。でも、お父さんはもっとなかみをわかりたがる。

「男の子の友だちがいるのは、うらやましいな」

お父さんは言った。

「お父さんには、男の子の友だちは、いないの?」

「少しだけ、いるよ。でも、女の友だちは、いない」

「お父さんは、女の友だちがほしいの?」

「ほしいような気がする」

「その人と、れんあいをするの?」

「友だちとは、恋愛は、しない」

「お母さんとは、友だちじゃないの?」

そう聞いたら、お父さんは、しばらく考えていた。

「なるほど、そうだね。お母さんと友だちになればいいのかな」

「でも、お母さんにはもう友だちがたくさんいるから、新しい友だちはいらないかもしれないね」

あたしは、お母さんが「学校時代の友だち」と電話をする時の声を思いだした。一週間に一度くらい、お母さんは長電話をする。とても楽しそうだ。あたしはあんなふうに友だちとぺちゃくちゃしゃべったことはほとんどないので、とてもふしぎな気持ちになりながら、お母さんのしゃべるのを聞いている。

「そうなんだよ、お母さんは充足してるんだよ。さなえおばちゃんやさつきおばちゃんもいるしな」

「じゅうそく?」

「足りてる、っていうこと」

お父さんは、また何かを考えはじめた。だまって、てんじょうの少し下を見つめている。それから、てんじょうそのものを見上げた。

「グリクレル」

お父さんが、つぶやいた。

「なに、それ? 虫の名前?」

お父さんは、首をかしげた。

「何だろう、グリクレルって。突然、思いだした」

「何だかわからないの?」

「わからない」

「じゃあ、わかったら、教えて」

お父さんは、「しょさい」に行って、本を読みはじめた。ねそべって読んでいる。あたしも、ねそべって本を読むのが好きだ。ねそべっているお父さんのせなかに、自分のせなかをくっつけて、あたしも本をひらいた。「宇宙のすべて」。もう十回以上くり返して読んでいるけど、何回読んでも、ぜんぜんあきない。ねそべったまま、あたしは大好きな「ダークマター」について書いてあるところをゆっくり読んでいった。


三人、といつもあたしは頭の中でまとめてしまうけれど、実はそれがよくないのかもしれないと、この前思いついた。

あたしだって、メイとあたしを「ベンチの二人」などとまとめられたら、少しいやな気持ちになる。あれ? ほんとうは、いやじゃないかもしれない。「ベンチの二人」は、ちょっとすてきだ。おおざっぱにらんぼうにまとめてあるのではなくて、一まいの絵の中の二人、というような感じがする。
二、という数がいいのかもしれない。これが「ベンチの三人」になると、とたんにてきとうなふんいきになってしまう。
で、三人のことだ。三人、じゃなく、高木さん、津田さん、沼山さんと、別々に考えたらどうだろう。

高木さんのことを、まずあたしは考えた。高木さん。かみが長い。犬の絵のハンカチを持っている。ねこの絵のも。学級会の時はだまっていて、ときどきシャーペンをかちかちいわせる。バレー部に入ってる。

津田さん。かみが長い。チェックのピンクのハンカチを持っている。青い水玉のも。学級会の時はだまっていて、たいくつになると、高木さんに手紙をまわす。バレー部に入ってる。

沼山さん。かみがみじかい。ひまわり色や草色の無地のハンカチを持っている。学級会の時は、少し手をあげる。この前は、落としものを入れる箱を作るていあんをした。手芸部に入ってる。

前にメイにした説明とあんまりちがわないことしか思いつかなかったけど、三人の中で沼山さんだけが、少しちがうことがわかった。そういえば、クラスでは三人はいつもいっしょだけど、ほうかごは、沼山さんは一人で帰る。高木さんと津田さんは、同じクラブだから、帰りもいつもいっしょだ。

三人は、どうしていつも三人でいっしょなのかも、考えた。

ぜんぜんわからなかった。だって、あたしには、いつもいっしょの人はいないから。絵くんはたまたま会った時ややくそくしてる時はいっしょだけど、それは一週間のうちの何時間かだけだ。メイも同じだ。それどころか、メイとはやくそくもほとんどしない。まるで、分子と分子がたまたまぶつかった時だけ働く、あの、ファンデルワールス力みたいなものだ。

べつに特別に引き合ったりしてないのに、なんとなくゆらゆらしてる分子どうしを出合わせる力を、ファンデルワールス力というのだ。やくそくしてないのに、メイとあたしが会うことがあるのは、それとにてる。

でも、三人はいつもがっちりいっしょなので、ファンデルワールス力とはちがう。そうじゃなくて、きっと三人は、分子けつごうしてるのだ。たとえば、水分子は、すいそ原子二つと、さんそ原子一つでできていて、その三つががっちりむすびついている。高木さんと津田さんと沼山さんは、そうか、水分子なのか！

高木さんと津田さんがにていて、沼山さんが少しちがうのも、水分子っぽい。じゃあ、高木さんと津田さんはすいそ原子で、沼山さんはさんそ原子なのか。

あたしはなんだか、うれしくなってきた。分子けつごうしてる人たちが、かたまりになるんだ！　そして、あたしは何ともけつごうしてない、ただゆらゆらしてる分子、いや、あたしはいつも一人だから、原子？

でも、それじゃあなぜあの三人は、あたしをわざわざばかにするの？　せっかくがっちり分子けつごうしてるんだから、自分たちのけつごうを、もっと楽しめばいいのに。

あたしは日記に、「水分子。高木さんすいそ、津田さんすいそ、沼山さんさんそ」と書きこんだ。日記に三人のことを書くのは、はじめてだった。ばかにされてる、なんて書いたら、きっとお母さんが心配するし。でも、これならお母さんは心配しない。あたしのことをまた、「少し難しい子」と思うかもしれないけど。でも、心配されるより、むずかしいと思われるほうが、ずっといい。

「水分子のなぞ」

とも、あたしは日記に書いた。明日から、水分子のなぞをかんさつするのだ。そうしたら、三人のことが、もっとわかるかもしれない。

「でも、きらいな子のことを観察するのって、つらくない？」

メイが聞いた。

「つらくないです」

「すごいね、りらは」

「科学者は、かんさつとすいろんとこうさつが大事だって、お父さんに教わりました」

「大学の授業みたいなお父さんだね」

「大学の先生だからかもしれないです」

「そういえば、うちの両親、りらのお父さんのことを知ってたよ」

あたしはおどろいた。絵くんのお母さんと、メイのお父さんとお母さんが小さいころからの友だちなことは、知っている。でも、うちのお父さんのことまで知っているなんて。

「絵くんのお母さんが小学生の時に、りらのお父さんと、なんていうか、冒険みたいなことをしたはずなんだって、言ってたよ」

「ぼうけん」

ぼうけんと、お父さんは、ぜんぜんむすびつかない。お父さんは、ぼうけんをしたり、たたかったり、地球をすくったりはしないタイプなんじゃないかと、正直に言って、あたしは思う。

絵くんのお母さんだって、そうだ。ぼうけん、よりも、公園をさんぽする、とか、ねこをこっそりかう、とかがにあうような気がする。そういえば、絵くんのところの犬はどうしたろう。ちょっと前に、だれか犬をかってくれる人はいないかって聞かれた。かう人が見つかるまでは、絵くんのところでこっそり世話をするって言ってた。

「どうしてメイのお父さんとお母さんは、あたしのお父さんと絵くんのお母さんがぼうけんをしたことを知ってるの？」

あたしが聞くと、メイは首をかしげながら、

「くちぶえ部の縁？」

と答えた。ぼうけんの話はそれいじょうはずまなかったけど、最後にメイは、

「クラスの三人を観察するのも、冒険の一種だよ。けっこうすごい冒険だと思う」

と言ってくれた。そういうぼうけんなら、お父さんや絵くんのお母さんも、したかもしれない。今度お父さんに、小学生だった時、クラスに水分子みたいな子たちがいたのかどうかを聞いてみよう。それから、犬をかっていいかも。

犬はかえないことになった。お母さんが、犬の毛のアレルギーだからだ。そんなアレルギーがあるなんて、あたしは知らなかった。

「さなえおばちゃんも、さつきおばちゃんも、犬の毛のアレルギーなの?」

「さつきはそうだけど、さなえは違う」

お母さんは言った。

さつきおばちゃんとお母さんは同じで、さなえおばちゃんだけがちがう、でも三人はいつもむすびついてる感じがするから、お母さんとさつきおばちゃんがすいそ原子、さなえおばちゃんがさんそ原子の、水分子をつくってるのかもしれない。三人が水分子かもしれないって思いついてしまって、あたしはちょっと、いやな気持ちになった。じゃあ、クラスの三人が大人になったら、お母さんとさつきおばちゃんとさなえおばちゃんになるの?

いやな気持ちのまま学校に行ったら、その日もあたしは三人組にばかにされた。

昼休み、あたしはきゅうしょくが終わってから自分の席で、お父さんと絵くんのお母さんがした「ぼうけん」のことを考えていた。

「仄田がうっとりしてる」

高木さんと津田さんが、うしろのほうの黒板の前で、こそこそ言っているのが聞こえた。

「きもい」

「きもい」

三人をこっそりかんさつしながら、あたしはこの前、テレビでシジュウカラの鳴き声の番組を見たことを思いだした。シジュウカラは、いくつかの決まった鳴き声しか出さないけど、たとえば「ピーツピ」は「注意して！」という意味で、「ジジジジ」は「集まれ」という意味なんだって、テレビに出ている人が言ってた。てきの大きなタカが近づいてくると、シジュウカラたちは「ピーツピ　ジジジジ」と鳴いて、「てきが来たから、みんな注意して！　集まって！」と伝えあうのだ。

三人組の「きもい」は、シジュウカラの「ジジジジ」なのかもしれないいんじゃないかと、あたしは思いついた。三人で分子けつごうして、てきのあたしにそなえるために、「ジジジジ」のかわりに「きもいきもい」って言ってるみたい。

あたしは、くすりとわらってしまった。

それで、三人はすごくいらいらしたみたいだった。

三人は、黒板に、またヘビの絵をかいた。ヘビは、あたしのことらしい。ヘビは好きなので、あたしはちょっとうれしかった。ほんとうはうれしくはなかったけど、うれしいと思うようにした。

そうしたら、ますます三人はいらいらした。

ばかにしても、あたしがしょんぼりしないと、いらいらするみたいだった。

「むかつく」

津田さんが言った。けっこう大きな声で。

「むかつく」

高木さんも言った。

じゃあ「ピーツピ」は、三人組にとって「むかつく」なのかな。「仄田がしょんぼりしないから、注意して！」って。

五時間めが始まったので、ヘビの絵は消さないままで、三人は自分の席にもどった。

終礼のあと、高木さんと津田さんはバレー部の練習に行き、沼山さんだけが教室に残った。あたしは沼山さんのほうは見ないようにして、静かに教室を出た。そのままうわばきをはきかえて校庭を横ぎっていくと、バレーボールが足にぶつかった。ボールがとんできたほうを見ると、高木さんがいた。でも高木さんはそっぽを向いていて、ボールを高木さんが投げたのかどうかは、わからなかった。

あたしはそのまま門を出て、家に向かった。はあ、と、ため息が出た。いくら三人をかんさつして、シジュウカラやなんかとにているところを見つけても、気は晴れない。だって、三人はほんとうは、シジュウカラや水分子のようにきれいじゃないから。いろいろねじれていたり、かたよったりしていて、なんぎだ。「なんぎ」という言葉は、絵くんのお母さんがときどき使う。こまったことがあると、絵くんのお母さんは、

「難儀なことよね」

と、かたをすくめる。かたをすくめるのは、かっこいいので、あたしも、

「なんぎな三人組よね」

と言って、かたをすくめたい。でも、子どものあたしがやってもかっこよくないと思うので、大人になるまで、とっておくことにする。

「ねえ」

という声がしたので、ふり向いたら沼山さんがいて、ぎょっとした。

「わたしとは話したくないだろうけど、少しだけ、いいかな」

沼山さんは言った。

「いいけど」

「ねえ、どうして仄田さんは、へいきなの?」

「え」

「わたしたちが何かしても、へいきでしょ」

へいきじゃない。あたしは、言い返そうとした。でも、うまく声が出なかった。

「あのね」

沼山さんは、小さな声で続けた。

「たぶん、次にいじめられるの、わたしだと思う」

「え」

「あの二人、仄田さんをいじめるの、あきてきたから。仄田さんがへいきだから、つまらなくなってるの」

沼山さんのみじかいかみが、くるんとしている。首のところのかみは、特にくるんとしている。

「三人は、水分子じゃなくなるの？」

思わず、あたしは聞いてしまった。沼山さんは、ぽかんとした。

「やっぱり仄田さんて、へん」

沼山さんは、ぷいとあっちのほうを向いてしまった。それから、

「やっぱ、きもい」

とつぶやいて、走っていった。

その次の月になっても、三人はあたしを「きもい」とばかにするのをやめなかった。

沼山さんがいじめられているかどうか、あたしはこっそりかんさつしたけど、わからなかった。

「きらい」という言葉は、足す1・6、ということに、あたしは決めた。「きら」のあたりの音が、好きだから。「きらい」と「きもい」は、一文字しかちがわないのに、「きら」じゃなくて「きも」だと、急にこわい音になるのは、ふしぎだ。

この前あたしは、お父さんと二人でキャッチボールをした。お父さんは、キャッチボールがとても苦手だし、あたしも苦手だけど、

「今までやったことのないことをしてみようって、この前電車に乗っている時に、突然思いついたんだ」

と、お父さんは言っていた。

どっちも投げるのがへたで、どっちも受けとるのがへたなので、キャッチボールはぜんぜん続かなかったけど、おもしろかった。

「お父さんは、きもい、っていう言葉、使ったことある？」

つかれたので、草の上にすわって休んでいる時、あたしは聞いてみた。

「きもい。それはどういう意味の言葉？」

「きもちわるい、かなあ」

「単純な省略だね」

「たんじゅんなしょうりゃく」

「きもち悪い、の『ち悪』の部分が省かれてるんだね。悪っていう字を使いたくない誰かが、省略したのかな」

「ちがうような気がする」

「そうだな。気の利いた省略じゃないしな」

「あのね、きもい、は、引く50なの」

「なるほど」

「お父さんは、きもい、が、引く50なことに、さんせいしてくれる?」

「いやむしろ、きもい、は、足すでも引くでもなく、虚数である可能性がある」

「きょすう?」

「虚数に関しては、りらが中学生くらいになったら、教えてあげるよ」

お父さんは、注意深い顔で、言った。

「わかった」

「またキャッチボールするか」

「もういい」

「うん、もういいな。でも、やってみてよかった」

「うん、よかった」

草の中を、アリが列を作って歩いていくのが見えた。あたしはアリの道を、しっかりかんさつした。アリの列は、しんだバッタのところまで、長く長く続いていた。しんだバッタは、きれいにしんでいた。しおれて、ひからびて、完全にしんでいた。アリたちは、自分たちの体の何ばいもある、完全にしんでいるバッタを、ゆっくりと引きずっていった。

犬が去っていった

このごろ、かあさんと、なんだかぎすぎすしている。

もともとは、犬のことから始まった。夏休みにぼくが連れてきた犬を引き取ってくれる人は、なかなかみつからなかった。二学期が始まってからも、犬はうちにいた。

クラスの子たちは、犬の話をすると、

「家で聞いてみる」

って言ってくれたけど、犬を引き取る気まんまんのやつの家ほど、犬はかえないって家の人が言うらしかった。

「今までも、犬かいたいって言ったことあるんだけど、どうせおれじゃ世話ができないって、いつもだめだった」

とか、

「パパがねこならかってもいいって言うんだけど」

とか、

「せいせきが上がったら、かってもいい」

とかで、だれも犬を引き取ってくれない。

りらのところは、おかあさんが犬のアレルギーなんだって言ってた。そんなのがあるなんて、ぼくは知らなかった。

怜子さんにも、聞いてみた。

「犬は、あたしはだめなの。元夫のあなたのおじいちゃんは犬好きなんだけど、彼も、もう犬は飼わないと思う。だって犬が死ぬまでちゃんと面倒見てやれるか、わからないから」

と言っていて、ぼくはちょっとどきどきした。怜子さんは、この犬より先にしんじゃうんだろうか。

「死ぬとは言ってないでしょ。でも、犬を飼ったり最期をみとったりするには、体力が必要なのよ」

だそうだ。

かあさんは、犬の里親をさがしてくれる人に、犬をあずけようと言う。

この前、学校から帰って、ランドセルをおいてすぐに遊びに出ようとしたら、かあさんが仕事部屋から出てきて、話があるって、まじめな顔をした。

「この前、下の階の光川さんに、何か飼ってるんですかって、聞かれちゃったの」

この団地は、鳥ならいいけど、犬やねこをかっちゃいけないことになっている。

「かってません、って言えばいいじゃない」

「でも、犬は、ここにいる。だから、里親をさがしてあげよう」

「ほとんどほえないのに、どうしてわかったんだろう」

「足音がするんだって」

足音？　そういえば、犬はほとんどほえないけど、家の中を走りまわる。ぼくがいっしょに走ってやると、よろこんで、もっと走る。

「朝も晩も散歩に連れていってやればいいんだろうけどねえ」

犬はそんなに小さくないので、かごとかにかくして、団地から少しはなれたところでさんぽするのは、けっこう大変なのだ。でも、ぼくはできるだけ犬をさんぽに連れていってる。

「うん、絵は犬に親切にしてると思うよ」

しんせつとはちがうんだけどな、とぼくは思った。しんせつじゃなくて、ぼくはただ、犬といっしょにいるのが楽しいだけだ。

「ねえ、犬、じゃなくて、名前つけようよ」

そう言ったら、かあさんは首をふった。

「名前をつけると、情がわいて、さよならできなくなる」

さよならできなくなる。かあさんのその言葉を聞いて、ぼくは、えっ、と思った。

そうか、犬とは、いつかさよならしなくちゃやならないんだ。

そのことはもちろん知っていたけど、しばらく犬といっしょにいるうちに、なんとなく、さよならのことは、うやむやになっていた。あと、クラスのだれかが引き取ってくれたら、しょっちゅう遊びに行ける、とも。

その日、ぼくはずっときげんが悪かった。かあさんに、おこっていた。なんで犬とさよならしなくちゃいけないんだ、って。

でも、次の日になったら、かあさんにおこってるより、ほかの方法をさがすほうがいいって、考えを変えた。

「ねえ。ひっこしたら、どうかな」

「引っ越す?」

かあさんは、目玉焼きをフライパンの上でひっくり返しながら、言った。なんだかぼんやりした顔をしている。きっとゆうべは、おそくまで仕事をしていたのだ。かあさんは、昼間は仕事部屋にいても、あんまり仕事をしない。ぼくはそのことを知っている。ただぼうっとしたり、夕飯のおかずを作りにすぐに部屋から出てきたり、たまに犬をかごにいれてさんぽに行ったりしていて、あれじゃ宿題ははかどらないに決まってる。かあさんの仕事は、宿題とはちがうけど、いつかぼくが、家の人のしょくぎょう調べの宿題で、お話を書くのはどんな仕事なのか、って聞いたら、かあさんは、

「うーん、いつも夏休みの宿題があるような感じの仕事」

って答えた。

目玉焼きは、ひっくり返さないのが好きだって前からぼくは言ってるのに、かあさんはひっくり返して、黄身を固く焼いた。夏休みの間は、いつもぼくが朝ごはんを作っていたので、固くなくてゆるゆるの黄身の目玉焼きにしていたのに。

「犬をかえる家にひっこそうよ」

「だれがお金出すの?」

かあさんは聞いた。

「かあさん」

「お金、ない」

「でも、ちょきんがあるはず」

しょくぎょう調べの時、先生に出すノートには書かなかったけど、ぼくはかあさんに、うちはびんぼうなのかそうじゃないのか、聞いてみたのだ。

「貯金があるから、貧乏じゃない」

「どのくらいあるの？」

「けっこうあるよ。わたしは甲斐性があるからね」

かいしょうがある、というのは、怜子さんが好きな言葉で、かあさんもよく使う。でも、怜子さんは大切そうに使うし、かあさんは、少しふざけて使うような気がする。

「貯金は、絵の将来とわたしの将来のために取っておかなきゃ」

「ぼくのしょうらい？」

「大学に行くとか、あとまあいろいろ」

「もし大学に行かないなら、ひっこせる？」

「犬のために大学に行かないことにするの？」

大学なんていうずっと先のことなんか、ぼくはわからない。大学って、何をしに行くところなんだ？

「大学は、執行猶予を味わいに行くところよ」

「なに、そのしっこうゆうよ、って」

「電子辞書で調べてごらん」

それでぼくは、すぐに電子辞書を開いた。


刑の言い渡しをすると同時に、情状により一定期間その刑の執行を猶予し、その猶予期間を無事に経過したときは、刑の言い渡しの効力を失わせる制度。


ぜんぜん、意味がわからない。かあさんに見せたら、

「あら」

と言って、わらった。

「刑」っていうのは、ろうやに入るとか、しけいになるとかいうことのはずだ。あと、「執行」と「猶予」を電子辞書でひいてみたら、「執行」が「とり行うこと」、「猶予」が「ぐずぐずして決めかねること」って書いてあった。ぐずぐずして、刑をとり行うのを決められない、っていう意味みたいだ、「しっこうゆうよ」。

じゃあ、大学って、しけいやろうやに入るのが先のばしになってるのを味わうところなのか？　で、大学を出ると、しけいやろうやに入らなきゃならないのか？

「怖いことになっちゃったね」

かあさんは、またわらった。

「大学に行かないと、どうなるの？」

ぼくは聞いてみた。

「高校を出て、すぐに働きはじめる、のかな」

「ぐずぐずを味わわないで？」

「うん、味わわないで」

「大学って、勉強するところじゃないの？」

「それも、ある。人によっては」

「かあさんは、勉強した？」

「あんまりしなかった」

そういえば、りらのお父さんは、大学の先生だ。

「じゃあ、りらのお父さんも、大学でぐずぐずしてたの？」

「あ、仄田くんは、きっとぐずぐずしないで、いっぱい勉強してたんだろうな。知らないけど。でも仄田くんは、小学校の時も中高の時も、かなりぐずぐずしてたな」

「大学では、ぐずぐずしてなかったのかな」

「さあねえ。ぐずぐずって、そう考えると、いい感じだね」

話がそれてしまった。

「大学のことなんて、今はいいから、ひっこそう」

「犬のために？」

「うん」

「犬のために、ぐずぐずをあきらめるの？」

「ぐずぐずしなくていいもん」

「働くの？」

「そんなの、まだわからない」

「わからないから、貯金しておくのよ」

かあさんは、固い黄身の目玉焼きとレタスののったおさらを、ぼくの前においた。それから目をこすって、

「ちょっと、二度寝してくる。いってらっしゃい」

と言って、仕事部屋に入ってしまった。なんだか、もうぼくと話をするのがめんどくさいからみたいにみえた。ふん、とぼくは思って、目玉焼きにケチャップをいっぱいかけて、パンにはさんで食べた。はみだしたケチャップがテーブルの上に落ちた。ティッシュでふいた。かあさんはティッシュじゃなくて、台ぶきんでふきなさいって言うけど、

むしゃくしゃしてたので、ティッシュを使った。犬が足もとに来て、見上げた。目玉焼きを少しあげた。犬は、しっぽをふった。

でもその時はまだ、かあさんとそんなには気まずくはなってなかった。

話は変わるけど、かあさんはこのごろ中務さんとあんまり会ってないみたいだ。中務さんのことは、べつにそんなに好きじゃないから（きらいでもないけど）、ぼくはかぁさんが中務さんと会ってても会わなくても、どっちでもいい。ただ、中務さんと会わなくなると、かあさんはあんまりふざけなくなる。

夏休みの最初のころは、かあさんはまだ中務さんとときどき会ってたみたいで、ぼくがお皿をあらう時にぶつけてふちが欠けちゃった時も、

「あれ、お皿がちょっと欠けちゃってるね。小さな生きものがやってきて、食べちゃったのかな」

なんて言ってふざけてくれてた。

「ごめん」

あやまると、かあさんは目をくりくりさせて、

「その生きものって、絵の部下なのかあ。じゃ、次は気をつけるように言っといてね」

とか言って、わらって終わりになった。

でも、夏休みの終わりごろにぼくがたまごを買うのを忘れてたら、

「今日はすごく目玉焼き食べたかったのに」

と、かあさんが言ったので、いつものようにふざけてくれるのかと思って、

「部下に言って、明日はちゃんとたまご用意しとく」

って返事したら、

「だめ。ちゃんとメモして絵が買ってきて」

と、急にふつうの声になったので、少しどきっとした。かあさんの顔を見ると、朝なのに目の下にくまがあって、仕事が大変なのかなと思ったんだけど、それからももう「部下」の話とか、「夜中に働いてくれる小人」の話はぜんぜん出なくて、かあさんは平らな感じになってしまった。

「さよは、疲れてくると真面目になるのよ」

と、いつか怜子さんが言っていたけど、たしかにかあさんは、最近少しつかれてるみたいだ。だから、夏休みが終わって少ししてからとうさんと会った時に、かあさんがつかれてるみたいかも、って、ぼくは口をすべらしてしまったのだ。

「そうか。大変だな」

とうさんは、人ごとみたいに言った。それでぼくは、ちょっとむっとした。

「一人で子どもを育てるのは、大変なんだよ」

「うーん、悪かったなあ。でも、そういう時は、絵がかあさんを守ってあげなきゃ」

なんて、とうさんが言うので、ぼくはもっとむっとした。何にむっとしてるのか、自分でもわからなかったんだけど。

その日とうさんは、いつもより見当ちがいのことをたくさん言うので、ぼくはほとんどずっとむっとしていた。家に帰るとかあさんが料理をしていたので、

「ただいま」

って言って、かあさんのとなりに立ったら、かあさんは、

「おかえり」

と言って、ぼくの頭をなでた。とうさんと会っていらいらしていたのが、少しなおって、でもぼくは、まだなんとなくもやもやしていた。

「かあさんを守ってあげろって、とうさんが言ってた」

「守る……」

「うん」

「どういう状況で、そんな奇妙な言葉が出現したの?」

かあさんの声が、へんなふうにかたくなったのが、ぼくにはよくわかった。かあさんもぼくと同じに、「守ってあげる」という言葉に、むっとしたのだ。

「……かあさんが少しつかれてる、って言ったら」

「わたし、疲れてるのかしら」

「う」

「犬、里親を仲介してくれる人が来てくれることになったから」

とつぜんかあさんがそう言ったので、ぼくはびっくりした。

それから二人とも、だまってしまった。で、だまったら、そのあと、どうしていいか、わからなくなっちゃったのだ。

「気まずくなるっていうのは、そんなものよ。始まりがどんなささいなことでも、わざわざ糸が自分から絡まっていくような感じで、絡まろうとしてなくても、へんな結び目が見る間にできちゃうの。そして、もうほどけないの」

というのは、これも、前に怜子さんが言っていた言葉だ。怜子さんは、いろんなことを教えてくれるけど、楽しくてうきうきすることより、少し悲しいことや、少しがっかりすることが得意みたいな気がする。

犬には、名前をつける。ぜったいに、つける。すぐに別れるとしても、つける。

だまりながら、ぼくは決心していた。

犬の名前は、りらと相談して決めた。

ぼくがこうほに出した名前は、「ポチ」と「おかゆ」で、りらは「冬」と「カーテン」だった。

「おかゆって、どうして?」

りらが聞いた。

「毛の色が、おかゆっぽいから」

「おかゆは、あんまりおいしくないと思うの」

「あいつを食べるわけじゃないから、だいじょうぶ」

「そうか」

「冬とカーテンは、どうして?」

「夏より冬が好きだし、カーテンが厚くて暗い部屋が好きだから」

いろいろ話しあって、「おかゆ」に決めた。次のこうほは「冬」だったけど、ぼくは夏も好きなので、「おかゆ」になった。

「おかゆって、味がしなくてつまらないけど、うめぼしは好きだから、いいや」

りらは最後にそう言って、うなずいた。

「だからさ、食べないよ、あいつは」

「うん。それは知ってる。絵くんは、たまごを入れたおかゆと、まっ白いおかゆと、どっちが好き?」

「まっしろ」

「あたしは、たまご」

家に帰ると、かあさんがおかゆをさんぽに連れていくところだった。

「今日はぼくがおかゆを連れてく」

「おかゆ?」

「犬の名前」

かあさんは、ぼくの顔をじっと見た。それから、

「とうとうつけちゃったのね、名前」

と言った。

「だって、犬、じゃ、なんかかわいそうだもん。ぼくは『人間』って毎日よばれてたら、いやになっちゃうと思うし」

かあさんはちょっとわらったけど、でも、ちょっとだけだった。

おかゆとさんぽして帰ってきてからも、かあさんはつまらなさそうな顔をしてた。

「おかゆってよぶと、こっち見るよ」

かあさんに言うと、かあさんは、

「メソポタミア!」

って、犬に言った。そうしたら、犬はかあさんのほうを見た。

「エンゲル係数!」

次にかあさんは、そう言った。犬は、また見た。

「おかゆ!」

ぼくも負けずに言ったけど、犬はこっちを見なかった。くやしくて、

「かあさんのばか」

と言ったら、かあさんは、

「かあさんはばかじゃないし、絵もばかじゃないし、かあさんは絵のことが好きよ」

なんて言うから、何て答えていいのかわからなくて、またぼくはむしゃくしゃした。

三年生になった時から、ぼくはかあさんと外で手をつながなくなったんだけど、今また、二年生までみたいに「手をつなごう」ってかあさんに言われたら、こんな気持ちになるかもしれないって、ちょっと思った。

かあさんとぼくがほんとうのほんとうでぎくしゃくしだしたのは、それからだった。

今までだって、ぼくがかあさんにはらが立って、かあさんにいろいろ言い返したり、かあさんもぼくをしかったりすることは、ときどきあった。でも、そういう時は、「けんかしてる」とか、「しかられてる」とか、「ぼくがおこってる」とか、はっきりした感じがあったのだ。だけど今は、そういうはっきりした気持ちはあんまりなくて、ただもやもやして、かあさんと話しにくくて、どうしていいかわからない。かあさんとなんでもない話をしてる時も、すっきりしない。

かあさんと、なかよしな感じが、へっちゃったような感じ、なのかな。

なかよしじゃなくなるのが、こんなにいやなことだったなんて、知らなかった。というか、かあさんと自分がなかよしだったことも、わかってなかった。

いつもかあさんはそこにいて、ぼくもここにいて、何を話してもだいじょうぶだったはずなのに。

今は、かあさんは、そこにいるけど、なんだか遠い。

里親をせわしてくれる人が、この前やってきた。

かあさんより若い男の人で、

「庄司貞夫です。父が東海林さだおのファンだったのでこの名前になりました」

と、じこしょうかいをした。

「しょうじさだおって、だれ？」

ぼくが聞くと、かあさんが、

「かっこいい漫画家」

と答えた。庄司貞夫さんは、にっこりした。

庄司貞夫さんは、おかゆをケージに入れた。ケージの中で、おかゆはしっぽの先っぽまで全部じっとしていた。

「君のことが好きなんだね」

庄司貞夫さんは言った。

「ぼくもおかゆが好きです」

「おかゆっていう名前なんだ」

「その名前はぼくだけが言う名前です」

「じゃあ、お母さんはちがう名前を言うの？」

ぼくはかあさんの顔をちらっと見た。かあさんがおかゆを「犬」ってよんでることを、庄司貞夫さんに言うのは、何かを言いつけるみたいな気がしたので、だまっていた。

「わたしは、犬、って呼んでます」

かあさんが言った。

「犬っていう言葉の語源、ご存知ですか?」

庄司貞夫さんが聞いた。

「知らないです」

ぼくは言い、かあさんはだまったまま首を横にふった。

「いぬ、って、往ぬ、っていう昔の言葉からできた言葉なんだそうですけど、往ぬ、にはいくつかの意味があって、その中に、帰るっていう意味と、去ってしまうっていう意味があるんです」

犬は、必ず家に帰るから「往ぬ」だという説と、犬は去っていってしまうから「往ぬ」だっていう説が両方あるのだと、庄司貞夫さんは言った。

「犬って、どこにも行かないで、ずっと家にいるよ?」

ぼくが言うと、かあさんが少しわらった。

「そうね、今の犬は家にずっといるけど、昔の犬は、けっこう放浪したり家出したりしてたわね。野良犬も多かったし」

おかゆは中学生たちがいじめてた時は、のら犬だった。おかゆは、前はどこかの家にいて、そのあと家から去ってしまって、のら犬になったのかな。それとも、生まれた時からのら犬だったのかな。

「おかゆちゃんは、飼われていたんじゃないかな」

庄司貞夫さんが言った。

「飼われたことのない犬は、もう少し野性的だと思います」

「おおかみみたいに？」

「狼は見たことないから、わからないけど」

庄司貞夫さんはわらった。

おかゆはまだじっとしている。おおかみだったら、ケージの中でもっとあばれたりするんだろうか。

「でも、やたらに騒がないところは、用心深くてけっこう野性的なのかもしれないですね」

さわがないのも、野性的なのか。たしかに、やたらにほえてたら、てきに見つかっちゃうだろう。

「おかゆ、いい里親さんが見つかるといいですね」

庄司貞夫さんは言って、ケージを持ち上げた。おかゆは、少しびくっとして、それからまた、じっとした。

　庄司貞夫さんは、赤い車の助手席に、おかゆの入ったケージをのせた。それから、自分は運転席にすわり、エンジンをかけた。エンジンの、ぶるるるる、っていう音がしたら、おかゆは心配そうに小さくほえた。ほとんどほえないおかゆがほえるのは、すごくこわいからじゃないかと思って、かわいそうだった。

　かあさんは庄司貞夫さんの車をずっと見送っていたけど、ぼくはすぐに家にもどった。おかゆのことは、もう考えないようにしようと思った。でも、何をしていても、いつの間にかおかゆのことばっかり考えていた。夜、おかゆがケージの中でいっぱいほえてるゆめを見た。


　おかゆがいなくなっちゃったし、かあさんともぎくしゃくしてるので、ぼくは公園に行ってみた。もしかしたら、メイがいるんじゃないかと思って。

　メイは、いた。

「どうしたの」

　ぼくの顔を見て、メイは聞いた。

「どうしたのって?」

「あたしに会いたかったっていう顔してる」

「えっ」

そんなにぼくって、わかりやすいのかな。

「なんでわかるの」

「自分も通ってきた道だからね」

「通ってきた道」

「人生がうまくいってない時って、あんまり関係ない人に会いたくなったりするのよ」

「ぼく、人生がうまくいってないのかな」

「そんな顔してるよ」

メイは、ベンチにすわってしゃぼん玉をふいていた。大学生なのに、しゃぼん玉をふくのか。

「絵もしゃぼん玉、吹く？」

「いい」

メイが手に持っているしゃぼん玉セットは、ピンクのいれものに入ってた。子どもがふいてるところを見たことはあるけど、大人が一人でふいてるのを見るのは初めてだ。

「もしかして、りらのことが心配なの？」

メイが言った。

「りらのこと?」

「りら、イジメにあってるでしょ」

「そうなの?」

クラスの女子に、軽くむしされたり、ばかにされたりしてるのは知ってたけど、イジメまではいってないんじゃないかと思ってたんだけど。

「でもあたしは、りらは大丈夫だと思うよ」

「そうかな」

イジメにあってるとしたら、りらはほんとにだいじょうぶなのかな。りらは強そうじゃないし、少し変わってるし、友だちもほとんどいないから、すぐにまいっちゃうんじゃないかな。

「だってりらは、自分で考えてるもん、どうしたらいいか」

「自分で考える」

メイは、へんなことを言うなと思った。考える、っていうのは、もちろん、自分で考えることだ。自分で考えないとしたら、いったいだれがかわりに考えてくれるんだろう。

「イジメをしてる子たちは、あんまり自分で考えてないよね」

メイが言った。

「そうなのかな」

「そうだよ。だって、イジメをしたら、自分がどんなふうに削られるか、とか、考えてないから、イジメができるんだよ」

「けずられる」

「うん。人に悪意を持つと、知らないうちに、自分の体力とか知力とかが削られちゃうんだよ」

「ほんと?」

「ほんと」

「ほんとのほんと?」

そういえば、この前友だちの家でやらせてもらったゲームの中に、へんなぶきがあった。ものすごく高いポイントでできをやっつけることができる刀なんだけど、ふつうの三倍くらいのポイントでやっつけるかわりに、その刀を使うと、使った時に自分のポイントも半分くらいにへっちゃうのだ。

「イジメをすると、そのイジメが、自分にはね返ってくるみたいな感じ?」

「うーん、そんなにすぐには跳ね返ってこないと思う。イジメをした瞬間は、ちょっと気持ちいいんじゃないかな、人をいじめ慣れてるタイプの子たちは」

「え、じゃあ」

「でも、悪意って、毒みたいなもんだから、自分で毒をつくると、その毒はやがてじわじわ自分の体や心も蝕(むしば)んできて、身も心もぼろぼろ錆(さ)びてきちゃうんだよ」

「ぼろぼろさびると、どうなるの？」

「最後は、ゾンビみたくなっちゃう」

「ゾンビ」

「うん。人生の後半くらいになって、いつの間にか自分がゾンビ化してることに気がつくんだよ、その人たちは」

「ゾンビになってることに気がついたら、どうなっちゃうの？」

「ゾンビとして永久にさまようんだよ」

「さまようの？」

「でも、そういう人は、最後まで自分がゾンビだってことに気づかない可能性も高いよね。ゾンビは自分がゾンビだって、わかってないもんね、たいがいは」

「まわりの人には、ゾンビになったこと、わかるの？」

「半分くらいの人には、わかっちゃうよ」

「ゾンビだと、みんな逃げるよね」

「うん。逃げる」

「ゾンビになった人に会ったこと、ある？」

「大学生の十分の一くらいは、ゾンビだよ」

「ええっ」

「三十歳すぎると、五分の一くらい、ゾンビになってるよ」

「大人って、そんなにゾンビなの？」

「子どもだって、もうゾンビになりかけてる子はきっといるよ」

りらをばかにする女子たちのことを、ぼくは思いうかべてみた。

高木、津田、沼山の三人。ほとんどしゃべったこともないから、いったいどんな子たちなのか、よくわからない。みんなにているけど、顔とかをうまく思いだせない。だから、その三人がもうゾンビになっちゃってるのかどうかも、わからなかった。

「一度ゾンビになったら、もう元にもどれないの？」

「さあねえ。なったことないから、知らない」

「でも、自分がゾンビかどうか、わからないんでしょ」

「そっか、あたしもすでにゾンビかもしれないのか」

「どうやったら、自分がゾンビかそうじゃないか、わかるのかな」

「今度りらに頼んで、ゾンビ試薬とか作ってもらおうか」

　メイは、とつぜん立ち上がった。

「もうこの話、飽きた。映画のゾンビは好きだけど、知り合いでゾンビになった奴は気色悪いだけだから」

「でも、ゾンビのこと言いだしたの、メイだよ」

「失敬、失敬」

　メイは、残ったしゃぼん玉を、前かがみになって、いきおいよくふいた。小さなしゃぼん玉が、あとからあとから出てくる。ぼくは、ゾンビのことを考えた。クラスには、ゾンビはいない気がしたけど、やっぱりよくわからない。それじゃあ、りらは、ほんとにほんとでいじめられてるのか。めんどくさいなあ、と思った。かわいそう、とかじゃなくて、めんどくさい、だった。めんどくさいなあ、と思う自分が、いやだったけど、やっぱりめんどくさい。

　メイに会ったのに、あんまり気持ちはすっきりしなかった。おかゆに会いたかった。庄司貞夫さんは、ひげをはやしていた。でも、あんまりりっぱなひげじゃなかった。ひげって、さわったら、どんな感じなんだろう。

りらがいじめられてるのかどうか、あんまり考えたくなかったのに、次の日から、どうしてもぼくは、りらと、高木、津田、沼山を、こっそりかんさつしてしまうようになった。

そうしたら、たしかにりらは、いじめられてた。でも、三人はあんまりいじめかたが上手じゃない。りらがほんとうにいやがることが、よくわかってない。へびの絵とか、ぼう人間の絵なんか黒板にかいても、りらはたぶんいやがらない。りらがつぶやいてる言葉をわざと黒板に書くのは、けっこううまいいじめかただと思うけど。

りらがどう感じてるのかも、ぼくはかんさつした。もともとりらは大きな声を出したりいろんな表情をしたりしないタイプだったけど、ますますなんにも言わなくなってて、顔もずっと同じ表情のままでいることがわかった。

めんどくさいなあ、と、ぼくはまた思った。

どうしてりらは、あの三人のことをおこったり、「やめろ」とか言ったりしないんだろう。

五時間めが終わるまでに、ぼくはつかれてしまった。りらのかわりに、三人に何か言ってやろうか、って、何回も思った。でも、そんなことしても何もいいことはないのも、わかってた。

あれ？　でも、ほんとうに、何もいいことはないのかな。

「自分で考える」

っていう、メイの言葉を、ぼくは思いだした。

なんでぼくは、こんなにいやな気持ちなんだろう。

学校からの帰り道、とぼとぼ歩きながら、ぼくはいやな気持ちの理由を、考えてみた。

おかゆのことを考える時には、いろんなことを思いつくのに、りらがいじめられてることを考える時には、何にも思いつかなかった。

ただただ、むねの中がどろんとして、体が重くなって、家までが遠い感じになるだけだった。


家に帰ると、かあさんが何かを煮ていた。

「おかえり」

かあさんは、小さな声で言った。

「ただいま」

ランドセルをどすんとたたみの上に落としながら、ぼくは言った。

「今夜、ホワイトシチューとポテトサラダよ」

両方とも、ぼくが好きなおかずだ。

「やったー」

よろこんでる声を出そうとしたけど、なんだか空気っぽい声しか出なかった。

「やったー?」

かあさんがこっちを見て、少しわらった。

「やったー」

もう一度、空気っぽい声で言ってみる。

「おかゆ、里親が決まったって」

「え」

おかゆを引き取ってくれることになったのは、欅野区からそんなに遠くない林田区の家族だって、かあさんは言った。

「おかゆに、また会えるかな」

「うん、いつでも遊びに来てくださいって言ってたって、庄司貞夫さんが」

「ほんと?」

「ほんとほんと」

「やった！」

今度は、空気じゃない、ちゃんとした声が出た。おかゆにまた会えるんだと思うと、さっきまでのどろんとしたむねの中に、急に風がふきこんできたような感じだった。

それからとつぜん、ぼくはりらのことがほんとうに心配になった。

いじめられてるりらの気持ちが、ぼくにはわからなかったのだ。それで、どうしていいかもわからなくて、どろんとしてしまったのだ。だって、ぼくは今までいじめられたことがなかったし。

いじめられるのがつらいっていうことは、知ってる。でも、つらいのが、自分のよく知ってていつもいっしょにいるりらだから、どんなふうにつらいのかって考えるのが、ぼくは、すごくいやだったのだ。それで、考えようとしても、考えたくなくて、考えなくなっちゃったのだ。

そのことが、とつぜんわかってしまった。

でも、それじゃ、だめだ。ぜんぜん、だめだ。

もっとちゃんと、さぼらないで、知らんふりしないで、考えなきゃ。

ぼくは、すごいいきおいで、考えはじめた。

でも、考えながら、おかゆがけっこう近い家に引き取られたって聞いたとたんに、

「自分で考える」が少しできるようになったのって、なんだか、ずるいなって思ってた。

ぼくは、ずるい。ずるいってみとめるのはいやだったけど、やっぱり、ずるい。そしてきっと、それがぼくの「うつわの大きさ」なんだ。

「うつわの大きさ」は、怜子さんがときどき言う言葉だ。

「人間、自分の器の大きさでしかものを考えることはできないのよね。小さな器の人間は、小さな考え、大きな器の人間は大きな考え」

って怜子さんは言う。それから、

「あたしの器は小さいけどね、自慢じゃないけど」

とわらう。

ぼくのうつわも、きっと小さいんだ。怜子さんからのいでんにちがいない。おばあさんからのいでんだから、「かくせいいでん」だ。この前、電子辞書にのってた。

りらのみかたにならなきゃ、って、ぼくは思った。りらがどんな気持ちなんだか考えるだけで、自分もつらくなるようないやなめにあってるりらには、ぜったいにみかたが必要だ。

いじめられてる子のみかたになるのは、こわいし、おせっかいっぽく思われるからすごくはずかしい。だから、みんなの前でみかたになるんじゃなくて、こっそりみかたになれないかなって、まずぼくは考えた。

やだなあ、「自分で考える」ことって。自分のうつわが小さいことが、どんどんはっきりしてきてしまう。

でも、なんだかどろんとしてたり、もやもやしてるより、ずっとましだった。

「ちょっと、出かけてくる」

ぼくはかあさんに言った。

「あんまりおそくならないようにね」

「うん」

げんかんに散らばっていたくつをいそいではいて、ぼくは団地の階段をかけおりた。

それから、りらの家に向かって、走りだした。表情が一つしかないりらの顔が、走っているぼくの目の前にうかんでいた。

ごめん、すぐ行くから。

そう思いながら、走った。久しぶりに、全速力で走った。とんぼがいっぱいいた。とんぼは、赤くてぼうみたいだった。りらに会ったら、まずとんぼの話をしようと思った。そのあと、どうしたらいいかは、まだ思いついてなかった。「自分で考える」は、まだとちゅうで、ぜんぜん考え足りてなかったけど、走ってるうちに考えつくかもしれないと思って、どんどん走った。とんぼは、メイがふいたしゃぼん玉みたいに、そのへんにいっぱいういかんでいた。しゃぼん玉はすぐにきえたけど、とんぼはきえずに、ずっとうかんでいた。りら、って思いながら、ぼくは走り続けた。

前門のとら、後門のおおかみ

あたしは、ひみつを持っている。

「ひみつを持つ」っていう言いかたは、かっこいいと思う。かっこいいけど、でも、あたしにとっては、引く3、の言いかただ。

「持つ」のあたりが、少し、いばった感じがするからかもしれない。

ひみつは、あたしとお父さんとの間の「ひみつ」だ。

あたしは来週、お父さんとひみつのことをすることになっている。

ひみつのことだから、お父さん以外の、だれにも言ってはいけない。

お母さんにも、メイにも言わない。

もちろん、絵くんにも。


あれは、土曜日の朝のことだった。

土曜日の朝が、あたしは大好きだ。もっと小さいころは、家じゅうのだれも起きていない、台所や、なんどや、庭を、静かにたんけんするのが楽しかった。台所は、いつもの台所じゃない場所になったし、なんども、いつもの三倍くらいおくが深くなったし、庭なんて、「むげんの大地」だった。「むげんの大地」っていうのは、三年生の時に、絵くんがときどきうれしそうに言っていた言葉だ。何かのゲームに出てきたらしい。

「むげんの大地」なんて、この世にはそんざいしないよ、と、最初あたしは絵くんに言った。だって、地球はむげんじゃないから。どんな「大地」だって、果てがある。ずっと歩いて歩いて歩いていったら、いつか、どこかに行きつく。海だったり、山だったり、それから、大きな町だったり。

「でも、地球はまるいんだから、りんごの皮をむくみたいにして少しずつずらして歩けば、ずっとずっとずっと進み続けていけるじゃん」

絵くんは、そのときそう言い返した。

りんごの皮をむくみたいにして、ずっとずっと歩いていく。

絵くんの言葉を、あたしは考えてみた。

地球の上を、たとえば、夜がわになっている部分を、北極から南極まで歩いて、それから次に昼がわになっている部分を、今度は南極から北極までもどる。そうすると、地球を一周することになるわけだけれど、南極から北極にもどるときに、一キロくらいずれてもどってくるようにしたあと、北極点ぴったりじゃない場所にもどってから、また南極をめざすけど、その時も少しだけずらして……っていうふうに歩いていけば、なるほど、りんごの皮をまんなかからむきはじめたみたいに、長い間、ずっとずっと歩いていける。なかなかすてきな感じだけど、あたしはやっぱり、絵くんにはさんせいできなかった。

「でも、それは、地球にびっしり大地がしきつめられてるっていう場合でしょ。ほんとは、地球は、ほとんどが海だよ」

「海の中の大地を歩けばいい」

絵くんは、そう答えた。ちょっとがんこだなって、あたしは思った。

「海の中を歩いたら、おぼれる」

あたしは、言った。

「海の中でもおぼれない子もいる」

絵くんは、言い返した。

「おぼれない子?」

びっくりしてあたしが聞くと、絵くんの顔が、ちょっと赤くなった。

「そういう子が、うちのかあさんの書いた本の中に、出てきそうな気がする」

「なんだ、本の中のことか」

「……それは、そうなんだけど」

そこで、絵くんはだまってしまった。話はそれで終わったのだけれど、あたしは、っていうところは、気にいった。いつか、もっと小さな場所でいいから、「りんごの皮をむくみたいにして、歩いていく」

「りんごの皮をむくみたいにして、歩いて」いってみようと、その時、決めた。それから、せっかく絵くんが、「むげんの大地」っていう言葉が好きなのに、「むげんの大地」なんて、ない、って言って、悪かったたって、少しだけ、思った。

でも、少しだけだ。だって、やっぱり「むげんの大地」は、ほんとうはこの世には、ないと思うから。

でも、土曜日の朝早くには、たしかに庭は「むげんの大地」になる。

この場合の「むげんの大地」は、ほんとうの「むげんの大地」じゃなくて、あたしの頭の中にだけある「むげんの大地」だ。

ほんとうにそこにあるものと、頭の中だけのものを、ちゃんと区別するのは、とても大事なことだと、あたしは思う。

でも、もしかすると、絵くんは、

「そういう区別って、ちょっと、シャクシジョウギじゃないかな」

って、言うかもしれない。

シャクシジョウギ、っていう言葉は、絵くんがけっこう好きな言葉だ。いつもの、電子辞書で見つけたのかと思ってたら、絵くんのところの「怜子さん」がよく使う言葉だそうだ。

「シャクシジョウギ」は、足す5の言葉だと思う。「シ」がいっぱい出てくるのが、すべりやすいくつの底みたいで、いいと思う。でも、自分のことを「シャクシジョウギ」だって言われるのは、あんまりうれしくない。くつの底には、なりたくないし。

ああ、また、話がずれてしまった。

そうだ、あたしは、土曜日の朝のことを考えていたのだ。

土曜日の朝、めずらしくお父さんが早起きしてきた。

あたしはその時、自分のへやでねそべって「すべてシリーズ」の、「石や岩」のかんを読んでいた。

ふすまの向こうから、

「りら、おはよう」

という、お父さんの声が聞こえた。

あたしは「おはよう」と答えてから、ふすまをあけた。お母さんとちがって、お父さんは、あたしがあけるまで、ぜったいにあたしの部屋に入ってこない。

お父さんは、まだパジャマのままだった。

「散歩でも、するか」

お父さんは、言った。

「パジャマのまま?」

「うん、庭を散歩しよう」

「庭、さんぽできるほど、広くないよ」

「いやいや、お休みの日の朝の庭は、いつもより、広い」

それじゃあ、お父さんにとっても、土曜日の朝の庭は、「むげんの大地」なんだって、あたしは少し、びっくりした。

パジャマを着たままサンダルをはいて、あたしとお父さんは、いっしょに庭に出た。


庭に出てすぐに、お父さんはしゃがんだ。

「アリだね」

「うん、アリだ。赤アリだね、これは」

「あたし、黒アリより、赤アリが好き」

「ぼくもだ」

しばらく、お父さんとあたしは、アリが動きまわるのを、じっと見ていた。アリたちは、でたらめにうろうろしているみたいに見えるけど、そうじゃない。もちろんでたらめにうろうろしてるアリもいるけど、でたらめに動いていても、それは最後にはえさを見つけるためだったり、巣穴を守るためだったりするために、でたらめっぽく動いているのだから、うろうろだって、働いてるうちの一つなのだ。

「りらはこのごろ、いやな目にあってるんじゃないの？」

アリをじっと見ながら、とつぜんお父さんが言った。

「え」

「ときどき、つらそうな顔をしてるから」

「つらそうな顔」

むねが、どきどきしはじめた。学校でイジメを受けてることを、お父さんは気がついているのかな。

「お父さんも、小さいころ、ときどき、つらそうな顔をしてた時があってさ」

「え、お父さんが？」

つらそうな顔の、小さいお父さんのことを、あたしはいっしゅん、そうぞうしてみた。

小さいお父さんは、アルバムに写真がはってあるから、あたしは見たことがある。小さいお父さんは、なんだかひよひよしていて、やせっぽちで、頭が大きい。

「つらそうな顔を、自分がしてるって、どうやってわかったの？」

あたしは、聞いてみた。

「つらい時に、鏡を見てみた」

「つらい時って、かがみなんか、見たくない、あたしは」

「ぼくは、研究熱心だったから」

「自分の顔のけんきゅう？」

「うん、自分の感情と、自分の動作や表情がいかに連動するかって」

「それ、いつごろのこと？」

「中学生の時かな」

「中学生……」

アルバムの中の、あたしと同じ年ごろのお父さんだけじゃなく、中学生の時のお父さんも、そういえば、ひよひよしていた。高校生になってからも。でも、大学に入ったころから、お父さんは、少しだけひよひよしてなくなった。頭と体も、その前より、にあった大きさにおさまった。頭は小さくならないから、たぶん、お父さんの体のほうが、はば広くなったのだと思う。

「そのころと同じように、今も、つらい顔になること、ある?」

あたしが聞くと、お父さんは、少し考えていた。

「うーん」

考えているお父さんの顔を、あたしはじっとかんさつした。つらそうでは、ない。でも、楽しそうっていうのでも、ない。鼻の下が、少しのびている。うわくちびるが、口の中にたくしこまれている。何かの動物みたいな顔だ。

「あるね、うん」

「つらい顔、してみて」

「できるかな」

「できなければ、しょうがないけど」

お父さんは、鼻の下をもとの長さにもどした。それからしばらく、空をながめた。つらいことを、思いだしているのかもしれない。

「どう?」

お父さんは、あたしの前にしゃがんで、顔をつきだした。

なんだか、ぼんやりした顔だった。

「それが、お父さんの、つらい顔?」

「そのつもりだけど」

「ねむそう」

「うん、つらいと、眠くなる」

「中学生の時も、それと同じ顔でつらくなってたの?」

「たぶんね」

「今、空を見て、どんなつらいこと、思いだしたの?」

「友だちがつらそうなのに、何もできなかった時のこと」

「自分がつらいより、友だちがつらいほうが、つらいんだ」

「自分のことでつらい場合も、もちろん、ある。どっちにしても、自分が無力だって感じると、つらい」

さっきの、考えているお父さんの顔が、何ににてるのか、わかった。いつか水族館で見た、ゴマフアザラシだ。お父さんは、黒目が大きいので、もともとけっこう、かわいい。顔はゴマフアザラシほど丸くないので、いつもはふつうの「お父さんの顔」なのだけれど、鼻の下がのびて、でも、口がうちがわにたくしこまれると、あごが短くなって、それで、ゴマフアザラシとちょっとにてくるんだと思う。

「あたしも今、むりょくだな、たしかに」

お父さんと同じように、空を見上げながら、あたしは言った。むりょくで、れいの三人組がきらいで、早く五年生になってクラスがえで三人組とはなれられることを願っていて、だけど、五年生になるには、あと半年も待たなければならない。

「つらい時は、冒険するに限る」

お父さんが言った。

それで、あたしとお父さんは、いっしょにぼうけんをする、っていう、ひみつを持つことになったのだ。

ぼうけんは、次の晴れた土曜日の夜にすることになった。

「雨がふってると、ぼうけんは、しないの?」

あたしが聞くと、お父さんはまじめな顔で、

「うん」

と言った。

「なぜ？」

「雨降りの日の冒険は、大がかりになりやすい」

「おおがかり」

「攻撃的なもののけが出てきたり、うろんな闇がしみだしてきたり」

「お父さんは、むかし、そういうぼうけんをしたことがあるの？」

「いやまあ、ないけど」

「ないのに、知ってるの？」

「なんだか、知ってるような気が、する」

「ような気」

お父さんは、わらった。

「大がかりな冒険は、絵くんとしてくれ」

「それは、いやだなあ」

「どうして」

「絵くん、きっとあたしをおいて、どんどん行っちゃう」

「そうかな」

「あたし、足がおそいから」

「いやいや、むしろりらが、絵くんを助けることになるんじゃないかな」

「まさか」

「そうだな、りらは、ぼくに似てるところがあるからな」

「お父さんににてると、絵くんを助けられないの?」

「いやいや、お父さんも、捨てたもんじゃないよ、適材適所の場所でだけは」

だんだんお父さんは、ぼうけんじゃないことを考えはじめたみたいだった。「つらそうな顔」ににた、ねむそうな顔になってきた。

「一日じゅう、晴れてないと、だめ?」

あたしは、聞いてみた。

「いや、夕方から晴れてればいいよ」

「水たまりは、できてても?」

「水たまりは、冒険のスパイスだよ」

「スパイス」

次の土曜日は、ざんねんなことに、朝から夜まで、ずっと雨だった。

その次の土曜日は、朝からよく晴れていたのに、夕方になってから、しとしと雨がふりはじめた。

「かみさまが、ぼうけんなんかしないほうがいいって、言ってるのかな」

「ちがうよ」

お父さんは言った。

「冒険の準備ができてるか、しっかり確認しときなさいって、言ってるだけだよ」

それで、あたしとお父さんは、ぼうけんのじゅんびをしっかり見直した。

用意したのは、まず地図だ。一年に一回くばられる、町内会の地図。お母さんはこの地図をすぐにすててしまうけれど、あたしはいつもすてられた地図をごみばこからひろって、こっそり机の中にしまっておく。

地図は、町内会の人の手書きだ。だから、あんまり正確じゃない。道路の長さとか、角度とか、たてものの場所とかは、のびたりちぢんだりずれたりしている。おまけに、地図にのってるのは、町内会の人が「ここは大切」って考えたものだけで、あとのものは、しょうりゃくされている。公民館と図書館と学校とさくら並木と公園はのってるけど、スーパーやコンビニ、ホームセンターやいつも絵くんが絵くんのお父さんと会うファミレスなんかは、のってない。

だからあたしは、町内会の人がのせなかったもののうち、あたしが大切だと思うものを、地図に書きたす。

たとえば、団地の給水とう。あとは、学校に行くとちゅうの、小さな森。ほんとうは「森」っていうほどのものじゃないけど、前にはなんげんかあった家がこわされて、土だけになって、ふつうならすぐにまた新しい家がたつのに、いつまでも何もたたないで、そのかわりに、もともと生えていた木が少しずつ育って、あたしと同じくらいの高さか、もっと高いしげみがいくつもできている。それから、もちろんメイといつもいっしょにすわる公園のベンチも。

かいちゅう電灯と、軍手も用意した。あとは、虫さされの薬、ばんそうこう、消どく液、それに、ふろしきとビニール袋もなんまいか。

「あとは、その日に、水筒と非常用の食べものを入れればいいね」

お父さんはそう言いながら、全部のものを入れたリュックを、あたしの部屋のおしいれにしまった。おしいれは、お父さんと共同で使っている。お父さんの「しょさい」におききれないものは、あたしのおしいれの上のだんにあるカラーボックスに入っているのだ。お父さんは、カラーボックスのおくのほうに、お父さんとあたしの二人の小さなリュックをしまった。そして、前のほうに本をおいた。

「これで、秘密は守れるよね」

お父さんは、ウインクをした。お父さんがウインクをするなんて、はじめてのことだったから、あたしはうれしくなった。ほんとにほんとに、ひみつなんだ、って感じた。

その次の土曜日は、朝からくもっていたけれど雨はふらなかった。夕ごはんは、あんまりたくさん食べなかった。おなかいっぱいになると、ぼうけんの前に、ねむくなってしまうかもしれないから。

お父さんも、ごはんのおかわりをしなかった。ビールも、飲まなかった。

「今日は仕事があるからね」

「あらそう」

お母さんは、ぜんぜんうたがっていない。夕ごはんが終わると、お父さんはおさらをあらった。土曜日と日曜日は、お父さんはおさらあらいの係なのだ。

「なぜだかぼくは、お皿洗いが、けっこう得意なんだよ。いつ誰に仕込まれたんだろうねえ」

と、前にお父さんは言っていた。じょうだんを言うくちぶりで。

「だれに、しこまれたの」

あたしはその時、聞いてみた。

「うーん、もしかすると、大きなねずみに、とか？」

お父さんがそう答えたので、やっぱりお父さんはじょうだんを言っているんだって、あたしは思った。

あたしはパジャマにきがえて、おやすみなさい、ってお母さんに言ってから、こっそりパジャマをぬいで昼間の服にきがえて、ねどこにもぐりこんだ。お父さんは、「しょさい」で仕事をしている。たぶん。でも、仕事するふりをして、今夜のぼうけんのじゅんびをしているのかもしれない。

夜中、あたしはお父さんに起こしてもらうことになっている。だから今日、あたしはひるねをしておいた。先週もひるねをしたんだけれど、夕方から雨だったから、今日はあんまり期待しないでひるねをした。それがよかったのかもしれない。ねどこに入る前に、カーテンをあけて空を見たら、月が光っていた。よく晴れた夜だ。


ねむるつもりじゃなかったのに、あたしはいつの間にかねむっていたらしい。

すごく飛行機がゆれるので、みんなでパラシュートをつけて飛行機から落ちていかなきゃならない、っていう、こわいゆめを見ていた。

ゆれていたのは、お父さんがあたしをゆり起こしたからだった。

ゆめは、すごく長いように感じられたのに、お父さんがあたしをゆらしたのは、たぶんほんの少しだけしか前からじゃない。

その、ほんの少しの間に、あたしは長い長いゆめを見てたんだって、少しぼんやりしながら、思った。

飛行機に乗る前には、長い旅をしていた。

そこには、大きなねずみが出てきた。お父さんが「大きなねずみ」におさらあらいをしこまれた話をしたからだ、きっと。

あと、赤アリも出てきた。

赤アリは、しょっかくであたしにさわった。すごく大きな赤アリだった。絵くんくらいの背があった。でも、こわくなかった。だって、赤アリは、人間は、ねらわないはずだから。自分と同じ大きさの白アリは、おそうけど。あれ、でも、そうするとこの赤アリは大きいから、人間もねらうかもしれないって、ゆめのとちゅうであたしは思いついた。そうしたら、赤アリはあたしをおそいたそうな顔になった。まずい、って思ったら、あたしは飛行機に乗っていたのだ。

夢って、ちょっと、つごういい。でも、つごういいばっかりじゃなくて、どんどんつごう悪くなる場合もある。

「目、さめたかな?」

お父さんが聞いた。

「うん」

あたしは答えて、起きあがった。

「じゃ、出発だ」

お父さんは言った。リュックが、たたみの上に二つ、そろえておいてある。あたしのは赤いリュック、お父さんのは茶色いの。あたしはほんとうは緑色のリュックがほしかったんだけど、さなえおばちゃんがあたしのたんじょう日のおいわいにって、赤いのを買ってきてくれたのだ。緑色のリュックなら、ジャングルに行った時、みつりんの色にまぎれて、動物におそわれにくいのに。

あたしとお父さんは、リュックをしょって静かに一階におりて、台所にあるうら口をあけた。うんどうぐつが二足、うら口のせまい土間にちゃんと用意してあった。

そっと、あたしたちは、うら庭にふみだした。月は、だいぶ高いところまでのぼっていた。


あたしたちは、学校に行くのだ。

夜の学校。

あたしは、イジメにあってることを、「つらそうな顔」の話をした時に、お父さんにうちあけた。三人組がぼう人間を黒板にかくことや、「きもい」は、あたしが三人からいつも言われてる言葉だっていうことやなんかを、あたしは話してみた。

でも、話してるうちに、三人の「イジメ」は、たいしたものじゃないような気にもなってきた。ぼう人間って、かわいいし。「きもい」だって、何十回も聞いたら、たいしたものじゃないような気もしてくるし。

「いやいや、イジメっていうのは、その内容や程度と関係なく、そもそも美しくないところが、だめだ」

お父さんは、そう言った。

「美しくない?」

「うん、世界の原理は、いつだって必ず美しいものなんだよ。数式にしても、いろんな回路にしても、美しくないものは、どこかが間違っている」

ふうん、と、あたしは言ったけど、よく意味がわからなかった。

「夜の学校に、行ったことはある?」

お父さんは、あたしに聞いた。

「ない」

「学校っていうところは、なかなかに困難だ」

「こんなん」

「りらは、学校は、好き？」

「好きなところときらいなところが、まざってる」

「お父さんも、そうだった。その上、嫌いなところが、大部分だった」

「あたしは、そうでもない」

「りらには、友だちがいるからな」

「絵くんのこと？」

「うん」

絵くんがいるから、じゃあ、あたしは学校のきらいな部分が、むかしのお父さんほどたくさんじゃないのかな。

絵くんのいない学校を、あたしはそうぞうしてみた。

うわあ、って、あたしはすぐに思った。

つまらない。

きらい、っていうより、つまらない。

「でも、学校っていう場所自体は、なかなかいいもんだとは、思う」

お父さんは、言った。

「場所じたい」

「ことに、夜の学校は、いいぞ」

「夜には学校には入っちゃいけないいんじゃないの？」

「うん、いけない」

「でも、夜の学校に行くの？」

「もしも、入れなかったら、すぐにあきらめる。でも、たまに、夜の学校には入れることがあるんだ」

お父さんは、そんなふしぎなことを言っていた。それであたしたちは、夜の学校のぼうけんをすることにしたのだ。でも、学校って言っても、あたしの通っている欅野小学校じゃない。小学校より少し遠くにある、欅野高校だ。もちろんあたしは一回も欅野高校に入ったことはないけれど、校門の前は、何回も通ったことがある。図書館までの通り道にあるからだ。

夜歩くと、欅野高校までの道は、いつもとぜんぜんちがっていた。暗いからかな。

秋の虫が少しだけ、鳴いていた。でももう、ずいぶん少しだ。秋になってから、しばらくたつし。がいとうが、道を照らしている。道ばたの草をふんだら、バッタがとびだしてきた。

校門は、あたりまえだけれど、しまっていた。

「さて、どうするかな」

お父さんは、のんびりうで組みをしている。

「あきらめるんじゃないの？」

夜の学校はまっくらで、あたしは少しこわかった。だから、早くお父さんがあきらめて、このまま家に帰ってくれればいいのにと思っていた。ここまで歩いてきただけで、あたしにとっては、じゅうぶんなぼうけんだ。

「くちぶえでも、ふいてみるかな」

「えっ」

あたしはおどろいた。くちぶえについては、少し前に、絵くんのお母さんがむかし、「くちぶえ部」に入ってたことを聞いていたし、メイの家族のくちぶえも、聞いていたから。

「お父さんも、くちぶえ部に入ってたの？」

あたしは聞いた。

「えっ、くちぶえ部？」

お父さんは、首をかしげた。かしげながら、くちぶえを、そっとふきはじめた。

「ううん、なんでもない」

夜くちぶえをふくと、へびが出てきますよ。小さいころ、さなえおばちゃんが言っていた。へびは好きだから、いいもん。あたしはその時言い返したけれど、今はあんまりへびには出てきてほしくなかった。夜中のへびは、ちょっとこわい。なぜ、暗いっていうだけで、いろんなものはこわくなるんだろう。

その時、校門が、がた、という音をたてた。お父さんはくちぶえを止めて、校門に手をかけた。するする。あいた。

「どうして」

あたしが言うと、お父さんはわらった。

「魔法だね、きっと」

「まほう」

「夜の学校の魔法」

「こわい」

「こわくないよ。夜の学校に入るだけだよ」

お父さんは、あたしと手をつないだ。校しゃが、まっくらにそびえている。そのまま校しゃに向かうのかと思ってたら、お父さんは、校しゃの横にある二階だての建物のほうに歩いていく。

「どこに行くの？」

「特別教室棟」

「特別教室とう？」

「生物室や化学室のある建物。今も、あそこにあるかな、化学室や生物室は」

お父さんは、首をかしげた。

「今も、って？」

「ぼくがこの学校に通っていた時、特別教室棟には理科系の実験室がいくつもあったんだけど、そのあとたしか、いろいろ建てかえたはずだから、今はどうなってるのか、わからないんだ」

そうか。お父さんは、この欅野高校に通っていたのだ。そのことは、知っていたはずだけど、お父さんが高校生の時って、すごくむかしのことだから、ここがお父さんの学校だって、あたしは考えたことがなかった。

「理科室って、好き」

あたしがつぶやくと、お父さんも、

「うん、理科室は、いい」

と、うなずいた。

それから、お父さんはだまった。あたしの手をさっきより少し強くにぎって、特別教室とうのとびらに手をかけた。夜中だから、かぎがかかっているんじゃないかなと、あたしは思った。お父さんが、ここであきらめてくれるといいなとも、思った。

でも、かぎは、かかっていなかった。

たてものに入ると、まっくらだった。

「暗い」

あたしが言うと、お父さんは、ろうかの電気をつけた。入口のすぐ横のかべに、電気のスイッチはあった。

「よく知ってるのね」

「うん、なんとなく、わかった。特別教室棟、なつかしいな。新しくなってるけど、この精神は変わってないぞ、きっと」

「図書室よりもよく行った？」

「図書室も行ったけど、こっちの実験室の方が、親しかった」

「したしい」

お父さんは、ろうかのおくのほうに歩いた。階段がある。とんとんと、お父さんはのぼっていく。とちゅうにおどりばがあった。お父さんは、おどりばで、少し立ちどまった。

「どうしたの、何かいるの?」

あたしは、びくびくしながら、聞いた。

「ううん、何もいない。でも、何かいるといいなって、思ったんだよ。なぜかな」

二階の電気も、お父さんはつけた。

ろうかはまっすぐにのびている。かたがわに、三つ、教室が並んでいる。

「物理地学準備室、物理室、地学室」

教室のとびらの上にうちつけてある板に書いてある字を、お父さんは読んだ。

「いいな、やっぱりこの建物は」

そう言って、お父さんはため息をついた。

「むかしのたてものと、おんなじ?」

あたしが聞くと、お父さんはあたしを見おろした。

「うん、だいたいのつくりは同じだ」

お父さんはそう答えたけれど、少しだけ、つまらなさそうだった。

「でも台所は、ないんだな」

へんなことを、お父さんはつぶやいた。

「台所?」

あたしは聞き返した。

「台所で、皿洗いを学んだ気がしたんだよ、さっき、急に」

「なにそれ」

お父さんがさらあらいのことを言うので、あたしはなんだか少し、大きな声を出してしまった。お父さんは、さらあらいを大きなねずみに教わったり、特別教室とうで教わったりしたの? ほんとうに? って思って。自分の声が、ろうかじゅうにひびいた。あたしは、びくっとした。声がひびいたのにもおどろいたけれど、それより、何かの気配を、とつぜん感じたからだ。

こそ、という音がした。

「音、したな」

お父さんが言った。

「した?」

してないんだといいのに、と思いながら、あたしは答えた。

「物理室からだった」

「ぶつりしつ」

「ぶつりしつ」からの音が、もう二度としませんようにと、あたしはいのった。でも、また、こそ、という音がした。

「グリクレル?」

お父さんはつぶやきながら、「ぶつりしつ」のとびらをあけた。

電気はついていないはずなのに、そこはとても明るかった。

あたし、いったいどうしちゃったんだろう。

ここは、台所?

あたしはお父さんの手を、ぎゅっとにぎった。お父さんも、ぎゅっとにぎり返した。

あたしとお父さんは、ふらふらと、「ぶつりしつ」のはずなのに、どう見ても台所にしか見えない部屋に、入っていった。


どこもかしこも、ぴかぴかだった。大きなストーブが、まどの横にあった。ストーブの上には、おなべがある。

台所のまんなかにはテーブルがあって、いろんな食べものがのったおさらが並べられている。

フライドチキンに、えびのてんぷらに、おむすび。ピザやスパゲティーのおさらもあったし、くだもののバスケットもある。

「いいにおいがする」

あたしがつぶやくと、お父さんも、はなをくんくんさせた。

「たしかに」

台所のすみには、ねずみがいた。とっても大きなねずみ。白いエプロンをして、ひげをぴんと立てている。

「久しぶりだね」

ねずみは言った。

やっぱりこれは、ゆめだ。あたしはお父さんと、ぼうけんになんか来ていなくて、そのままねむってしまって、ねずみのゆめを見ているにちがいない。

「夢なんかじゃないよ。あんたの遺伝子を受け継いだ、逃避しがちな子だね、まったく」

ねずみがあたしに言った。「あんた」と言った時には、ねずみはお父さんのほうを向いて、にらみつけた。

「グリクレル」

お父さんが、のどのおくで言った。

「思いだしたかい?」

「う……少し」

お父さんは答えた。声が、いつもより高い。お父さんの手を、あたしはまたぎゅっとにぎりしめた。あれ、なんだか、手が小さい?

お父さんは、お父さんじゃなくなっていた。頭が大きくてひよひよした、お父さんのアルバムの中の、小学生のお父さんそっくりの子が、あたしと、手をつないでいた。


これはやっぱり、ゆめだ。ゆめなら、こわくない。あたしはそう思って、テーブルの上の食べものをかんさつした。あたしの好きなものもあったし、ちょっと苦手なものもあった。

小学生になったお父さんは、ねずみのことをじっと見ていた。ねずみのほうも、お父さんを見ていた。あたしには、あんまりきょうみがないのかもしれない。よかった。

「あの、ちょっとお聞きしますが、てんぷらを、食べてもいいですか」

あたしは聞いてみた。ゆめの中に食べものが出てきても、たいがい食べられないで目がさめる。今だって、きっと食べようとしたら目がさめるにちがいないと、あたしは思ったのだ。お父さんは小さくなってたよりにならないし、ねずみは大きいし、早くゆめからさめたほうがいいに決まってる。でも、大きなねずみをおこらせると、こまったことが起こるかもしれないから、できるだけていねいに、聞いたのだ。

「お食べ。冷めてるけどね」

「だいじょうぶです」

あたしはいそいで言って、えびのてんぷらに手をのばした。おはしがないので、しっぽをつまんで、口にはこんだ。

おいしかった。

目がさめるかな、と思ったけど、目はさめなかった。しょうがないので、おむすびもひとつ、取った。大きなおむすびだったので、おなかがすいていないあたしは、少しまよったけど、ゆめの中でおなかはいっぱいにならないと思ったので、どんどん食べた。おいしかった。でも、食べているうちに、おなかがはちきれそうになってきた。まだゆめはさめない。

ねずみは、もうお父さんのほうは見ていなかった。かわりに、食べているあたしをじっと見つめていた。あたしははずかしかった。てんぷらを食べる時おはしを使わなくておぎょうぎも悪かったし、もともと、食べているところを見られるのははずかしいし。

「あんた、難儀な目にあってるんだね、今」

ねずみが言った。

「なんぎなめ」

「根性の悪い人間が、まわりにいるんだろう」

「こんじょうの悪い人間」

「嫌な奴ってこと」

ねずみの言ったことを、ごはんをもぐもぐかみながら、あたしは考えてみた。ねずみが言っている「いやなやつ」って、きっとあの三人組のことにちがいない。

「あたしはあの子たちのこと、きらいだけど、いやなやつかどうかは、わかりません」

「ほう」

あたしの答えに、ねずみは少し感心したみたいだった。あたしはちょっぴり、得意な気持ちになった。自分の気持ちを、せいかくに言えたな、って。

「得意になってる場合じゃないだろう」

ねずみが、こわい顔になっている。あたしは急にまた、こわくなった。ねずみは、とっても大きい。小さくなったお父さんよりも、あたしよりも、ずっと。

「お父さん」

あたしは、まだ半分しか食べていないおむすびを手に持ったまま、あとじさった。お父さんが、ぎゅっと手をにぎり返してくれる。小学生のお父さんは、ぜんぜんたよりにならなさそうだけれど、でも、だれもいないより、ずっとましだ。

「それにしてもまあ、今夜はよくここに来たね。珍しい夜だよ、こういう夜は」

ねずみは言って、あたしとお父さんのほうに、にじりよってきた。

早くさめて。あたしはねんじた。早くゆめがさめて、あたしの部屋にもどれますように。

だけど、ゆめはまださめない。

その時、外で、がたん、という音がした。

とびらの向こうに、だれかがいる。前門のとら、後門のおおかみ、という言葉を、あたしは思いだした。絵くんが教えてくれたのだ。電子辞書で見つけた言葉だって言ってた。

がたん。

もう一度、音がした。

二人の夜

りらに会わなきゃ、って思いながら、ぼくは走った。もうすぐ夕ごはんの時間だったけど、かまわなかった。今いちばん大事なのは、りらに会うことだから。

走っていくうちに、いろんなことがきれぎれに、頭にうかんだ。

もっと小さいころ、かあさんと怜子さんといっしょに、水族館に行ったこと。そこに、オオカミウオがいたこと。大きな水そうの前で、かあさんが動かなくなっちゃったこと(ぐるぐるまわっているイワシのむれがはかなくて、泣きそうになったんだって、かあさんはあとで言っていた。怜子さんが、がはははは、ってわらったら、かあさんは口をとんがらかしたので、なんだか子どもみたいだって、ぼくは思った)。ソーセージのおまけについてるレンジャーの小さな人形を、砂場で知らない子に取られたので取り返したら、その子が泣きだして、ぼくがおこられたこと。なんでぼくがおこられたのかって、あとでかあさんにぶつぶつ言ったら、かあさんはぼくにあやまって、それから急に、泣いた子にぷんぷんおこり始めたこと。それで、ぼくはもう、どうでもいいやっていう気持ちになったこと。すごく広い川を見たこと。でも、それがどこの川だったか、ぼくはおぼえていない。まだとうさんとかあさんがりこんしてなかった時に、三人でドライブをしたこと。小さいころのぼくは車によったので、いつもまどを全開にしていたこと。ドライブインでたこ焼きを食べたけど、そのあとやっぱり少しはいちゃったこと。プラネタリウムで星を見たこと。そのあと、ぎょうざを食べたこと。

途中で、ぼくは、あれ？　って思った。

次々に頭にうかんでくることで、ほんとうにぼくがおぼえていることもあったけど、おぼえのないことも、いくつかあったからだ。

プラネタリウムに行ったのは、小学三年生の時で、学校の社会科見学だった。あの時は、りらと並んで星を見た。でも、そのあとはプラネタリウムからしばらく行った広い公園で、みんなでお弁当を食べたはずだ。ぎょうざなんて、食べてない。

だけど、そのおいしそうなぎょうざは、ぼくの頭の中に、はっきりうかんだ。

小さなお店の、一番おくの席で、ぼくと、ぼくのとなりのだれかが、ぎょうざを食べていた。焼きそばも、食べた。一皿を、分けっこしたのだ。ぼくのとなりのだれかは、ビールも飲んでいた。だから、となりにいただれかは、大人だ。お店のいすが高くて、ゆかに足がとどかなかった。足をぶらぶらさせるのは、おもしろかったけど、ふんばれなかった。焼きそばも、ぎょうざも、ギトギトしておいしかった。

日がくれている。今走っているのがどのへんなのか、急にわからなくなった。頭にうかんでくることが、どんどんふえていって、むねのおくが、すん、とした。

泣きだす直前みたいな、ころびそうになってひやっとした時みたいな、ベッドの中でねむってる時にどこかに急に落ちて行きそうになった時みたいな、へんな感じがした。

立ち止まって、目をとじた。

空気が、冷たい。

突然、体が投げ出されたような感じがして、目をあけると、ぼくは知らない場所にいた。

そこは、広いろうかだった。

学校みたいだと思って見上げると、「化学室」とか「生物室」とかの板がドアの上にうちつけてあるし、まどごしに見ると、机といすがいっぱい並んでいるので、やっぱりここは、学校だと思った。

でも、ぼくの行ってる欅野小学校には、「化学室」や「生物室」なんていう教室はない。

ずっとおくに、階段がある。

階段の上から、光がさしていた。だれかの足音みたいなものも聞こえる。

階段に、ぼくは向かった。

ひた。ひた。ひた。

自分の足音がする。

ひた。ひた。ひた。

とちゅうで、あれ、と思った。

足音は、ぼくのだけじゃない気がしてきたのだ。

ひた。ひた。ひた。

もう一人、だれかいる。だけど、なぜだか、ぼくはぜんぜんこわくなかった。知らない場所で、暗くて、うしろから足音が聞こえるんだから、ほんとうはすごくこわくてもいいはずなのに。

ぼくは、ゆっくりふり返った。

女の子がいた。

でも、りらじゃなかった。

「あなた、だれ?」

女の子は聞いた。

「仄田くんかと思ったけど、近づいたら、仄田くんじゃないことがわかったの」

女の子は、ぼくの体ぜんたいを、じっとかんさつしている。小さな声で、何か言っている。仄田くん?　りらのみょうじも、仄田だ。仄田くんより足が、長いのよね……。頭も、大きくないしね……。とかなんとか。

「ぼくは、鳴海絵。君は?」

「鳴海?　あたしと同じみょうじね。うちの親類じゃない人で、鳴海っていう人と会うの、初めて」

女の子は言った。

「ぼくは、会ったことあるよ。六年生に、鳴海丈太郎(じょうたろう)っていうダンスのうまいせんぱいがいて、そのダンス、すごいんだよ。ぶかぶかしたパンツはいて、動きがキレッキレで」

初めて会った子なのに、ぼくはどうでもいいことを、べらべらしゃべっていた。どうしてかわからないけど、この子には何を言ってもだいじょうぶな気がしたから。りらにだって、何を言ってもだいじょうぶだけど、りらには、ぼくは、少し気を使ってる。気を使ってる、なんて、いつもは思ってないけど、この子としゃべってみると、ぼくがりらには気を使っていることが、わかったのだ。

「鳴海丈太郎。いい名前ね。あたしの名前は、さよ。鳴海さよ」

「えっ」

ぼくは、少し大きな声をあげてしまった。だって、鳴海さよって、かあさんの名前じゃないか。


「ところで、どうして鳴海くんは、ここにいるの?」

鳴海さよは、聞いた。

「鳴海さんこそ、どうしてここにいるの?」

ぼくがそう聞き返すと、鳴海さよは、ぷっ、とふきだした。

「二人で、鳴海くん鳴海さんって言い合うの、へんね」

「たしかに」

「あたしのことは、さよってよんで」

「じゃあ、ぼくのことは、絵で」

「絵くん」

「さよさん」

かあさんのことを、「さよさん」とよんだことは、一度もない。だから、ぼくはずいぶんへんな気持ちになった。この子はかあさんじゃないのに、まるでかあさんに向かって、ぼくがまちがって「さよさん」とよびかけているような。

「じゃ、行きましょう」

鳴海さよが言った。

「へ？　どこに？」

「二階に決まってるでしょ」

「二階……」

「二階には今、グリクレルがいるの。めったに会えないんだから、チャンスをのがしちゃだめよ」

「グリクレル……」

なんのことだか、ぜんぜんわからない。でも、鳴海さよは、なんていうか、そうだ、「確信に満ちて」いた。

「確信に満ちて」っていう言葉は、かあさんがときどき一人でつぶやいてる。

「あたし、ぼやぼやしてないで、確信に満ちてのぞまないと」

って。たいがい、仕事先の人と、ちょっとまずいふんいきになった時なんかに、かあさんはそう言って自分をはげます。そして、「確信に満ちて」仕事先の人と話して、それから、なかなおりする。たまに、なかなおりできなくて、かあさんによると、「泣くご縁を切る」。

だとすると、鳴海さよも、「グリクレル」っていう何かと、まずいふんいきになっているんだろうか。

「グリクレルって、なに?」

「知らないの?」

「知らないよ」

「ねずみ。大きなねずみさんよ」

「ねずみ!?」

ぼくはびっくりして、立ち止まってしまった。

鳴海さよも、立ち止まった。ちょっと、考えこんでいる。

「なんでねずみ?」

「そうよね、あたしだって、四年生の時にはじめてグリクレルに会った時には、いろんなことが信じられなかった。絵くんが、なんで、っていうのは、わかる。でも、今は説明してるひまはないの。こうしてグリクレルにまた会えるなんて、めったにないことだから、この夜のゆめが消えちゃう前に、いそがなきゃ」

え、と、またぼくは思った。鳴海さよは、「ゆめ」って言った。なんなんだ、それは。だって、ぼくはまだ今日はねむってない。そりゃあ、もう日がくれてるけど、夕ごはんも食べてないし、おふろにも入ってない。これは、ゆめなんかじゃないはずだ。

「ああ、なんだか絵くんって、ちょっと仄田くんみたいね。考えはじめると、足が止まっちゃうのね」

鳴海さよは、ぼくの手をとった。ぼくをひっぱるようにして、どんどん階段をのぼっていく。二階のろうかも暗かったけれど、おくの部屋にだけ、電気がついていた。

「ここね」

鳴海さよは、電気のついた「物理室」という部屋の前に来ると、ぴたっと立ち止まった。

「さあ、行くわよ。でも、くれぐれも、グリクレルにはれいぎ正しくしててね。じゃないと、大変なことになるから」

「大変なこと?」

「ああ、もう、いいからいっしょに来て」

そう言いながら、ぼくと手をつないだまま、鳴海さよは、「物理室」のとびらをがらっと開けた。


「おやおや、今夜は千客万来だね」

と、大きなねずみが言ったので、ぼくはおどろいてひっくり返りそうになった。

「ねずみ……」

そうつぶやくと、ねずみは、ふん、と鼻をならした。

「確かにあたしはねずみだよ。それが、どうかしたかね?」

ねずみの声は、太かった。

「ねえ、これが、グリクレル?」

ぼくは、となりにいる鳴海さよに、ひそひそ声で聞いた。

「しっ」

鳴海さよがひとさし指をたてて口に当てたのと同時に、大ねずみのしっぽが、ぱん、とゆかに打ちつけられた。

「人を『これ』よばわりかい。ま、人じゃないけどね。あんたの息子は、あんたのようには用心深くないんだね。おしあわせに育ったとみえる」

大ねずみは、鳴海さよに向かって、いばった口ぶりで言った。

鳴海さよは、こまったような、でも、少しだけ、わらいだしそうな顔をしている。大ねずみなんかにしかられてるのに、どうしてわらいだしそうにしてるんだろう。

「この子、あたしの息子なの?」

鳴海さよは、大ねずみに聞いた。

「そうだよ、あんたには、ほんとは、わかってるんだろう」

「確かに」

鳴海さよはうなずいた。そのとたん、鳴海さよは、女の子じゃやなく、大人の大きさになって、おまけに、それはかあさんそっくりの女の人だった。いや、かあさんそのものだ。

「あら、大人になっちゃった」

鳴海さよ、いや、かあさんは、頭をかいた。

「どんな姿をしてたって、あんたはあんた。仄田鷹彦は仄田鷹彦。気にすることはないさ」

大ねずみは、さっきよりもっといばった様子で、言った。

「身が軽くなってわくわくするから、子どもに戻りたいな」

かあさんはかたをすくめた。

そのとたん、かあさんはまた、女の子の鳴海さよにもどった。

「そうそう、これこれ。息子なんていない、身軽で自由なあたしの体よ」

そう言いながら、鳴海さよは、くるりとまわってみせた。スカートがふわっと広がって、またまっすぐになった。かあさんが「息子なんていない」って言ったので、ぼくは少しいやな気持ちになった。ぼくがいないほうが、いいのかな、かあさんは。でも、それを言ったのは、女の子の鳴海さよで、かあさんの鳴海さよじゃない。ううっ、なんだかこんがらがって、よくわからなくなってきた。

「鳴海さん、絵くんが不安そうだよ」

という男の子の声がして、ぼくはうつむけていた顔をあげた。大ねずみの横には、りらと、もう一人、初めて見る男の子がいることは、教室に入ってきた時からわかっていたのだけど、男の子もりらも、今までひとこともしゃべっていなかった。

「あら、仄田くん。久しぶり」

鳴海さよが言った。仄田といえば仄田りらに決まってるんだから、「仄田くん」じゃなくて、「仄田さん」のはずなのに、「仄田くん」だなんて、ずいぶんへんな気がしたけど、どうやらこの男の子が、「仄田くん」らしい。

「うん、久しぶり」

仄田くん、とよびかけられた男の子は鳴海さよにそう答え、右手をちょっとあげて、軽くふった。おいでおいでをしているような、やあ、という感じで手をふっているような、どっちともつかない、ちゅうとはんぱなふりかただった。

「それで、今日はどうしてあたしたち、グリクレルに招かれたのかしら」

鳴海さよは、大ねずみと、「仄田くん」の、両方の顔を見ながら、たずねた。

「仄田くんと二人そろうなんて、ほんとに、久しぶりのはずよね。まあ、ゆめから覚めたらいつも全部わすれちゃうから、久しぶりじゃないのかもしれないけど」

「ぼくも鳴海さんにここで会うのは久しぶりだと思うんだけど、どうなの、グリクレル?」

「仄田くん」は、鳴海さよには顔を向けず、大ねずみにだけ、聞いた。もしかすると、「仄田くん」は、鳴海さよと「二人そろう」ことが、少しこわいのかもしれないなって、いっしゅん、ぼくは思った。

教室——というか、どちらかというと、ここは台所、みたいな感じがするのだけれど。だって、教室のように、生徒用のいすとつくえがおいてあるんじゃなくて、ストーブやしょっきだなや、しょくたくっぽいテーブルがあって、おまけに、食べもののおいしそうなにおいがずっとしているし——の、まんなかにある大きなテーブルの上には、いろんな食べものがおいてあった。ピザに、フライドチキン、くだものに、パイ。てんぷらとおむすびもあるし、ちらしずしもあった。

まだ夕ごはんを食べていないぼくのおなかが、ぐう、と鳴った。

「絵くんも、食べたら?」

りらが、小さな声で言った。

「食べていいの?」

「うん、わたしは、さっき、たくさん食べた」

そう答えたりらのほっぺたには、ごはんつぶがくっついている。小さいころ、かあさんはよく、「おべんとつけて、どこいくの」と、ごはんつぶが口のまわりにくっついたぼくに、歌ってくれた。おべんとつけて、という言葉がおもしろくて、ぼくはわざとごはんつぶをくっつけて、かあさんに見せては、「歌って、歌って」って言ったものだった。ああ、なんて子どもっぽかったんだろう、ぼくは。

「子どもは子どもっぽくていいんだし、お腹がすいてるんなら、遠慮なんかせずお食べ」

大ねずみがそう言ったので、ぼくはびくっとして、少し飛び上がった。

「なんで、考えてることがわかったの？」

思わず、ぼくは聞いた。

「人間の考えることなんて、たいがいお見通しさ」

「そうなの？」

「たいがい、って言っただろう。いつもじゃないよ。人間にだって、測りがたいところはあるからね。ちっぽけなくせに、何かを成し遂げてしまったりすることも、たまにはあるしね」

そう言って、大ねずみは、大きくウインクをしてみせた。ウインクは、ぼくに、じゃなくて、どうやら、鳴海さよと「仄田くん」に、したらしい。

「で、今夜、あたしたちの子どもたちとあたしたちが雁首をそろえたっていうことは、また新しい夜が始まるっていうことなの？」

鳴海さよが、期待をこめたようなくちぶりで、大ねずみに聞いている。かあさんがしゃべっているのとおんなじ感じだなあと思って見ていると、鳴海さよは、女の子からかあさんにもどったり、それからまた女の子の鳴海さよにもどったりと、まるでまほうを見ているみたいに、ゆらゆらしながら、二つのすがたを行ったり来たりした。女の子、大人、女の子、大人と、めまぐるしく変わる鳴海さよに、うまく目のしょうてんをあわせられなくて、車よいした時みたいになりそうだった。

「あんたたちの新しい夜は、始まらないよ。もうあんたたちは夜の世界ですべきことは、だいたい果たしたからね。ここにあんたたちが来たのは、あんたたちの心の奥底にまだ残っている記憶が、夜を忘れずに恋しがってくれたからだよ」

大ねずみは、静かに言った。

「そうなのね。やっぱりあたしたちは、もう子どもじゃなくなっているのね」

鳴海さよは、ため息をついて、そう言った。今までの、いばった調子とは、ちがうふんいきだった。そのとたん、鳴海さよは、またかあさんになった。

「絵は、いいわね。これからいっぱい冒険ができるんだから」

かあさんは、そう言いながら、ぼくの顔を両手ではさんだ。かあさんの手は、冷たかった。

「ぼうけん?」

ぼくは、聞き返した。

「ぼうけんなんて、あんまり、したくないな」

「あら」

かあさんは、わらった。

「そうなの？　冒険は、嫌い？」

「きらいとか、好きとかじゃなくて、今はぼうけんどころじゃないもの」

ぼくはそう言いながら、ようやく、ここに来た目的を思いだした。

そうだ。ぼくは、りらに会いに来たんだ。りらがイジメにあってることを知っていて、でも、何もできなくてごめんって、まず、あやまりたくて、ここに来たんだ。

「仄田くん」が、じっとぼくのことを見ている。かあさんは、大人の鳴海さよにもどったけど、「仄田くん」は、今も子どものままだ。いったい「仄田くん」って、りらの、何なんだろう。


「さて」

大ねずみが言った。

「ようやくここに来た目的を思いだしたね」

大ねずみは、ぼくの顔をじっと見ている。どうして知ってるんだろう、ということは、もう思わなかった。大ねずみは、なんでも知ってる。かあさんとも、むかしからの知り合い。そして、むかしかあさんはきっと、大ねずみ関係のぼうけんをした。そういうふうなことが、ぼくにはなんとなく、わかっていた。

ここは、ふしぎな場所だ。

大ねずみがいる、とか、かあさんが女の子になる、とかいうことだけじゃなくて、そういうこと全部が、へんなことじゃなく、あたりまえのことみたいに感じられるからだ。

「りら」

ぼくは、りらに向き直った。そして、ひといきに言った。

「ごめん。助けなくて。気がつかなくて。気がついたあとも、知らないふりして」

りらは、口をぽうっとひらいた。でも、なんにも言わない。

「友だちなのに、ほっといて、ごめん。いつもならほっといていいんだけど、ほっといちゃだめな時にほっといて、ごめん」

ぼくは、続けた。

りらは、まだぽうっと口をひらいたままだ。

「どうしたらいい？　ぼくは」

そう言ったとたんに、りらのとなりにいる「仄田くん」が、大人になった。うすうす思っていたとおり、それは、りらのお父さんだった。

「りら」

「仄田くん」が言った。

「夜の学校は、これだから、いいなあ」

そのとたんに、「仄田くん」はまた、子どもになった。それからまたすぐに大人になって、もう一度、とってもやさしい声で、

「りら」

とつぶやいた。

大ねずみは、うでを組んでいる。りらでもなくぼくでもなく、なんだか遠い場所を見ているような目つきで、じっとしていた。

「……わからない」

ずっとだまっていたりらが、ようやく口をひらいた。

「どうしてあの子たちがあたしをいじめるのかもわからないし、自分がどうしたらいいのかも、わからない」

そりゃそうだろうな、と、ぼくも思った。

「いっしょに、やっつける?」

「やっつけても、楽しくない」

「すっとするかも」

「やっつけてる自分のことが、あとになって、好きじゃなくなると思う。引く150く

らいな気持ちになると思う」

引く150っていうのの意味がよくわからなかったけど、たぶん、なんか、落ちこんでる感じなんだろうな。

「じゃあ、これからも、がまんするの？」

「がまん……」

りらが、青ざめた。

「がまんは、いやだ。苦しい」

「じゃ、どうしたらいいの？　やっつけて、そのあと、なかよくなれるかもしれないよ」

「なれない」

「どうして」

「だって、そんなつごうのいいのって、お話の中だけのことだし。それに、やっつけたら、あの三人は、もうあたしのことはいじめなくなるかもしれないけど、かわりに、この前、沼山さんが言ってたように、沼山さんがいじめられるようになるかもしれないもの」

うーん、と、ぼくは思った。たしかに、そういうのって、よくある。イジメをする子って、いつもいじめる相手をさがしてる。いじめられた子が、いつの間にか、いじめていた子をいじめるようになる時もあるし、「イジメ」っていうものが、みんなの中をふわふわただよっていて、「いじめるだれか」と「いじめられるだれか」を、セットでさがしてて、チャンスがあると、ぱっとてきとうに取りつくみたいな気もする。

「じゃあ、りらはずっと、ぎせいになってるの?」

「それも、いや」

「仄田くん」は、また大人になっている。かあさんも、かあさんのままで、二人とも、心配そうな顔をしている。

大ねずみが、ストーブのほうへ歩いていった。そして、スープのはいったおなべを、火にかけた。しばらく、ぼくたちはだまっていた。スープがだんだんわいてくる。ぼこ、という音がした。それから、ぼこぼこぼこって、音は大きくなっていった。

「ベーコンと野菜のスープをお飲み、子どもたち」

大ねずみが言った。

「さあ、あんたはスープカップを用意して。あんたは、スプーンを出して」

あごで、かあさんと「仄田くん」をさしながら、大ねずみが命令した。かあさんと「仄田くん」は、おとなしく大ねずみの言うことをきいて、しょっきだなからカップとスプーンを取りだした。
カップを受け取ると、大ねずみは大きな玉じゃくしで、どんどんスープをよそってい
った。大ねずみのぶんも入れた、五人ぶんをよそうと、大ねずみは、おごそかな声で言
った。
「さあ、みんな座って。おいしいスープは、いつだって、有用だからね」

「おいしい」

と、最初につぶやいたのは、りらだった。

「そうだろう」

大ねずみは、目を細めた。

「あいかわらず、グリクレルの料理はうまいね」

と言ったのは、「仄田くん」。

「こんなふうに作れたら、料理するのも楽しいでしょうね」

と言ったのは、かあさん。

「かあさんの料理も、けっこうおいしいよ」

ぼくが言うと、かあさんはわらった。

「けっこう?」

ぼくはおなかがすいていたので、おかわりをした。いろんなものがテーブルの上にはのっていたけれど、スープを飲んでいるうちに、もうほかのものは必要ないな、という気分になった。でも、ちらしずしだけは、ちょっとほしかった。すると、

「ちらしずし、食べていいかしら」

と、かあさんが言ったので、ぼくはびっくりして、それから、うれしくなった。

「ぼくも、食べたい」

大ねずみに言うと、大ねずみはうなずいた。

「好きなものをお食べ」

ぼくとかあさんはちらしずしを食べたけれど、りらと「仄田くん」は、スープをゆっくり飲むだけだった。

「あったかい」

りらは、小さな声で言った。青ざめていたりらの顔色が、すっかりいつものはだの色にもどっている。りらの顔をちゃんと見るのは、久しぶりのような気がした。なんだか、前よりも子どもじゃないみたいに思えた。ぼくのほうは、三年生から四年生になっても、あんまり変わってないのに。

「ちらしずし、好きなのよね、あたし」

と言いながら、かあさんは最後のお米のひとつぶまで、大切そうに食べていた。

「グリクレルのちらしずしなんて、もう一生食べる機会はないかもしれないしね」

「自分でお作り」

「めんどくさい」

「あんた、昔はそんなこと言わなかったような気がするね。忙しすぎるんじゃないの?」

「忙しくないと、大変よ。仕事がないと、ご飯も食べられないでしょう」

「人間は、不自由だね」

「まったくそのとおりよね」

かあさんと大ねずみは、かあさんと怜子さんがおしゃべりしている時みたいな感じでしゃべっている。それにしても、かあさんはぼくの知らないところで、いつもこの大ねずみとなかよくしていたんだろうか。

「鳴海さんは、ずいぶんグリクレルと対等になったんだね」

突然、「仄田くん」が声を出した。

「ぼくはいまだに、グリクレルには頭が上がらない気がしてるのに」

大ねずみと、かあさんが、声をそろえてわらった。

「ふふ、灰田くんは、まだちゃんと子どもの心をいっぱい持ってるからじゃない？」

かあさんが言った。

「子どもの心は、もうあんまり持ってない気がするけどな。かといって、大人にちゃんとなりきれてもいないけど」

かあさんと大ねずみは、またわらった。それから、大ねずみは、自分のスープカップをテーブルにおいた。肩をぐるりとまわして、エプロンのすそをはたはたしてから、ゆっくり立ち上がった。大ねずみの影が、すわっているぼくとりらの上にかぶさってきた。ほんとうに大きなねずみだ。

「さあ、あんたたち、用意はもうできたね。これからあんたたちは、この学校の中で、『大切なもの』を探してくるんだよ」

大ねずみは、はっきり、ゆっくり、言った。

「大切なもの……」

ぼくがつぶやくと、大ねずみはこう続けた。

「そして、もし『大切なもの』がみつかったら、ここに持って帰ること。いいね。ごく簡単な冒険なんだから、くれぐれも迷子にならないように。さ、二人とも、行っておいで。夜は長いけれど、思ったよりも長くはないから」

大ねずみの言葉に、ぼくは、かあさんの顔を見た。かあさんは、うなずいた。りらも、「仄田くん」の顔を見た。「仄田くん」も、うなずいた。

「でも、『大切なもの』って、何なんですか」

少し勇気がいったけれど、ぼくは思いきって大ねずみに聞いてみた。

「それは、あんたたちにとって、大切なものさ。もちろん、あたしにとっても大切なものはある。だけど、あたしの大切なものは、あんたたちの大切なものとは、違う。だから、あんたたちの『大切なもの』が何だか、あたしにもわかってないのさ。けれど、あんたたちにはたぶん、わかるはず」

「ほんとうに、わかるんですか？」

今度はりらが、聞いた。

「さあね、ま、わかるといいねえ」

と、大ねずみ。

りらは、首をかしげている。ぼくは、もう一度、かあさんの顔を見た。かあさんの顔が、かあさんのような、子どもの鳴海さよのような、どちらともつかない顔になっている。

行ってらっしゃい。かあさんが、心の中で、そう言ったような気がした。大丈夫、ここであなたたちの帰りを、きっと待っているから、と。

「行こうか」

ぼくが言うと、りらは、

「うん」

と、小さな声で言った。

ぼくたちは、並んで歩きだした。

とびらをあけると、ろうかは暗かった。大ねずみが、ぼくたちのうしろに立っている。

ぼくとりらは、大ねずみの影におしだされるようにして、ろうかを歩きはじめた。


階段をおりて、ろうかをまっすぐ進んで、ぼくとりらは外に出た。

そのままりらは、ぼくの先に立って、たてものにそってまがった。すぐに、広くて、たいらな場所に出た。

「校庭だ」

りらが言った。

「ここは、やっぱり学校なの？」

ぼくは聞いた。なにしろ、知らないあいだに、いつの間にかここに来ていたから、ここがどこだかはっきりわかっていなかったのだ。

「うん、欅野高校。メイのお父さんとお母さんが通っていたし、あたしのお父さんも通ってたって」

「ぼくのかあさんもだよね」

「みんな、同じ高校だったんだね」

「うん」

校庭は広かった。最初に行った、大ねずみやかあさんやりらのお父さんがいる建物は、二階だての、たぶん理科関係の教室ばっかり集めたたてものみたいだったけれど、校庭の正面には、四階だての大きな校しゃがある。

校庭はまっくらだった。でも、いくつかの教室に、電気がついていた。

「だれか、いるのかな」

りらが、つぶやいた。

「今は、何時ごろなのかな」

ぼくは、時計をさがした。どこにもない。ぼくたちの小学校は、校しゃの外のかべに、大きな時計がはめこんであるけれど、欅野高校には、そういう時計はなかった。

「中に、入ってみる?」

りらが聞いた。

「うん、暗いところでさがしものをするのは、むずかしいしね」

「さがしもの……」

「だって、大ねずみが言ってたじゃない、『大切なもの』をさがせって」

「絵くんは、大ねずみの言うことを、信じてるの?」

「えっ」

思いがけないりらの言葉に、ぼくはびっくりした。

そうか。りらがこの夜の「ぼうけん」、みたいなことを、どう思っているか、考えてみればぼくはぜんぜん知らないのだ。ぼくのほうは、なんとなくここに来てしまって、かあさんは子どもになったり大人になったりしてるし、りらのお父さんもかあさんとおんなじようだし、こういうのは、たぶん「いせかい」とか「いじげん」とかいう場所だから、もう、そういうものだと思うしかないんだと、うたがいもせずに思いこんでいた。

でも、もしかするとりらは、ちがうのかもしれない。

「りらは、信じてないの?」

ぼくは聞いてみた。

「だって、へんじゃない?」

「何が」

「ぜんぶ」

「ぜんぶ?」

「ねずみがしゃべるのも、お父さんが子どもになったりお父さんになったりするのも、何かのお話の中みたいに、『大切なもの』とかいう、それっぽいものをさがしに行かされることも」

りらは、ひといきにそう言った。

「なるほど」

ぼくは、ほんとうに、「なるほど」って思ってた。

りらは、しっかりしてるなあ、とも。こういうのを、「冷静」っていうんだ。

「りらは、どうしてそんなに冷静なの?」

今度は、ぼくが聞いてみる。

「冷静」

「うん」

「冷静じゃないよ。こわいし、どうしていいかわからないし、でも絵くんがいるから、必死になって正気でいるようにしてるだけだよ」

「ぼくがいるから」

「うん、だって、絵くんがいるから、ここは知らないものだけの場所じゃないって、思える。あと、ここに来てからはしょっちゅう子どもになっちゃうから、ちょっとあてにならない気もするけど、お父さんも。でもやっぱり、絵くんが、いちばんあてになりそう」

りらはそう言って、ぼくと手をつないだ。

「ほら、あったかいし」

りらの手は、つめたかった。ぼくは、りらの手を、ぎゅっとにぎり返した。

校しゃには、かんたんに入れた。夜だけど、かぎはかかっていなくて、正面のとびらはあけはなしてあった。

電気がついていたのは、二階の教室だったので、ぼくとりらは、まずはそこに行ってみることにした。

「りらはこの世界のこと、信じてないみたいだけど、ぼくはちょっと行ってみたい気がするな。でも、どうしてもいやだったら、このまま、またあの大ねずみのところに帰ってもいいよ」

ぼくが言うと、りらは首をふった。

「大ねずみのところに帰っても、きっとまた追いだされるか、あとは、『のうなしの子どもたちだね』とかなんとか、悪口を言われるだけだと思う」

なるほど、と、またぼくは思った。たしかにあの大ねずみは、けなすのが上手そうだ。大ねずみのかっこいいけなし言葉も、聞いてみたい気がしたけれど、自分たちがけなされるのは、いやだ。自分たちとは関係ないもののことをけなされるんなら、いいけれど。

たとえば、ちかごろのだめなせいじかや、子どもをぎゃくたいする親のニュースを見ると、怜子さんはいつもかっこいいけなし言葉を使う。

「しね」とか「ばか」とか「むかつく」とかの言葉じゃなくて、「内股膏薬」とか「馬牛襟裾」とか「人面獣心」なんていう言葉だ。

「うちまたこうやく」っていうのは、自分の意見がなくて、その時に有利なほうにくっついたり、またはなれてもっと有利なほうにくっついたり、そこがだめになったら、はずかしげもなくまたちがうほうにくっつくことを言うんだって、怜子さんは教えてくれた。

「ばぎゅうきんきょ」は、馬や牛が服を着たような、っていう意味で、れいぎとかきょうようとかのない人のこと。「じんめんじゅうしん」は、顔は人間だけど、心はけものの人で、すっごくつめたかったり、心がなかったりする。でも、この言いかたじゃあ、馬にも牛にもけものにも悪いわよね、って怜子さんは言っていた。

「ほんとにこわいのは、獣じゃなくて、そもそも人間だし」とも。

あれ、そうだとすると、あの大ねずみより、人間のほうがこわいのかな。なんてことを考えていたら、

「だれか、いる」

と、りらが小さな声で言った。

ぼくたちは、二階に来ていた。電気のついている教室は、ろうかのもう少し先にある。

「だれか？」

と、聞き返したとたんに、すぐそばのろうかに、だれかがいることがわかった。

ぼくとりらは、立ちどまった。「だれか」は、ぼくやりらと、同じくらいのせの高さだった。すぐ近くまで、よってくる。

ぼくたちのすぐ横まで近づいた時、「だれか」は、ちょっとだけ、ぴょんとはねた。

そして、こう言った。

「よるのがっこうへ、ようこそ」

教室には電気がついていたけれど、中には、だれもいなかった。

「よかったら、すわって」

「だれか」は言った。

「だれか」は、ぼくやりらと同じくらいの年に見えた。でも、なんだか、へんだった。

なんというか……この「だれか」は、人間なのかな？　って、ぼくは感じたのだ。

顔もあるし、目は二つ、鼻と口もあって、耳も二つ。うでは二本で足も二本、しゃべる言葉も日本語だけど、なんだか、ちがう、ような気がしてしまうのだ。

「わたし、やまもと。きみたちは？」

「だれか」は、そう言いながら、ぼくとりらにおじぎした。

「やまもとさんですか」

りらが言う。

「あたしは、仄田りら。小学四年生です」

ぼくは、自分の名前を言いたくなかった。「やまもと」が、あやしかったから。でも、ぼくがためらっている間に、りらがぼくの名前をやまもとに教えてしまった。

「こっちは、鳴海絵くん」

「ほのだりら、と、なるみかい……」

「やまもとさんのお名前は?」

りらが聞いた。

「わたし、なまえ、やまもと」

「だから、下の名前。みょうじじゃなくて」

ぼくは思わず、大きな声で言った。

「したのなまえも、うえのなまえも、やまもと」

ふざけた答えをやまもとがしたので、ぼくはまた大きな声を出しそうになったが、その前に、りらが、

「じゃあ、やまもとやまもとさん、なんですね。きゃあ、めずらしい」

などと言うではないか。

きゃあめずらしい、じゃないだろう、と、ぼくはりらのほうを見て、目をぱちぱちさせた。でも、りらはぼくにはかまわず、やまもとのことをじっと見ている。

「やまもとやまもとさんは、夜の学校で、何をしてるんですか」

「ちがう、やまもとやまもとじゃなくて、ただの、やまもと」

「え、それじゃあ、やま・もと?」

ぼくの気持ちなど関係なく、りらは、やまもとに、どんどん聞いている。なぜこんな

あやしいやつに、りらは平気でいられるんだろう。大ねずみのことは、うたがっていたくせに。

「あのさ、やまもとは、人間なの？」

りらを止めようと思って、ぼくは、やまもとにずばっと聞いてみた。

「にんげん……」

やまもとは、そう言い、それから、だまった。だまったまま、ぼくの顔と、りらの顔を、じゅんぐりに見た。

「にんげんって、なに？」

やまもとは、小さな声で聞いた。

「人間は、人間。ぼくとかりらとかみたいな」

「にんげん……しらない……」

「ほら、りら、こいつは人間じゃないんだよ。あやしすぎ」

「そうなの？　大ねずみよりは、あやしくない気がする」

「どうしてさ。大ねずみとは、うちのかあさんもりらのお父さんも知り合いだったじゃない。でも、こいつのことは、だれも知らないんだし」

「知ってる人、あ、人じゃなくてねずみか、が、あやしくないとはかぎらないよ。反対に、知らない人や、やまもとさんがあやしいとも、かぎらない」

「どうしてこんな時に、そういうりくつっぽいことを言いだすの？　りらは、平気なの？　こんなへんなところにこさせられて」

「平気だったのは、絵くんじゃない。大ねずみの言うことを、そのままきいて、こわがりもせずに『大切なもの』、とかをさがそうとしてたじゃない」

「だから、それはたまたまそういうはめになったからで」

「絵くんは、たまたまなったままに、流されるのが好きなの？」

「好きとかきらいじゃなく、たいがいのことは、たまたま、だろ」

「あたしは、そんなの、いや。たまたま、じゃなくて、ちゃんと考えて考えて最後まで考えて、それで自分で決めたことだけ、したいの」

「そんなこと、ふかのうだよ」

「ふかのうじゃない」

だんだんやまもとのことはわすれて、ぼくとりらは、言いあいを始めていた。

やまもとは、言いあうぼくたちをじっと見ている。やまもとに、りらとの言いあいを聞かれるのはいやだったけれど、りらはぜんぜんかまわないみたいだった。

教室の電気が、ときどきまたたく。きえるのではなく、またたく。まるで、夜空の星が、ちかちかまたたくみたいに。

「で」

と、とつぜんやまもとが言った。ちょうど、ぼくがりらとの言いあいに少しつかれて、だまった時だった。

「あなたたち、ここに、さがしにきた?」

やまもとは、ぼくとりらの顔を、のぞきこんだ。首がにゅうっとのびて、ますます人間じゃないものにみえる。

りらは、答えなかった。だから、ぼくはわざと、

「そう、さがしに来たんだよ」

と、きっぱり言った。

「あたしは、さがしに来たかどうか、わからない」

りらのほうは、小さな声でそう言った。

「それなら、まずは、さがせ」

やまもとは、またぼくたちの顔をじっと見た。

「でも、どこを?」

ぼくは聞いた。

「いろいろ、ある。どこ、いきたい？」

反対に、聞き返された。

「いろいろって」

「なんでもある、ここ」

「なんでもって言ったって、学校なんだろう、ここは。そんなにいろいろ、あるの？」

「としょしつとか」

「なんだ、図書室か」

「としょしつ、きらいか？」

「べつに、きらいじゃないけど」

やまもとって、そういえば、女の子なのかな、男の子なのかな。

どっちにも、みえる。いや、人間じゃないんだから、女の子でも男の子でもないのかな。だいいち、やまもとは、生きてるのかな。ロボットとかじゃなく。でも、やまもとは、生きてる感じがする。つくりものじゃなくて。あの、大ねずみが、ぜんぜんつくりものじゃない感じなのと、いっしょで。

「図書室のほかは、何があるの？」

「しょくいんしつもある」

「しょくいん室！」

りらが、声をあげた。

「あたし、しょくいん室に、行きたい」

「じゃ、いく」

やまもとは言い、ぼくたちが何か答える前に、早足で歩きだした。

「まってよ！」

と言いながら、ぼくとりらは、やまもとを追いかけた。


しょくいん室にも、電気がついていた。二階の、つきあたりだった。やまもとが、がらっととびらをあけると、たくさんのつくえが並んでいた。いちばんおくには、大きなつくえがある。

「校長先生のつくえかな」

りらがつぶやいている。

「こうちょうに、あいたいか？」

やまもとが、りらに聞いた。

「……どんな校長先生なの？」

「どんなのがいい？」

「えらべるの？」

「えらぶ？」

やまもとは、首をかしげた。また、首がにゅっとのびた。りらが目をまるくしている。

さっきは、やまもとの首がのびたことに気がつかなかったのかもしれない。

「こうちょう、でてきて」

やまもとが、言った。

とたんに、大きなつくえの前のいすに、だれかがあらわれた。

ぼくとりらは、校長先生のつくえに近づいていった。

「やあ」

校長先生は、手をあげた。校長先生は、大人の大きさだったけれど、顔は、やまもとにそっくりだった。

「わたし、やまもと。きみたちは？」

校長先生は聞いた。

「仄田りらです。こちらは、鳴海絵くん」

「ほのだりら、と、なるみかい……」

校長先生は、ぼくたちがさっきやまもとに会った時と、そっくりの反応をした。

「やまもとさんのお名前は、もしかして、やまもとさん？」

りらが聞いた。

「なまえ、やまもと」

「じゃあ、やまもとやまもとさん、ですね？」

「そう、やまもとやまもと」

えっ。今度は、やまもと、じゃなく、やまもとやまもとなのか？

「こうちょうじゃないせんせいにも、あいたいか？」

横から、やまもとが聞いた。

「会いたい」

りらが、すぐさま答える。

「せんせい、でてきて」

やまもとが言ったとたんに、たくさんのつくえの前に、たくさんの先生たちが出てきた。

それぞれ、細長かったり、ぽっちゃりしていたり、小さめだったり、いやにでかかったりはしたけど、顔はやまもとそっくりだった。

「これ、みんな、やまもとさん?」

りらが、うれしそうに、やまもとに聞いている。すると、たくさんの先生たちは、つぎつぎにじこしょうかいをした。

「わたし、や・まもと」

「わたし、やまも・と」

「わたし、やまもとやまもとやまもと」

「わたし、やまもともと」

りらは、一人ずつのそばまでよっていって、いちいちおじぎをしている。ぼくは、ばからしくなって、うでを組んでかべによりかかった。

「やまもともとさん、あたし、りらです」

いちばん細長い「やまもともと」のことを、どうやらりらは気に入ったらしい。「やまもともと」のつくえの上に、こんちゅう図かんや、星の図かんがたくさん積みあげてあったからかもしれない。

そのままりらは、やまもともとと話しはじめた。りらが何かを言うと、やまもともとはうなずいて、それからやまもともとがいっぱいしゃべると、りらはものすごく感心したようにいっぱい「うん」とか「そっか」とか「すごい」とか言いながら、聞いている。

ぼくは、ますますばからしい気持ちになってくる。

やまもとが、そばに来た。

「なるみかいは、つまらないか?」

「べつに」

ぼくはそう答えたけれど、ほんとのところ、つまらなかった。

「としょしつにいくか?」

「行かない」

「なるみかいは、がっこうのなにがいちばんすきか?」

「学校の何がいちばんすき?」

「そう、なにがすき?」

「なんでそんなこと、答えなきゃならないの?」

「なるみかいのこと、しりたいから」

「ぼくは、知られたくない」

「じぶんのことしらないと、さがせない」

「えっ」

ぼくは、そらしていた自分の顔を、やまもとに向けた。

「さがすの、いやか？　じぶんをしるの、すこし、つらいこともある」

やまもとは、じっとぼくを見たまま、言った。

「知るのが、つらい？」

「そう、やまもとも、じぶんをしる、すこしつらい」

「やまもとは、どんな自分なの？」

「ただのやまもと。それ、すこしつらい」

「ただのやまもと……」

ただのやまもと。ただの鳴海絵。ぼくの頭の中で、その二つが、かさなってひびいた。

ただの鳴海絵。

それ、わかる、って、ぼくは思わず心の中でやまもとにさんせいした。ぼくは、ただの鳴海絵、だ。でも、りらは、ただの仄田りら、じゃない気が、ぼくはときどき、している。それって、「つらい」っていうほどじゃないけど、少しつまらない。もしかして、ぼくがすぐにりらのことを助けなかったのは、そのせい？　ぼくと同じ「ただのりら」じゃないから、りらとはずっとなかがいいようで、実は少し遠い気がしていたから？

やまもとの足音がしないことに、ぼくは気がついた。並んで、前だけ見ていると、となりにやまもとがいないみたいな気持ちになってくる。

「どこに行くの?」

ぼくは聞いた。

「おとしもののへや」

やまもとが答える。

「落としもの?」

「ここはがっこうだから、おとしもの、たくさん」

高校生も、落としものをするのかなと、ぼくは思った。小学校の、ぼくたちの教室には、落としもの箱がある。えんぴつや、けしごむや、ハンカチなんかが入っている。自分のなら、すぐにわかるはずなのに、一度落とされてその箱に入った落としものは、たいがいずっとそのまま、そこにある。

「一度落としちゃったら、もうそれが自分のものだったのか、わすれちゃうのかもしれない」

って、いつかりらは言っていた。

それはなんだか、こわいなと、ぼくはその時思った。

でも、「落としものの部屋」って、いったいなんだろう。高校生は、部屋いっぱいになるくらい、たくさん落としものをするんだろうか。

やまもとは、階段をのぼった。二階ぶんのぼったので、ここは四階だろう。ろうかは暗くて、どの教室にも電気はついていない。

「つき、でてきた」

やまもとが言った。

まどの外を見ると、まんまるな月が空にうかんでいる。さっきまで、校庭はまっくらだったのに、今は月にてらされて、少し明るい。

「つき、いくつある?」

やまもとが聞いた。

「え?」

月は一つに決まってるじゃないかと思いながら、もう一度空を見ると、そこには三つ、月があった。

「え? え?」

「きょうはみっつの日か」

やまもとが言う。

「おきゃくがきたから、あかるくしてくれた」

「お客?」

「おきゃく。なるみかい」

「ぼくは、お客なの? で、だれが月を三つも出したの?」

「つきがじぶんででた」

「なんだよ、それー」

言いあっているうちに、やまもとはろうかのとちゅうにある教室のとびらを開けた。それから、かべの電気のスイッチを、てち、っていう音をさせて、おした。

教室が明るくなる。空を見たら、月が一つにもどっている。なんなんだ、これは。


つくえといすが、ふつうに並んでいる教室だった。

でも、黒板やうしろの物入れやそうじ道具のロッカーなんかは、なかった。つくえといすだけが、きれいに並んでいる。

どのつくえにも、箱がのっていた。

「おとしもの、たくさん」

やまもとが言った。

「つくえにのってる箱が、落としもの？」

ぼくがそう聞くと、やまもとはうなずいた。

「なかみ、みるか？」

やまもとが言う。見ていいの？　と聞き返すと、やまもとはうなずいた。

いちばん近いつくえの箱のふたをあけると、中には小さなコップが入っていた。かあさんがいつもコーヒーを飲むコップよりは小さくて、でも、ぼくのコップよりも大きい。でこぼこしていて、茶色っぽくて、古そうだ。高校生は、こんなものを学校に持ってくるのかな。

次のつくえにも、箱がのっている。コップの入っていた箱より、ずっと大きな箱だ。

「見ていい？」

また聞くと、

「どれでも、みていい」

とやまもとは言った。

ふたを取ると、中に、小さな人がいた。

「わっ」

と、ぼくは言って、あとじさった。それからまた、箱の中をのぞきこんだ。小さな人は、こちらを見ている。

「生きてるの？」

ぼくが聞くと、やまもとは首をふった。

「いきてない、しんでもない、そこにいるけど、いまはもういない」

やまもとの言ったことがよくわからなくて、ぼくはまた、小さな人を見た。

小さな人は、うっすらわらった。ぼくよりも、少しだけ年上の女の子にみえる。わらったあと、小さな人は、目をつぶった。そして、動かなくなった。


小さな人から、ぼくは目をはなすことができなかった。

「それはもしかして、なるみかいのおとしもの？」

やまもとが聞いた。

「えっ、まさか」

「ここにあるのは、いまここにいるみんなのおとしもの」

「今ここにいるみんな？」

「つきみっつがてらしてる、みんなのこと」

まどの外のまっくらな空を、ぼくはまた見上げた。あれ、さっき一つにもどっていた月が、また三つになっている。

「月がてらしてるのは、だれなの?」

「ここにきたみんな。おおねずみと、なるみさよと、なるみかいと、ほのだたかひこと、ほのだりら」

「かあさんたちの名前も、知ってるの?」

「もちろんしってる。やまもとたちのなまえも、ぜんぶしってる」

いろんな「やまもと」の名前は、ぼくはべつに知りたくなかった、りらなら、全部の「やまもと」の名前を聞きだし始めて、一時間くらいずっと聞いていそうな気がするけれど。

「じゃあ、この箱の中にあるものって、大ねずみとか、ぼくのかあさんとか、りらのお父さんが落としたものなの?」

「そう」

「じゃあ、最初にぼくがひらいた箱の、コップは、だれの落としもの?」

やまもとは、箱からコップを出して、手に取った。しばらくじっと見ている。それから、くんくんにおいもかいだ。

「たぶん、なるみさよ」

「かあさん?」

「なるみかいにとっては、かあさんだ。やまもとにとっては、なるみさよ」

やまもとは、ぼくにコップをわたしてきた。ぼくはもう一度、コップを見てみた。やまもとのまねをして、においもかいでみた。

土のにおいがした。

「いつ落としたのかな、かあさんはこれを」

やまもとは、答えなかった。

コップを、ぼくはもう一度、じっとかんさつした。直けいは、五センチくらい。高さは、十センチくらい。持つところはついてなくて、底が飲む部分よりもせまい。うらがえしてみると、底に平がな一字で、「さ」ってほってあった。

「さ」って、「さよ」の「さ」なのかな。

箱の中に、ぼくはコップをしまった。こわれるといけないので、ていねいにしまった。

それからぼくは、目をつぶった小さな人が入っている箱のほうにもどった。

小さな人が、また目をあけた。

「これは、だれの落としもの?」

ぼくが聞くと、やまもとは箱の中から小さな人を取りだして、またくんくんにおいをかいだ。やまもとの手つきがてきとうなので、ぼくは心配になった。小さな人は、生きているのでもしんでいるのでもない、って、さっきやまもとは言っていたけれど、こんなふうにらんぼうに箱から出したら、生きていても生きていなくても、小さな人はいやな気持ちになってしまうんじゃないかなって、思ったからだ。あれ、生きていなければ、いやな気持ちにもならないのかな？

「やっぱりこれ、なるみかいのおとしもの」

やまもとが言った。

でも、こんな小さな人、ぼくはいっぺんも見たことがない。

「知らないよ、ぼくは」

「そうなの？　じゃあもういちど」

そう言って、やまもとは、もう一度、においをかいだ。それから、小さな人を少しゆらした。小さな人が、

「はあっ」

という声をたてたので、ぼくはまたびっくりした。

「ちがった。なるみかいじゃなかった。これ、なるみれいこのおとしもの」

鳴海怜子。それは、もしかして怜子さんのこと？

「怜子さんは、ここにはいないよ」

「ここにはいない。でも、いる。なるみさよのこころのなかにいつもいる。なるみかいのこころのなかにも、すこし」

「心の中」

「ここにいる、でもいない、それ、こころのなかにいることとかんけいしてる」

やまもとはそう言い、また小さな人をゆらした。小さな人は、今度は、

「べふっ」

という、げっぷみたいな音をたてた。それから、目をかっとみひらいて、

「はなせ！」

って、さけんだ。

やまもとは、わらった。

「はいはい、はなす」

そう言いながら、やまもとは小さな人を箱にもどした。やっぱり、てきとうな手つきだった。

ぼくは、箱の中にいる小さな人がよく見えるように、少ししゃがんだ。小さな人は、ぼくを見返している。ぼくが一回まばたきをしたら、小さな人も、一回まばたきをした。

「なるみれいこのおとしもの、すきなのか」

やまもとが聞いた。

やまもとが言うように、ぼくは、怜子さんの落としものだという、この小さな人が、ちょっと好きなのかもしれなかった。でも、小さな人の何が好きなのか、自分でもよくわからない。りらなら、理由もないのに好きって思うって、かいくんっぽいね、とか言うかもしれない。

「うん、好きなのかもしれない」

ぼくが言うと、やまもとはうなずいた。

「すきなら、さわれ」

「さわっても、いいの?」

「ここにあるおとしもの、どれでもさわっていいしにおいかいでいいし、なんならたべてもいい」

「食べないよ」

小さな人を、ぼくはそっと箱から出した。小さな人は、また目をつぶってしまっている。やまもとがしたように、ぼくは小さな人をゆらしてみた。でも、やまもとのようにらんぼうにじゃなく、そっとだ。

小さな人は、うす目をあけた。そして、

「ちりん」

という音をたてた。やまもとがゆらした時の、「はあっ」とか「べふっ」とかいう、口から出てくる音じゃなくて、体のおくから聞こえてくるような音だった。

怜子さんは、いつ、この小さな人を落としたんだろう。生きているのでもしんでいるのでもない小さな人なんて、今までぼくは見たことも聞いたこともない。もし怜子さんがこの小さな人をずっと持っていたとしたら、それは怜子さんにとって、ものすごい宝ものだったんじゃないだろうか。でも、怜子さんは、この宝ものを落としてしまった。いや、もしやまもとの言うことを信じるならば、だけど。りらのえいきょうで、ぼくも少し、うたぐり深くなっているみたいだ。

「ほかのはこのなか、みるか」

やまもとが言った。ぼくは小さな人をずっと持っていたかったけれど、箱の中にしまった。だってそれは（しつこいようだけど、やまもとの言うことを信じるなら）、怜子さんのものだから。ぼくがずっと手に持っていては、いけないような気がしたのだ。

「見る」

ぼくは言って、ちがう箱をあけた。

その箱は、ひらたくて、大きかった。テープでふたがとめてある。古くなっているテープは、かんたんにはがせた。あけると、中には野球ばんが入っていた。

「あっ」

「それ、においかがないでもわかる。なるみかいのおとしもの」

そうだ。この野球ばんのことは、よくおぼえている。まだかあさんがとうさんとりこんしていなかった時に、日曜日になると三人で遊んだ野球ばんだ。

もっと安いのでいいってかあさんは言ったのに、一番高いのを買おうって、とうさんがデパートで言いはって、とうさんとかあさんは、ちょっとけんかっぽく言いあった。ぼくは、泣きそうになった。でも、がまんした。泣くと、ますますとうさんとかあさんがけんかして、ますます悲しくなるから。

最後はとうさんが、

「おれが払うから、この消える魔球の投げられる野球盤を買う」

って、少しいばった感じで言って、お金をはらってつつんでもらった。

家に帰ってから、かあさんはとうさんに反対したのをすっかり忘れたように、楽しそうに野球ばんで消えるまきゅうを投げた。でも、球はうまく消えなくて、かあさんはわらいながら、

「もっと腕をみがいて、消える魔球どころか、虹色の魔球を投げてやる」

なんて言っていた。

野球ばんは、かあさんととうさんがりこんして、今の幸団地にひっこしてきてからは、見たことがない。りこんする少し前くらいからは、三人で野球ばんで遊ぶこともほとんどなくなっていたから、ぼくは家に野球ばんがあることを、いつの間にかわすれていた。というか、今考えると、わすれていたんじゃなくて、思いだしたくなかったんだと思う。友だちが遊びに来た時に、野球ばんで遊べばよかったのに、ぼくは家に野球ばんがあることを、友だちには言わないで、だまっていた。

「これ、もういらない」

箱の中の野球ばんを見ながら、ぼくは小さな声で言った。

「しってる。いらないから、なるみかい、おとしものした」

やまもとが、はればれした声で答えたので、ぼくは少しむっとした。知ってる、なんて、かんたんに言わないでほしい。

「落としものって、もう見たくなくなったもののことなの?」

ぼくはやまもとに聞いた。

「そうともいえる。そうじゃないときもある」

「そうじゃない時？」

「おとしたくなさすぎて、おとすとき、ある」

「それって、たくさんお金の入ったおさいふを落としちゃう、みたいなこと？」

「そくぶつてきにいえば、そう。でももっとじょうちょかんけいのこと」

「なにそれ、よく意味がわからないよ」

「わからなくていい。ぜんぶわかると、あたまはれつする、にんげんは」

やまもとは、なんだかじまんそうに言った。人間のことをばかにされたようで、ぼくはまた、むっとした。

「りらならきっと、全部のことをわかっても、頭は、はれつしないと思う」

「そもそも、ぜんぶわかるの、ふかのう」

まあ、それはそうだろう。全部のことがわかっているのなんて、神様くらいしかいないだろうし、でもぼくは、神様がいるかどうかは、知らない。いないような気がする。ときどきは、いるような気もするけど。お正月に神社におまいりする時は、神様に向かって手をあわせるし。

「でも、『神社の神様』は、『神様』とは少しちがうものみたいな……」

ぼくがつぶやいていると、やまもとはにやにやした。

「ほかのはこも、みるか?」

「いちおう」

箱は全部で二十くらいあった。ほかの箱の中には、百人一首のかるたや、木のえだや、外国語の本や、むらさき色のリボンや、おはしや、カメレオン(たぶん。りらなら、ほんとうにそれがカメレオンかどうか、すぐわかったろうけど、ぼくはそれがたしかにカメレオンかどうか、わからなかった)や、サングラスや、古いアルバムや、くつなんかが入っていた。

「おもしろくないか」

「おもしろいけど、もう、いい」

全部の箱のふたを、ぼくはまたとじていった。あけっぱなしのままだと、いけないような気がしたから。落としもの、っていうのが、教室でぼくたちがいつも落とすけしごむやえんぴつやハンカチなんかじゃないのが、だんだん重苦しくなってきていた。

「たいせつなもの、みつかったか」

「見つからないよ」

「ちいさないきてもしんでもいないひと、もっていかなくて、いいのか」

「えっ、持っていっていいの」

「じゆう、ここ」

ぼくは、小さな人の入っている箱を、持ちあげた。ぜんぜん重くない。知らなければ、この中に小さな人が入ってることなんて、だれにもわからないだろう。

「りらは、まだしょくいん室かな」

「もどってみるか?」

「うん」

やまもとと並んで、ぼくは箱を持ったまま、二階までおりていった。空の月は、四つにふえていた。


しょくいん室に、りらはいなかった。校長のやまもとやまもとだけがつくえに向かってすわり、手紙のようなものを書いている。たくさんいたやまもとたちも、いなくなっている。

「ほのだりら、どこ」

やまもとが、校長に聞いた。

「やまもとともといっしょに、ゆき、みにいった」

「雪?」

ぼくがびっくりして聞くと、校長はうなずいた。

「やまもともと、ゆきふらせる、じょうず」

校長はそれから、やまもともとが雪をどうやってふらせるか、説明してくれた。あんまりよくわからなかったけれど、たぶんやまもともとは、自然に雪をふらせるんじゃなくて、人工的に雪をふらせるらしかった。

「どこで雪、ふらせてるの」

そう聞くと、校長はしばらく考えていた。

「……そと」

なんだか自信がなさそうに、校長は答えた。

「わたし、そと、きらい。ゆきもきらい。だからここにいる」

「ほかのやまもとたちは、りらといっしょに行ったの?」

「しらない。やまもとたち、きままだから、もうどこにもいないかもしれない」

「なんなの、それ」

やまもとが、ぼくのかみの毛をひっぱった。いたいくらいの強さじゃなくて、かるくひっぱったので、くすぐったかった。

「いこう、ゆき、みに」

「外に？」

「そう。そとに。つき、たくさんになって、ゆき、よくみえる」

やまもとのその言葉に、ぼくはまた空を見上げた。四つ、五つ、六つ……月は、七つにふえていた。校庭を見おろすと、前はまっくらだったのに、七つの月にてらされて、昼間ほどじゃないけれど、かなり明るい。

まんなかへんに、りらと、やまもともとが、立っていた。


地面には、もう五センチくらい雪がつもっている。りらは、空中をにらんでいた。

「何見てるの。目つきが、へんだよ」

ぼくが言っても、りらは答えなかった。少しの、何もないところを、じっと見つめている。

「ほのだりら、けっしょう、さがしてる」

やまもともとが、言った。

「けっしょう？」

「このゆき、おんどひくい。すごくひくくした。だから、けっしょうかすることある」

「絵くん、雪のけっしょうのことは、前に話したよね」

りらが、てきぱきと言った。でも、ぼくのほうは、見ていない。あいかわらず、空中をにらんでいる。

そういえば、雪のけっしょうがどうしたとかこうしたとかいう話を、いつかりらがしていた気もする。東京では、雪のけっしょうを見ることは、できない。なぜなら、きれいな雪のけっしょうができるのは、空の気温が、れいか十五度くらいの時で、そんなひくい気温になることは、今の「おんだんか」の東京では、ありえないからだって、たしかりらは言っていた。

「絵くん、黒っぽい紙か布、持ってない?」

また、りらがてきぱき、聞いた。

黒っぽい紙。

ぼくは、小さな人の入っている箱のふたを、あけた。落としものの部屋にあった箱は、なかみが箱にぶつかってこわれないように、全部にくしゃっとさせた新聞紙がつめこんであった。この小さな人の箱にも、新聞紙が入っている。まっ黒じゃないけど、たくさん黒がまじっているから、りらの役に立つかもしれない。

新聞紙をひろげると、三十センチ四方くらいになった。

「これ、どう?」

しわのよった新聞紙をりらにわたすと、りらはうれしそうにわらった。

「ありがとう。絵くん!」

こんなふうにうれしそうなりらは、久しぶりだった。ああ、って、ぼくは心の中で思った。

しわしわの新聞紙を、りらはてのひらの上に、少しだけななめに持った。雪が、新聞紙の上にぱらぱらくっつく。すごくかわいた雪なので、たいがいはななめになったところをすべり落ちていくのだけれど、ほんの少しの雪は、くっついた。

「ほら、見て」

りらが言って、ぼくの目の前に、新聞紙をさしだした。

いつか図かんで見たことのある、星みたいな形のものはなかったけれど、六角形に見えるものがあって、その中のいくつかからは、えだみたいにとんがったものが、外に向かってつきだしている。

「これが、けっしょう?」

「うん、まだ育ってないけっしょう。えだみたいなものが、もっといっぱいできると、六花になるよ。もっといっぱいえだができて、十二花になることもあるの」

さらさらした雪が、ぼくの上着をすべっていく。寒い。でも、雪のけっしょうは、すごくきれいだった。

きれいだな、って思うのといっしょに、ちがうんだな、って、ぼくは思っていた。

ぼくとりらって、やっぱり、すごくちがうんだな、って。

ぼくは急に、もっと寒くなってきた。やまもとが、ぼくの顔をのぞきこんだ。

「かえるか？」

「うん」

りらのほうを、ちらっと見たけど、りらは雪のけっしょうにむちゅうになっている。

「もう、行くね」

りらに言ったら、ぼくのほうは見もしないで、りらは、

「わかった」

と言った。もっと寒くなってきた。

もう何かを言う元気がなくなって、ぼくは大ねずみやかあさんのいる教室にもどりたくてしかたなくなった。「大切なもの」なんて、こんな場所で見つかりっこない。それに、ぼくには、「大切なもの」なんて、べつに、ないような気がする。そりゃあ、たとえばずっと前から大事にしてるカードやゲームなんかは「大切」だけど、でも、ほんとうのほんとうに「大切なもの」が何かなんて、いくら考えたって、わからない。

校しゃの入り口で、ぼくは一度、ふり返った。りらとやまもともとは、まだ校庭に立っている。細長いやまもともとのとなりに立っているりらが、小さく見えた。さっき大ねずみのいた部屋で、ぼくは一度、りらにあやまったけど、でも、まだなんだか足りない気がしてきた。少し、こうかいの気持ちがわいてくる。

このまま校しゃに入ってしまったら、もう二度と、りらとは会えないような気がした。この、へんな場所から家に帰って、ねむって、明日の朝起きて学校に行けば、きっと会えるはずなのに、会ったとしても、その時には、今までみたいにりらと近い気持ちの友だちではなくなっているような気がしてしまったのだ。

りら。

小さな声で、ぼくはよびかけた。

りらが、いっしゅん、こっちを見た。

絵くん。

りらが、言ったような気がした。

でも、そのまままりらは、またやまもともとのほうを向いてしまった。雪がどんどんふってくる。雪のけっしょうも、どんどん育っているのかな。きれいだったけど、雪のけっしょうは、つめたい感じがして、よそよそしかった。

「こんど、どこいく」

やまもとが聞いたけれど、ぼくは何も思いつかなかった。そのままぼんやり立っていると、した、した、した、という音がして、たぶんそれは、足音だった。

ふり向くと、りらがいた。


「けっしょうは、いいの？」

ぼくが聞くと、りらは首をふった。

「よくないけど、なんだか急に、絵くんといっしょに行ったほうがいいような気がしたの」

りらのとなりには、やまもとともとがいる。ついてくるんだな、って、ぼくはちょっとがっかりした。

「その箱の中には、何が入ってるの？」

りらがたずねた。

「見る？」

ぼくは、聞いた。

「うん。でも、校しゃの中に入ろう。ここは、寒い」

なんだ、りらもやっぱり、寒かったんだ。ぼくは、少しほっとした。りらは、むちゅうになると、いつも時間がたつのをわすれちゃうし、暑いのも寒いのも、わすれちゃうんだと思っていた。でも、この寒さは、りらでも感じていたのだ。

「さむい、けっしょうにひつよう」

やまもともとが、いいわけするような口ぶりで、つぶやいている。

「うん、ありがとう、やまもともとさん。またあとで、ぜったいにけっしょうを見に来るね」

りらが言うと、やまもともとは、うれしそうな顔になった。

「もうすこしさむくして、もっときれいにけっしょうさせてあげる」

「わあ、すごい。とても楽しみです」

りらは言い、やまもともとの手をぎゅっとにぎった。すぐにりらは手をはなしたけれど、ぼくはあんまり、いい気持ちじゃなかった。そういえば、もっと小さいころは、りらとはよく手をつないだけど、このごろは、ぜんぜん手なんかつないでいないし、だいたい、教室で話をすることもなくなっていた。いや、それはたぶん半分以上、ぼくのせいなんだけど。

校しゃの中に入ると、急にあたたかくなった。

いちばん近くにある教室のとびらを、やまもとがあけて、電気をつけた。黒板に向かって、つくえといすが、きれいに並んでいる。ぼくはすぐそばのつくえの上に箱をのせて、ふたをあけた。小さな人は、目をつぶっていた。

りらが、聞いた。

「だれ？　これ」

「知らない」

ぼくは答えた。なんだかぼく、ばかみたいな答えを言ってるな、と思いながら。

「生きてるの？」

「生きてるともいえるし、生きてないともいえるって……」

「やまもとさんが言ったの？」

「はい、やまもと、そういった」

やまもとが答えた。

「それって、オオガハスみたいに、ずっとねむっていた種なのに、まいたら、またためを出して育つ、っていうようなもののこと？」

りらは、やまもとに聞いた。ぼくに聞いたんじゃないことに、またぼくは少しいやな気持ちになった。でも、しょうがない。ぼくは、なんにもわからないのだから。

「さあ？　やまもと、おおがはすのこと、しらない」

そうやまもとが答えたので、ぼくは少しほっとした。

「なんだ」

りらは、つまらなさそうに言った。

「つまらないか？」

やまもとが、聞き返す。

「うん、ちょっと」

「ほのだりら、すこしえらそうね」

やまもとは言った。

「えっ」

と、りらは息をすいこんだ。だんだんりらのほっぺたが赤くなってくる。

「えらそうなつもりは、ないです」

「そうか、えらそうじゃないのか。なら、じゅうなんせいがないだけか」

「じゅうなんせい……」

「おおがはすとおなじでないと、つまらないとは、それこそつまらないと、やまもとおもう」

「あ」

りらのほっぺたは、ますます赤くなった。耳まで、ももいろにそまっている。

「いいんだよ、それが、りらなんだから」

思わず、ぼくはそう言った。今、りらがどんなにはずかしい気持ちでいるか、ぼくには、はっきりわかったので。りらって、そういうやつだ。がんこで、自分がきょうみを持つと、まわりのことはみんなわすれちゃって、そのことばっかり考えていて、でも、悪いやつじゃないんだ。

「りらは、じゅうなんせい、けっこう、あるよ」

ぼくは、やまもとに言い返した。

「あるか？」

やまもとが首をかしげる。そういう、人間っぽい動きをすると、やまもとはかえって人間には見えなくなる。

「ある。りらは、えばった人間じゃないし、人の言うことも、ちゃんと聞いてる。自分のことばっかりなやつじゃや、ぜんぜんないよ。ただ、ときどきまわりが見えなくなっちゃうだけなんだ」

「なるほど」

やまもとはうなずき、ますます人間ではないものっぽくなった。

とつぜん、小さな人が、目をみひらいた。

「えっ、生きてるの、これ？」

りらが、さけんだ。

「目は、ときどきひらくよ」

「それなら、生きてるんじゃないの？」

「かも」

ぼくが言うと、やまもとが、ぼくのまねをして、

「かも、かも」

と、くり返した。さっきは、生きているとも生きていないともいえる、なんて言っていたのに。

「さっきと、言ってることがちがうよ、やまもと」

ぼくが言うと、やまもとは体を何回かゆすった。

「ちがうか？　おとしものがちがうふうになるの、だめか？」

「何なの、落としもの、って」

りらが聞いた。

「この小さな人は、怜子さんの落としものなんだって」

ぼくはりらに、落としものの部屋のことをせつめいした。いくつもの箱があったことや、いろんな落としものが入っていたことや、だんだん気持ちが重苦しくなってきたことなんかを。

「落としものの部屋に、行ってみる?」

ぼくが聞くと、りらはちょっとだけ、校庭のほうを見てから、うん、と、小さな声で言った。校庭には、やまもともとが細長く立っている。雪は、やんでいた。空には、月が五つ、出ていた。


さっきぼくがしたのと同じように、りらは、落としものの入っている箱を、つぎつぎにあけていった。においはかがなかったけど、よくよくかんさつしていた。

「これ、あたしの落としものかな」

そう言いながらりらが指さしたのは、カップめんの、からっぽのいれものだった。

「そうなの?」

ぼくはりらに聞き返した。落としものは、みんな、なんとなく意味があるっぽいものばかりなのに、このカップめんのいれものだけは、ほんとうにそのへんの道に落ちていたものみたいに見えて、一つだけちがうなって、さっき思っていた。

「うちは、カップめん、きんしなの。だから、あたし、ずっとカップめんが食べたくて、三年生の時、お年玉でこっそりカップめんを買って、食べたの。そしたら、すごくおいしかったから、もう一回、こっそり買って、こっそり食べて、こっそりすてて、でも、お母さんに見つかって、すごくおこられたの。うちのゴミ箱の中に、二度とこういうものがすててあるのを見たくありません、って、お母さん、半分泣きそうになってたから、あたし、すごくむねが苦しくなったの」

「かっぷめん、おいしいのか、そんなに？」

やまもとが聞いた。

「おいしかった。でも、あれから食べてない。大人になったら、食べるつもりだけど」

りらは答えた。それからすぐに、

「ねえ、この小さな人は、だれなの？」

と、りらは、聞いた。

「わからないけど……でも……」

これを落としたのが怜子さんだっていうことを、ぼくは最初うたがっていたけど、小さな人の顔をずっと見ているうちに、これを落としたのは、やっぱり怜子さんだったんじゃないかなって、思うようになっていた。

だって、小さな人は、怜子さんの小さいころにそっくりだって、とちゅうで気がついたから。

かあさんのアルバムを、ぼくは何回か見せてもらったことがある。そこには、白黒の写真と色のついた写真の両方がはってあって、怜子さんがまだ若くてかあさんが小学生のころの写真（これは色つきの写真）や、かあさんのとうさん、つまり……怜子さんの夫だった男の人だけど、うちと同じで、かあさんが小さいころりこんしちゃった、ぼくにとってはおじいさんの人が、赤ちゃんのころのかあさんといっしょにうつってる写真（こっちは白黒）なんかが、ていねいにはってある。それから、まだ小学生だったり中学生だったりした怜子さんの写真（これも白黒）も、アルバムの最後のほうにはってある。

「怜子さんのアルバムの中からはがしてもらった写真よ、これ。あたしとよく似ているでしょう」

かあさんが、そう言っていた。うん、って、ぼくは答えた。

怜子さんが小学生だったころと、かあさんが小学生だったころの顔は、ほんとうによくにていた。怜子さんのは白黒写真、かあさんのは色つきの写真なので、かあさんのほうが、少しふにゃっとして見えるけど。白黒写真にうつってる人たちって、むかしのお話の中の遠くてかたまってる人たちみたいに、ぼくには思える。

「なんだか、悲しそう、この小さな人」

りらが、ぽつんと言った。

うん、って、ぼくも心の中で思った。怜子さんににた、この小さな人は、ほんとうにちょっと悲しそうだ。だけど、悲しそう、だけじゃないような気もした。悲しい時って、ぼくはいつも泣きたくなるけど、そういう時に、もし泣きだせたとすると、泣けた、そのしゅんかん、少し気持ちがよくなる。おしっこをがまんしてて、トイレに行っておしっこが出た時に、気持ちがいいのと、ちょっとにている。

小さな人も、悲しいのと、気持ちが少しいいのとの、両方の気持ち、みたいな顔をしているように、ぼくには見えたのだ。


「この小さい人のこと、あたし、知ってるかもしれない」

とつぜん、りらが言った。

「えい」

びっくりして、ぼくはへんな声が出てしまった。

「知ってるって?」

「この人、あたしのお母さんと、ちょっとにてるの」

「ほんとに?」

ぼくはまたびっくりして、聞き返した。

だって、小さい人は、子どものころの怜子さんの写真と、顔がそっくりなのに。

もう一度、ぼくは小さい人の顔を見てみた。

「あれ」

小さい人の顔が、ちがう顔になっていた。さっきまで、怜子さんの子どものころそっくりだったし、かあさんの子どものころにもちょっとにていたのに、もう、あんまりにていない。

「でもさっき、やまもとは、これが怜子さんの落としものだって」

「おとしもの、かわる」

やまもとが、そっけなく言った。

「変わるって?」

りらが、すかさずやまもとに聞いた。

「ここでは、すぐにかわる。つきも、おとしものも、やまもとたちも。さっきも、やまもと、そういった」

「変わるのが、ここのほうそくなの?」

「ちがう、ほうそくなど、ない。かわるの、とてもふつうのこと」

「じゃあ、いまのせかい、めちゃくちゃじゃないのか?」

やまもとが、りらにそう言ったので、ぼくはびくっとした。

今の世界が、めちゃくちゃ……。

新聞を読んでいる時に、かあさんは、ときどき、

「どうして世界は、こんな世界になっちゃってるのかしら」

と、つぶやく。

「こんなって?」

ぼくが聞くと、かあさんは少しだけだまってから、

「うーん、説明したいけど、すごく長くなるよ」

って言う。

長い説明は、ぼくはあんまり聞きたくないから、いつも、

「じゃあ、いい」

と答える。そうすると、かあさんは必ず、

「絵がもっといろんなことを知るようになったら、世界のことを、いっぱい話そうね」

と言う。

そんなふうに言われると、ぼくは自分がまだものすごく子どもなんだってがっかりするし、でも、今にぼくはいろんなことを知るようになるってかあさんが思っていることが、少しうれしくなるし、だけど、世界のことをいっぱい話すのは、やっぱりめんどくさいなあと思ったりもする。

「世界は、めちゃくちゃじゃないよ」

りらが、やまもとに言い返した。

「ほのだりらのみているせかいは、めちゃくちゃじゃないのかもしれない」

やまもとはそう言って、りらのことを、じっと見つめた。また、首がのびている。りらは、やまもとのことを見返した。やまもとの目と、りらの目が、にらみあっているみたいに、動かないでみひらかれている。

「あっ」

とつぜん、りらがのどのおくで、声を出した。

「めちゃくちゃで、こまってる部分も、あった」

りらはそう言うと、おなかがいたいみたいに、体をちょっとおりまげた。そして、両手を、おなかに当てた。

「おなか、いたいか?」

「いたくなった、今、思いだしたら」

「なに、おもいだした」

「沼山さんのこと」

りらをいじめている三人組のうちの、いちばんぐらぐらしている、沼山さんのことだ。りらをいじめなくなったら、きっと沼山さんがいじめられるようになる、って、りらが思っている沼山さんのことだ。

「人をいじめても、なんにもいいことなんてないのに、どうして人をいじめようって思うんだろう」

りらは、やまもとを見上げて、つぶやくように言った。

「いじめること、たのしいのかも」

「ほんとにそうかな。いじめる時の楽しさって、どんな楽しさ?」

りらがまた聞くと、やまもとはしばらく、だまった。その間にも、やまもとの首は、少しずつ長くなっている。りらは、やまもとの首が長くなっていることに、気がつかないんだろうか。

「しりたいか?」

やがてやまもとは口をひらき、そう言った。

「知りたい」

と、りらが答えた。

「知りたくない」

りらと同時に、ぼくは、思わず声を出していた。

「なぜなるみかいは、しりたくない?」

やまもとに聞かれて、ぼくはすぐにこう答えた。

「そんないやなことの楽しさなんて、知りたいわけないじゃないか」

「いやなことのたのしさ? でも、たのしいことは、いやなことじゃないんじゃない? だから、いじめるたのしさ、わかったら、いじめはもしかしたらいやなことじゃないって、わかるかも?」

やまもとがそう言うので、ぼくはすごくかちんときた。

「そういうの、へりくつって言うんだよ」

ぼくは言い返した。

「そうかな」

　横から、りらが言った。

「もし、いじめることの楽しさがわかったら、どうしてあたしがいじめられてるのか、わかるかもしれない……」

「そんなこと、わからなくていい、っていうか、あいつら、りらがつらそうにしてるのがいいきみでそれが楽しいから、いじめてるだけだって、どうしてりらは、わからないの？」

　ぼくは、さけんだ。

「いいきみ……」

　りらが、ぼくのほうを向いた。

「りらは、いいきみ、っていう気持ちになったことは、ないの？」

　ぼくはりらに聞いた。

「いいきみ……」

　もう一度、りらがつぶやいた。

「いいきみ、って思うと、なんか、すっとするでしょ。ぼくより足がはやい田丸ときょうそうして、たまにぼくが勝つと、いいきみって思うし、そうじの時にバケツをひっくり返したのが自分じゃなくてぼくだってうそついたタケが、女子が先生に言いつけたんでおこられたら、いいきみって思う、そういう感じの、いいきみ、わからないの、りらは?」

「それでは、なるみかいは、いいきみ、たのしいのだな」

今度は、やまもとが横から言った。

「楽しいっていうか、すっとするっていうか、とにかく、ちょっといい気持ちだよ、いいきみ、っていうのは」

ぼくは答えた。

「では、なるみかいは、いじめるたのしさ、しってるということになるね」

やまもとは、言った。

え、と、ぼくは、びっくりした。

そうなのか?

ぼくは、だれかをいじめる楽しさを、知っているのか?

でも、ぼくは、だれのことも、いじめたことはないと思うのだけど。

「でもさっき、なるみかい、ほのだりらがいいきみだから、あいつら、いじめるって、いった」

やまもとが、落ちつきはらってそう言ったので、ぼくは、ぐっ、って、つまってしまった。

「そうか。一つのほうそくみたいなんだね、いじめるのが楽しい気持ちって」

りらが、言う。

「ほうそくなんかじゃないよ」

ぼくは大きな声で言ったけれど、りらはぼくの声が聞こえなかったような顔で、ぶつぶつ言っている。

「あたしは、つらい。つらいと、いいきみ。いいきみは、気持ちいい。気持ちいいから、いじめる。そうすると、あたしは、つらい。ほら、つながった！」

りらが、ぱっと顔をあげて、ぼくを見た。楽しそうな顔をしている。自分がいじめられるほうそくを見つけたっていうのに。

「それだけじゃないと思うけど……、イジメっていうのは……」

そう言いながらも、ぼくは、ちょっとわらいそうになっていた。だって、りらが、ほんとうに楽しそうだから。りらって、少し、ばかなのかな。

「……でも、あたしは、いいきみって、きっと楽しくない」

りらが、ぽつんと言った。

「ほのだりら、いいきみは、たのしくないのか?」

やまもとが聞く。

「だって、いいきみって、だれかより自分がえらいって思った時の気持ちでしょ」

だれかより、自分がえらい。

そう言われれば、そうかもしれない。田丸はぼくより足がはやくて、ぼくは、それがうらやましい。でも、田丸よりはやく走れると、ぼくは自分がえらいって感じる。タケが先生におこられた時も、ぼくはタケよりやっぱりえらいんだ、ぼくはうそなんかつかなかった、ぼくはバケツをひっくり返すなんてまぬけなことはしなかったって、自分がえらい気持ちになっていた。かもしれない……。

「じゃあ、ほのだりらは、じぶんがえらい、おもわないのか?」

「思わない」

りらは、すぐに答えた。

「でも、ほのだりら、ほうそく、すき」

「ほうそくが好きっていうのと、自分がえらいって思うのは、ぜんぜんかんけいないと思う」

りらは、ちょっと先生みたいな言いかたをした。

「ほら、いま、ほのだりら、じぶんがえらいっておもった」

「えっ」

りらが、目をまんまるくした。

「思ってないよ」

「おもった、だから、せんせいみたいないいかた、した」

まだ、りらの目がまんまるい。なんか、かわいいなって、ぼくはいっしゅん思った。

「先生みたいだった、あたし？」

「うん、ちょっと先生みたいだった」

ぼくがそう言うと、やまもとの首が、少しみじかくなった。

かわりに、りらのほっぺたから首までが、うす赤くなっている。かわり、っていうのも、へんかもしれないけれど。

「えらいって、でも、いけないことなの？」

りらが、つぶやいた。

やまもとは、少しみじかくなった首をぐるっとまわして、まどの外を見た。月は、四つある。やまもとにつられて、ぼくも外を見てみる。四つの月は、それぞれちがう高さのところにあって、星座みたいに見えた。すごく大きな星のつくる、星座。

「あたしは、えらい気持ちになんてなりたくないけど、なる人がいても、べつにいけなくないんじゃないかな」

「べつにいけなくない」

やまもとが、りらの言葉を、おうむみたいにくり返した。

「あたしがえらい気持ちにはなりたくないのは、えらい気持ちになると、いろんなことが、見えなくなっちゃうから」

「みえなくなる?」

「うん。葉っぱのうらがわにいる虫のこととか、土の中にいる甲虫の幼虫のこととか、空の雲の形とか、雨のつぶがどんなふうにふってくるか、とか」

「えらいきもちだと、そういうこと、みえないのか?」

「うん、えらい気持ちでいっぱいになると、自分のことだけで頭がいっぱいになるから、不注意になるよ」

不注意、という、りらの言葉に、ぼくは今度は声に出してわらってしまった。

たしかに、自分がえらい、っていう少しいばった気持ちになると、こまかいことをかんさつするより、自分がすごい、っていうことをうれしがることがいそがしくて、それだけでいっぱいいっぱいになる。田丸がぼくに負けた時に、そういえば田丸はすごくくやしそうな顔をしたけど、でもそのあと、やるじゃん、ってぼくに言ってくれたんだった。そのことはおぼえてるけど、ほんとうは、やるじゃん、って言う前に田丸がぎゅってにぎった手の、つめがてのひらにおしつけられて、そのあと田丸がにぎっていた手をひらいた時に、てのひらがまっ白になっていた。それを、ぼくは今はじめて、思いだした。

ほんとうは、その時にも見ていたはずなのに、その時は田丸のまっ白になったてのひらのことを、なんて言うんだっけ、そうだ、見すごしてたんだ。

たしかに、えらい気持ちになると、不注意になる。

月を、またぼくは見上げた。こんどは、二つにへっている。

「ねえ、なんだか、話してるうちに、ごちゃごちゃしてきて、もう、どうでもよくなった」

ぼくが言うと、やまもとの首がまた少しのびた。

「どうでもよくなったなら、やまもと、かえる」

そう言うなり、やまもとは、すごいいきおいで、ろうかを走っていってしまった。やっぱり、生きてる人には見えない。

「行っちゃったね」

りらが、小さな声で言った。

「行っちゃったね」

ぼくも言い、小さい人の入っている箱を、そっとつくえの上においた。小さい人は、一回だけ目をあけて、ぼくを見た。もう、怜子さんの顔はしていない。でも、りらのお母さんの顔でもなくなっている。ぼくの知らない人の顔になっている、小さい人は、それからかたく目をとじた。さよなら、と心の中で言って、ぼくはつくえの上に置いてある箱のふたをとじた。それから、りらと手をつなごうと、りらのがわにある自分の右手をちょっと持ちあげた。りらも、何も言わずに、自分の左手でぼくの右手をさわったので、すぐにぼくはりらと手をつないだ。

「夜の学校は、きけんだからね」

てれたので、ぼくは言ってみた。

「きけんかもしれないね」

りらは言い、ぶるっとふるえてから、空を見上げた。月は、五つにふえていた。

最後にだれかと手をつないで歩いたのは、いつだっけと、ぼくは考えていた。りらの手は、少ししめっていた。夜の校しゃはよそよそしかったけれど、ときどき、ずっと前からぼくはここに住んでいて、かあさんやとうさんとじゃなく、たくさんのやまもとたちといっしょに育ったような気持ちにもなるのがふしぎだった。

そうか、最後に手をつないだのは、やまもとだった。あれは、二年くらい前だったかな。

いっしゅん、ぼくはそう思ったけど、やまもとと手をつないだことなんて、一度もなかったし、二年前にやまもとといっしょにいたはずのないことは、もちろんわかっていた。それなのに、やっぱりぼくは、二年くらい前に、やまもとと手をつないだことがあるような気がしていたのだ。

りらは、何もしゃべらない。

ただだまって、ぼくと手をつないで、校しゃの中を歩いている。

かあさんと手をつないでいないと、すごく心細かったなと、ぼくは思いだす。

かあさんはおおまたで歩くから、手をつないでいないと、小さかったぼくはおいていかれてしまう。すぐにかあさんは気がついて、立ち止まったままぼくが追いつくのを待っていてくれたけど、もしこのままかあさんがふり向かないで、どんどん先に行っちゃって、ぼくが追いつけなかったらどうするんだろうって考えると、すごくこわかった。

とうさんと手をつないだことがあったかどうかは、おぼえていない。湖のほとりの道を、かあさんととうさんとぼくの三人で歩いた時のことは、おぼえているけど。あのころ、お休みになると、とうさんが運転する車で、三人でいろんなところに行った。でも、どこに行ったのだったかは、もうほとんど思いだすことができない。ぼくがはっきりおぼえているのは、湖のほとりに行った時のことだけだ。

湖には、鳥がいっぱいいいた。

白鳥に、かもに、おしどり、それと、う。

う、っていう名前がおもしろくて、ぼくは何回も、う、う、って、くり返した。かあさんがわらった。とうさんは、なんだかむっつりしていた。三人で並んで歩いていても、いつもだれかがおくれたり先に行ったりしていて、少しちぐはぐだった。

湖に行ってからしばらくして、かあさんはとうさんとりこんした。

りらは、だれと最後に手をつないだんだろう。

「手、つなぐの、久しぶり?」

ぼくは、聞いてみた。

「ううん、ここに来る時、お父さんとつないだ」

「お父さんと、いつも、手、つなぐの?」

「すごく久しぶり。ていうか、お父さんと二人で出かけるなんて、はじめてかもしれない」

「お母さんとは、いつも手、つないだ？」

「すごく小さいころはね。でも、あたしがいつもしゃがみこんで地面をかんさつしたり、何かを見つけて動かなくなるから、お母さん、小さいころから、あんまりあたしと手はつなぎたがらなかった」

「手、つないでないと、お母さんがどこかに行っちゃうって、心配にならなかった？」

「……ならなかった」

りらは答えた。

やっぱり、りらとぼくは、ちがうんだなって、思った。でも、さっき思った時より、いやじゃなかった。

りらと今、手をつないでいるのは、うれしいとかそういうのじゃないんだけれど、心配なところが一つもないのが、よかった。

「ねえ、ぼくたち、今に、大人になるのかな」

突然ぼくが聞いたので、りらは少しびっくりしたみたいだった。

「なるよ、きっと」

「いつ、なるのかな」

「え」

「ときどきうちのかあさんは、『大人になるのは、難しいなあ』って言うよ」

「もう、大きいのに?」

「大人って、体が大きいだけじゃ、だめみたい」

「じゃあ、どうやったら、大人になれるの?」

「りらは、早く大人になりたい?」

「なりたい」

きっぱりと、りらが答えたので、すごくりらっぽいなあと、ぼくは感心した。

「絵くんは、大人になりたくないの?」

「大人って、働かなきゃならないし、ぜい金とかはらわなきゃならないし、はんざいをおかしたら名前が出ちゃうし、大変そうじゃない」

「働いたり、ぜい金はらったり、はんざいをおかしたら名前が出たりするのは、いやなの?」

「いやだよ」

「あたしは、はんざいをおかす以外は、やってみたいな」

大人になることについて、それ以上ぼくは何も思いつかなかったので、ちがうことを話そうとしたけど、りらはしばらく「大人になること」について考えているみたいだった。だまって、ぼくと手をつないで、ぼんやりしている。

月が、また三つになっていた。

「大切なもの、もう少し、さがしてみる?」

ぼくは、聞いた。

「あたしはべつに、さがしてないけど、絵くんがさがしてるなら、つきあうよ」

りらは言った。やさしい声だなって思った。りらは、ずっとやさしい声だったな、って。

月が七つにふえたことをたしかめて、ぼくたちは、三階と四階を全部さがしてみることにした。

三階にも四階にも、何もなかった。教室だけが、教室っぽく並んでいるだけだった。ぼくたちの欅野小学校は、クラスごとに教室の感じがちがうのに、高校の教室は、みんなおんなじに見えた。昼間、この教室で高校生たちが勉強しているなんて、ぜんぜん思えなかった。今は春休みか夏休みで、明日もあさっても、だれも教室には来ない、そんなひやっとした感じしかしなかった。

四階の上は、屋上だった。屋上に出るドアには、たいがいかぎがかかっている。だから、欅野高校もそうだと、ぼくは思っていた。

でも、ねんのため、ってりらが言うので、二人で屋上につながっている階段をのぼった。

ドアは、かんたんにあいた。

だけど、屋上にも、なんにもなかった。

「星がないね」

りらが、寒そうに言った。

「やまもともとは、まだ校庭にいるのかな」

ぼくが言うと、りらは、うん、と、うなずいた。

屋上のフェンスごしに、りらとぼくは、下を見てみた。月は一つにへっていて、暗い。だれかが校庭にいるとしても、わからなかった。

「帰っちゃったのかも」

ぼくは言った。

「でも、さっきあたし、やまもともとさんに、またけっしょうを見にくるねって、やくそくしたから……」

「じゃあ、まだいるね、きっと」

「いなくても、だいじょうぶだけど」

りらは言って、ぼくの手を少し強くにぎった。だから、りらはほんとうは、やまもともとにまた会いたいんだって、わかった。

「星もないし、大切なものも、なさそうだね」

「大切なものって、なんだかわかるの、絵くんは？」

りらが聞く。

「わからない」

「もう、さがさなくて、いいんじゃないかな」

「かもね」

ぼくも、寒くなってきた。おなかも、少しへってきた。さっきグリクレルがよそってくれたスープが、すごく飲みたくなった。

「ぼくたちも、帰ろうか」

「うん」

夜って、なんて夜っぽいんだろうと、ぼくは思っていた。昼しか知らなかったら、夜っていうものがあるなんて、きっとそうぞうもつかないだろう。ぎゃくに、夜しか知らなかったら、昼っていうものもぜんぜんわからないと思う。

「なんか、さみしい」

りらが言った。

「だいじょうぶだよ、ぼくがいるから」

ぼくは強がって言ったけど、ぼくも、すごくさみしい気持ちになってきていた。

今までぼくとりらがいた世界が、なくなっちゃったような気が、したのだ。

ぼくもりらも、夜しか知らなくて、昼っていうものがこの世にあることは、きっと一生知らないまま終わる。そんな気分だった。

屋上から四階におりる時、りらがつまずいた。りらの体がふわっとういた。それから、そのままりらはおどりばまで落ちていった。前のめりに落ちたので、もしおどりばまでまだ階段がたくさんあったら、りらは頭からつっこんでけがをするところだった。でも、つまずいたのはおどりばまで二段しかないところだったので、ひざをついただけですんだ。

「だいじょうぶ?」

ぼくは聞いた。

りらは、かたほうのひざをついている。

「ちょっと、いたいけど、平気」

「立ってみてよ」

りらは、ゆっくり立ち上がった。ついたほうのひざを、ぶらぶらさせてみている。

「あたし、このごろ身長がのびて、大きくなっちゃったから、自分が重い感じがするの。前だったら、もっとふわって飛べたかもしれない」

「飛べないよ、もっと小さかったとしても」

「それもそうかもね。絵くんは、大人になるのがいやって、さっき言ってたけど、大きくなりたくないの？」

自分がとうさんと同じくらい大きくなることを、ぼくはそうぞうしてみた。なんかすごく、へんだった。そうぞうの中で、とうさんと同じくらい大きくなっているぼくは、今と同じ顔をしていたから。

「大人になったら、子どもの時のことは、わすれちゃうのかな」

ぼくがそう言うと、りらは首をふった。

「わからない。子どもの時にあったできごとは、きっとわすれないよね。でも、今の自分の気持ちは、おぼえてるかどうか、わからない。だって、大人になったら、ちがう気持ちになってるかもしれなくて、そうすると、もっと前の気持ちをいつまでもおぼえてて、いちいちそのことを思いだしてたら、気持ちが決まるのに、すごく時間がかかっちゃうじゃない？」

気持ちが決まる、という、へんな言いかたがりらっぽいなと思ったけど、でも、りらの言うことは、少しわかるような気がした。

今ぼくは、りらと、すごく近い気持ちでいるような気がする。今の今、この夜の欅野高校の校しゃで、こうやってりらといっしょにいる今ほど、りらとぼくが近づいたことって、なかった。

でもきっと、また学校に行って、りらじゃない友だちと話して、遊んで、かあさんと食事をしたりテレビを見たりしているうちに、今の気持ちは、ぼくの中でどんどんおくのほうにしまわれていく。そのかわり、友だちと話した時やテレビを見た時の気持ちがぼくの中でふくらんでいくのだ。

そういうのが、何十年もくり返されて、いろんな気持ちを感じて、それが全部自分の中にたまっていったとしたら、いろんな気持ちが自分の中にありすぎて、もう、ごちゃごちゃな、まじりあった気持ちにしか、なれないんじゃないかな。

だからきっと、ぼくは、いろんな気持ちをわすれる。

「そうだね」

ぼくは答えた。

ぼくとりらは、いっしょに空を見上げた。それから、二人で、かあさんと大ねずみとりらのお父さんがいる、特別教室とうに向かった。


大切なものは、見つからなかったなって、ぼくは思った。

がっかりするような、でも、そんなかんたんに大切なものがすぐに見つかるはずはないよなっていう、ほっとするような感じでもあった。

大ねずみは、部屋のいちばんおくにあるいすに、どっかりとすわっていた。

「ただいま」

「ただいま」

ぼくとりらは、そう言いながら、部屋に入っていった。かあさんと、りらのお父さんが、並んでお茶を飲んでいる。すごく、なかがよさそうに。

「見つかった?」

かあさんが聞いた。

「おかえり」

と言ったのは、りらのお父さん。

「見つからなかったよ」

ぼくが言うと、かあさんは、小さくにこっとした。それから、

「そんな簡単には、見つからないよね。大切なものなんて」

って、ぼくが考えてたのと、同じことを言った。

大ねずみは、いすにすわったまま、だまっている。窓の外を見たら、月が三つにふえていた。やまもともとは、まだ校庭でりらを待っているだろうか。

「冒険は、どうだった?」

りらのお父さんが、聞いた。

「やまもとさんたちが、かっこよかった」

というのが、りらの答えだった。やまもとたちって、かっこいいのか?

「では、今夜はそろそろ解散かな」

りらのお父さんはそう言ったけれど、言いながら、子どものすがたと大人のすがたを行ったり来たりしている。きっと、まだ「かいさん」したくないんだ。

かあさんのほうは、ずっと大人のままだ。

「仄田くん、けっこう未練があるのね、この世界に。知らなかったわよ」

なんて、かあさんは言っていた。

大ねずみは、まだだまったまま、いすにこしかけている。

もう、昼は来ないのかなって、もう一度、ぼくは思った。

もしかすると、来ないでほしいかも、とも。

ぼくの大切なものって、なんだろう。

ぼくは、となりにいるりらを見た。

そうか。りらは、ぼくの大切なものなんだ。

それから、ぼくはかあさんを見た。

かあさんも、ぼくの大切なものだ。

大ねずみは、べつに大切じゃない。りらのお父さんも、ぼくにはそんなに大切じゃない。でも、りらのお父さんがいなかったら、りらもいなかったんだと思うと、少しは大切かもしれない。

なんだ、大切なものって、それじゃあ、最初からぼくのすぐそばにあったんだ。

「その結論だと、まるで『青い鳥』の話みたいで、わかりやすすぎないかい?」

とつぜん大ねずみが口を開いたので、ぼくはびくっとした。

青い鳥の話は、知っている。青い鳥をさがして、いっぱい旅をしたチルチルとミチルが、青い鳥を見つけられずに家に帰ってきたら、そこに青い鳥がいたっていう話だ。

「なんだか、教訓くさいのよね、あの話」

と、かあさんは言って、つまらなさそうにする。ぼくも、あの話は、ちょっとちがうんじゃないかと思っている。家に大切なものがあることに気がつかないチルチルとミチルは、まぬけだと思うし、ゆだんしてると思う。だって、旅の間に、家がなくなってるかもしれないじゃないか。そうしたら、どうするんだろう。青い鳥も見つからなかったし、家もなくなっちゃって、一生青い鳥のことはわからないことになる。

「うん、そうだよね。でも、わかりやすくちゃ、だめなの？」

ぼくは大ねずみに聞いてみた。最初は、大ねずみのことがこわかったけれど、今はもう、どっちでもよかった。いろんなことがあって、つかれてるからかもしれない。

「だめとかいいとか決めるってことが、そもそもわかりやすいことじゃないのかい？」

かあさんが、大ねずみのその言葉を聞いて、わらった。

「それは、わたしたちの冒険の眼目だったわよね」

りらのお父さんが、かあさんに聞き返した。

「そうだったっけ？」

「あれ、仄田くんは、どう思ってたの？」

「あんまり何も思ってなかったよ。ただ、こんなことが自分にもできるんだって、驚いてばかりだった。鳴海さんには、いっぱい助けてもらったね」

「あたしこそ仄田くんに助けてもらったよ」

かあさんとりらのお父さんが、あいかわらずなかよさそうにしゃべっているのを、ぼくはぼんやり見ていた。二人はきっと、ほんとうの「ぼうけん」をしてきたのだ。でも、ぼくとりらは、これからも、そんなちゃんとした「ぼうけん」をすることはないような気がした。

「それこそが、わかりやすくないことじゃないかね?」

また大ねずみが急にぼくに向かって言ったので、おどろいた。

「ぼうけんができないことが、わかりやすくないことなの?」

「そうだね。冒険をするってことは、なんか、大したことだろう。でも、大したことがしたくてもできないっていうことが、けっこう複雑で、わかりやすくないことだと、あたしは思うんだ」

大ねずみの言うことが、ぼくにはわからなかった。りらのほうを見ると、りらもぼうっとしている。ねむそうだ。

「さ、もうおしまいにしよう、この夜は」

大ねずみが、せんげんした。かあさんとりらのお父さんは、すっかり大人のすがたになって、ゆっくり立ち上がった。

「また、ここに来られるかしら」

かあさんが言う。りらのお父さんは、何も言わなかった。

りらとりらのお父さんは、それから、校庭に向かった。やまもともとに会いに行きたいと、りらが言ったので。

ぼくとかあさんは、家にまっすぐ向かった。夜は暗くて、学校から少しはなれると、月は一つにもどって、もうふえることはなかった。かあさんと手をつないでみようかと思ったけれど、やっぱりやめておいた。かあさんは、ぼくと関係ないことを考えているふうで、ずっとだまっていた。

家について、おふろに入って、ねた。

次の日の日曜日は、よく晴れていた。


週があけて学校に行くと、教室は、いつもと同じだった。朝礼が始まるまで、ぼくは田丸とゲームの話をした。田丸は、ドラクエのシリーズが好きで、少し前に出た新しいやつももうクリアしていたけれど、ずっとむかし、ぼくたちが生まれる前に出たやつのほうがもっと好きで、何回もくり返しやっている。ぼくはドラクエをやったことがないけど、田丸がするドラクエの話は、おもしろかった。

ゆうべ、田丸のことを考えたなって、ぼくは田丸の話を聞きながら、思っていた。田丸に「いいきみ」って思ったたって、おとといの晩は思ったけど、ほんとうはそれほど「いいきみ」とは思わなかったかもしれない。ただぼくは、田丸よりはやく走れて、うれしかったんだ。

教室のすみっこに、りらがいる。ちょっとうつむいて。三人組がりらをいじめるようになってから、りらは、たいがいうつむいているようになった。

午前中のじゅぎょうが終わって、きゅうしょくも食べて、校庭に出ていったら、りらがいた。りらは、このごろきゅうしょくを食べるのがはやくなった。

「やあ」

りらが、小さな声で言った。

「やあ」

ぼくも、言う。

「これ」

と言いながら、りらは、紙をさしだした。紙には写真がいんさつされていた。雪のけっしょうだ。おととい見たのよりも、もっときれいだった。

「やまもとももとが？」

ぼくが聞くと、りらはうなずいた。

「あのあと、やまもとももとさんがきれいな雪をふらせてくれて、お父さんがそのけっしようをけいたい電話のカメラでとってくれたの。家に帰ってすぐに、お父さん、写真をプリントしてくれた。絵くんにあげられるように」

ありがとう、とぼくは言って、写真をいんさつした紙をりらから受け取った。りらの声が、いつもよりはっきりひびいてくる。

りらが、かわいいなって、またぼくは思った。いや、ちがう、かわいい、じゃなくて、かっこいい、だ。

りらといっしょなら、いろんなことがあっても、こわくないだろうと、ぼくは思ったのだ。あんまりたよりにはならなさそうだけれど、でも、りらはきっと、何かがあっても、あきらめない。

「大切なもの、見つけたよ、やっぱり」

ぼくは言った。

「え？」

「おとといの夜、見つけられなかった大切なものを、今日見つけた」

「そうなんだ」

「大切なものはね、いっぱいあって、一つだけじゃないっていうことを、見つけた」

なあんだ、というふうな顔を、りらはした。ぼくは、わらった。その顔がおかしくて。りらって、りらのお父さんと、よくにている。この前はわからなかったけど。

大切なものは、かあさんと、りらと、怜子さんと、とうさんと、田丸とするゲームの話と、今までのいろんな楽しかったことと、それから、まだいっぱいある。大切なものをもし、ぼくが落としてしまったとしても、やまもとたちのいる夜の欅野高校の箱の中にきっと入っているから、そういうものはやまもとたちにまかせればいいんだ。

「そっか。あたしも、大切なものは、たくさんあるな。絵くんにあげたその写真も、すごく大切だし」

りらが言った。

ぼくたちは、しばらく校庭に立っていたけれど、そのうち田丸やクラスのみんなが出てきたので、りらと小さくバイバイをして、別れた。

「おーい、ドッジボールしよう」

と、田丸が言ったので、ぼくは田丸に大きく手をふった。それから、田丸のほうに、走りだした。月が七つになったのを見たら、田丸は、どんな顔をしてたまげるだろうって、考えながら。

明日、晴れますように

小学一年生の時からつけていた三年日記が全部埋まったあと（書き始めたのは一年生のクリスマスだったから、四年生のクリスマスイブで、日記は埋まった）、あたしはもう日記はつけないことにした。でも、その約三か月後に東日本大震災があり、あたしは日記のかわりに、ノートに自分の気持ちをとりとめもなく書くようになった。

ノートは十三冊ある。だいたい、一年で一冊がいっぱいになるのだ。

最初の一冊の、一ページめには、二〇一一年、三月十一日の日づけがある。

「六時間めの社会が始まって、すぐだった。体がふらっとしたのかなと思ったら、しばらく、ゆらゆら教室のかべがゆれているような感じだった。地しんだ！　という声が、どこかから聞こえてきたけど、クラスのだれかが言ってるんじゃなかった。遠くから聞こえる声だった。先生が、ぼうさいずきんをかぶって、つくえの下に入って、って言った。みんなでごそごそずきんをかぶって、つくえの下にもぐったとたんに、ものすごく、ゆれた。

　校庭に出て、組ごとの出席をとった。あたしをいじめる三人組のうち、二人は手をつないでいて、沼山さんは一人で心配そうな顔でもじもじしていた。絵くんは、なんだかぼうっとしていた。校庭に出てからも、何回も地面がゆれた。集団下校をします、と先生が言って、方面べつのはんになった。絵くんといっしょだったので、ほっとしたけど、絵くんはそのあとも、ずっとぼんやりした顔をしていた。

　一年生から六年生までの、たくさんの人数の集団になって、五年生の先生といっしょに帰った。とちゅうに家のある子がどんどんぬけていって、団地に住んでいる絵くんたち八人もぬけて、しばらく行くと、あたしの家があったので、あたしもぬけた。沼山さんと上級生が四人、下級生が二人残っていた。先生も入れたその八人は、だまって歩いていった。あたしは家に入る前に、七人と先生のせなかを見た。沼山さんが、一度ふり向いた。でも、すぐに前を向いた。ランドセルが重そうだった。ぼうさいずきんをかぶっているので、小学生じゃなくて、ふしぎな生きものみたいだった。

　夕方、お父さんが帰ってきた。大学から歩いてきたって言ってた。お母さんはずっとテレビを見ていた。あたしもいっしょに見た。もう日本は終わるのかなって、思った。だから、日本が終わる記録をつけようと思って、このノートに記録を書くことに決めた。

ノートは、さなえおばちゃんが前にくれた。表紙の色があたしの好きなこん色なので、大事にとっておいたノートだ。気がついたことは、みんな書こうと思う」

ノートには罫（けい）がなく、ところどころにはメモがわりの絵も描いてある。つなみ、という文字の下に、絵を描こうとした跡があり、でもうまく描けなくて消しゴムで消してある。鉛筆が擦れてしまい、薄灰色に汚れた数センチ四方の空間が、残っている。

三月十一日から三月十五日までは、ぎっしり文章が続いている。すいそばくはつ、ひなんしじ、たてや、かくのうようき、などの言葉が何回も出てくる。みずのかいせつついいん、たけだアナ、えだのかんぼうちょうかん、という言葉もある。

地震があったのは金曜日で、その次の週明けの月曜日は休校だったことが、文章からわかる。火曜日からは平常授業に戻ったが、電車を使って通う学校などは、週の半ばくらいまでお休みだったらしい、ということも書いてある。

ノートを書き始めてから一か月ほどは、ほとんど被災地の様子と福島第一原発のことばかりが書いてあり、自分の日常の生活のことは書かれていない。

一か月たったころから、地震のことにまじって絵くんのことや、三人組のことがちらほらあらわれるようになる。

「みんな、どうしてもう地しんのことをわすれているんだろう。わすれてないけど、話すのがいやなのかな。あたしは、地しんや原発のことをいっぱい話したい。でも、クラスで何かそういうことを言うと、あの三人組が、ほら見たことか、っていう感じでやってくるから、絵くんだけに話すことにする。

絵くんは、でも、あんまり地しんのことを話したくないみたいだ。

どうして、って聞いたら、つらいから、って絵くんは言った。

つらい、っていう言葉を聞いて、あたしもつらくなった。でも、あたしのは、絵くんの、つらい、とは、ちがう、つらい、だと思う。あたしは、ほんとうのことを言うと、つらい、よりも、びっくりしている、だ。どうしてこんな大きな地しんがおこるのか、とか。はじめて知ったけど、日本には何回も、こういう大きな地しんがあったんだ、とか。原発って、こんなふうにばくはつしちゃうかもしれないものなのに、いっぱい作っていて、どうするんだろう、とか。

絵くんは、そういうことには、あんまりきょうみがないみたいだ。それよりも、津波でなくなった人のことや、津波で家族がゆくえふめいになった人のことが、すごく心配で、心配っていうより、考えるとすぐにかなしくなってしまうって言ってた。

そういうふうになれない自分が、あたしは、きっとつらいのだと思う。

絵くんみたいに、やさしくないのかな、あたしは。

でも、自分がやさしくないのがつらいなんて、津波でなくなった人たちに、もうしわけないし、それくらいのことでつらいって言うのは、ちがうかな、と思う。

だから、あたしは、かなしいのは絵くんにまかせようって決めた。

決めたあとも、やっぱり、ちょっとつらかったけど。

この記録には、自分が思ったことや聞いたこと、知ったことをちゃんと書こうと思うので、自分のだめなところも、こうやって書いている。

日本は、終わっちゃうのかな。終わることがわかっても、三人組は、あたしのことをいじめるのかな」

このころ、三人組のイジメは一番ひどかったのだ。黒板にあたしの悪口を書いたりするだけじゃ満足できなくなって、あたしのうわばきを隠したり、教科書を破いたり、体操服にペンキをかけたりするようになっていた。母はそのことに気がついて、担任の先生に相談しにゆき、先生から三人組に注意をしてくれたこともあったけれど、やり方が陰湿になって表に出なくなっただけで、あたしはなかなかに過酷な毎日を過ごしていた。

でも、そんなことも、原発の事故での避難指示のことを考えると、当時のあたしにとっては、まあたいしたことじゃないのかな、と思えていたようだ。

「ひなんしじで、かっていた犬やねこをおいてこなければならなかった人たちや、たくさんの牛やにわとりや馬をそのままにしなければならなかった人たちのことを考えると、あたしは、むねが苦しくなる。三人組があたしをいじめる時とは、ぜんぜんくらべものにならないくらい、苦しい。あたしは、人よりも、動物にやさしいのかもしれない。三人組は、しょっちゅうあたしのことを、きもい、って言うけど、たしかに、そういうところは、あたしはきもいのかもしれない。人がだれもいなくなったぼくじょうや家においてゆかれた動物たちのことを考えると、なみだが出てくる」

と、ノートにはある。

東日本大震災はあたしが四年生の三月に起こったので、翌月にはあたしは五年生になる。さいわい、三人組とは違うクラスになり、でも絵くんとも違うクラスになった。新しい友だちはできなかったけれど、いじめられることもなくなった。

一冊目の紺色の表紙のノートの最後は、五年生の冬休みの「記録」で終わっている。

冬休みに入ったクリスマスイブに、あたしははじめてクラスの子たちとマクドナルドに入ったのだ。仲のいい友だちがいたわけではなかったのだけれど、たまたまその日、本屋に行ったら、クラスの女の子三人と偶然出会い、マックに誘われたからだ。三人、という人数に、少しびくっとしたけれど、あたしは一緒に行くことにした。母は決して連れていってくれなかったマクドナルドでこの時食べたポテトフライとチーズバーガーは、とろけるほどおいしく感じられた。あたしがあんまりおいしがるので、三人は笑った。またこれでいじめられるのかなと思ったけれど、まあどっちでもいいなと思ったことを、覚えている。

三人の中の一人である萌奈ちゃんとは、その時から少しずつ仲よくなった。二十四歳になった今も、一か月に一回くらいは、会っている。マクドナルドに行ったことは、母には隠していたのに、なぜだか翌日、ばれていた。ま、たまには、いいでしょう。母が言ったので、小学生のあたしは、ほっとしたのだった。チーズバーガーは、今でもマックの中で一番好きなハンバーガーだ。

バイトは大変だけれど、もうすぐ一か月分の旅の旅費がたまる予定だと思うと、がんばれる。

今回は、東北を一か月くらいかけてまわろうと思っている。小さなテントと寝袋を持っての貧乏旅行なので、ふつうの旅よりはお金はかからないけれど、それでも一か月となると、万一のことも考えて、少しかせいでおかなければならない。野宿ができない場合もあるし。

大学を卒業して、就職しようかとも考えていたけれど、就活がどうにもなじまず、今

のぼくは、母さんに言わせると、

「絵が、バンドマンをめざしながらフリーターになるタイプの子だとは思わなかったけど、まあ、わたしの息子だから、しょうがないか」

ということになる。フリーター、っていう言葉は、母さんの世代の言葉だ。就職した大学時代の同級生の口を借りるなら、ぼくは「ニート」っていうことになるらしいけれど、でも、自分としては、ニートだという危機感はない。それに、ぼくはべつにバンドマン（これも母さんの世代の言葉だ、きっと）になるつもりもなくて、音楽はやったこともないし、ただ、旅をして写真を撮る今の毎日が、体にしっくりなじんでいる、というだけのことにすぎない。

写真を撮ることに、ぼくは一番心ひかれるのだ。でも、こういう生活を一生続けるのかどうか、あるいは続けることが可能なのかどうかも、まったくわからない。

この前、灰色号のメンテナンスのために、久しぶりに岡島に行ってきた。岡島は、幸団地のすぐそばに数年前にできた自転車屋で、客の用途にあわせていろいろなカスタムができる。ぼくはいつも自転車に乗って旅をするのだ。最初は持ち運びに楽な折りたたみ自転車に乗っていたけれど、岡島にちょくちょく顔を出すようになってから、ランドナーを勧められて、十何万円という値段に最初はびびったけれど、バイトを必死にして、折りたたみ自転車は下取りに出し、今の灰色号を結局手に入れたのだった。

灰色号と名づけたのは、「グリクレル」という名前が、フランス語で「淡い灰色」という意味だと知ったからだ。小学四年生の時に、りらと一緒にした夜の欅野高校での冒険のことを、ぼくはもちろん今もはっきりと覚えている。

あの翌日、母さんに「グリクレル、まだ学校にいるのかな」って聞いたら、母さんはぽかんとしていた。もしかすると、夢だったのかもしれないと驚いて、月曜日に学校に行ってからりらに確かめてみた。

りらは、ちゃんと覚えていた。やまもとやまもとのことも、やまもともとのことも、たくさんあった月のことも、そしてもちろんグリクレルのことも。

でも、りらのお父さんも、次の日になったらあの夜のことは、すっかり忘れていることがすぐにわかって（雪の結晶の写真も前の晩にプリントアウトしてくれたのに）、ぼくとりらは、放課後何回も団地の給水塔のところで二人で待ち合わせて、なぜうちの母さんとりらのお父さんがすっかりグリクレルや夜の学校のことを忘れているのか、検討しあった。

いくら二人で考えても、結論は出なかった。だから、メイにも相談した。

「子どもは忘れないけれど、大人は忘れてしまう、っていうパターンの児童文学、いくつかあった気がする」

と、メイは教えてくれた。ぼくたちは別に児童文学の中で生きているわけではないので、それとは違うような気もしたけれど、もしかするとお話の中に出てくることが現実にも起こる、という「かのうせいはひていできない」(当時のりらの言い回しだ)ので、結局結論は出ないまま、ぼくたちだけがあの夜のことを覚えていて、今に至っている。

灰色号は、スマートな自転車だ。グリクレルは巨大でふとったねずみだったので、灰色号とは似ていないのだけれど、たよりになりそうなところは、似ていなくもない。

東北には、大学に入ったばかりの五年前に、一度行っている。その時は二週間ほどの旅で、まだ折りたたみ式の自転車に乗っていた。

当時、常磐線はまだ全線は開通していなくて、東京駅から富岡まで行き、そこで降りて自転車に乗りはじめた。避難指示区域も今よりずっと広域にわたっていて、幹線道路は自転車で走ることができたけれど、「ここから先は入れません」という看板が、いくつもあった。

避難指示が早くに取り消された町には、人がけっこう戻っていたけれど、少し前くらいに避難指示の解けた場所には、人はほとんど住んでいなかった。人の住んでいない家ばかりの町なかに、新しくて同じタイプの家が何軒かとつぜん並んであらわれることもあって、それは、原発で作業している人たちや技術者や、あと、誘致された企業の人たちのための家なのだった。

帰還困難区域に近い場所で撮った写真は、みな、とてもきれいだ。空気が澄んでいるのかもしれないし、人がいないということが、景色を清澄にするのかもしれないと、ちょっと思ったけれど、でも、違うかもしれない。

りらは、そういえば、東日本大震災のあと、ずっと置いてゆかれた動物たちのことを心配していた。ダチョウ牧場があって、そのダチョウたちが野生化した、というニュースを、ぼくはかすかに覚えている。五年前に旅に出る前には、りらから、動物の写真をうつしてきてほしいと頼まれた。

その時撮った動物の中で一番多かったのは、イノシシだ。最初にイノシシを見た時はドキドキしたけれど、イノシシは人間のことはあまり気にしていないようだとすぐにわかった。でも、近づきすぎないようには用心した。犬や猫は、ほとんど見かけなかった。

帰ってきてから、何枚かの写真を現像してりらに渡した。空き家になった家の庭の草の中をくねりながら進んでゆく蛇の写真が、りらは一番気に入ったと言っていた。

蛇が動いている動画も撮ったので、そちらは旅先からりらに送った。

「よく匍匐（ほふく）してるね」

というのが、りらからの返信だった。蛇の動きを匍匐というのだとは知らなかったので、

「匍匐っていうのか」

と返したら、

「正式にはなんていうのか、知らない」

と返ってきた。

りらとは、欅野高校まではずっと一緒だったけれど、大学はお互い別のところに行った。

「二人は、恋愛してるの？」

と、一度だけ、母さんに聞かれたことがあったけれど、ぼくとりらが「つきあった」みたいな関係になったことは、ない。りらには、大学二年から卒業するまでつきあった木野という恋人がいたけれど、卒業してからりらは大学院に進み、木野は就職して、それから何か月かで別れている。

ぼくにも、つきあった女の子は何人かいたけれど、どの子も、半年くらいすると、ぼくから離れていった。

「絵はもっと女の子にまめなのかと思ってたけど、そうじゃないみたいね」

と、いつか怜子さんに言われた。

女の子にまめ、って、いったい何だろう。りらに聞いたら、

「ラインにはすぐさまレスを返す。記念日を大事にして、たまにサプライズのお祝いを企画する。話を聞いてほしいと言われたら、意見はさしはさまず全部聞き、それから、比較的肯定的な意見だけを述べる」

と、即答された。

「りらのくせに、よくそういうこと知ってるな」

と言ったら、りらは真面目にうなずいた。

「勉強した」

「勉強かよ」

「ほら、用心しないと、人間関係って、難しいから」

なるほど、と、ぼくは思った。小学生の時からりらが一番苦労していたのは、たしかに人間関係、というか、薄い人づきあい、だった。たいがい人はりらのことを「変わった子」と認定し、その中で、「変わった子」に対して反感を持たない奴らは、りらのことはかまわずにスルーし、反感を持つ奴らは、りらのことを積極的に疎外した。

「えらいな」

ぼくが言うと、りらはまた、真面目にうなずいた。

「勉強は、けっこう好きだから」

そのころりらはまだ、木野とつきあっていた。

「で、りらは、木野に、ラインにすぐ返事を出してもらったり、記念日にサプライズパーティー開いてもらったり、話を聞いてただただ肯定的なことばかり言われたいの？」

そう聞くと、りらは小学生のころのように、目をまんまるにみひらいた。そして、しばらくしてから、

「……いらない」

と、小さな声で言った。

木野は、なかなかいい奴だったけれど、ぼくが就職活動もせずバイトばかりしているのを、

「うらやましいよ、勇気があって」

とか、

「親は心配しないの？」

とか、

「おれ、家族を大事にしたいんだ」

とか、正しいようなピントはずれなようなことばかり言うので、けっこうイラッとすることもあった。

りらと木野が別れた時は、りらはしばらく沈んでいた。木野のことは、ぼくは手放しで好きだったわけではなかったけれど、りらにとって大切な恋人だったことは確かだ。だから、ぼくはその時期、りらとは連絡をとらないようにした。そういう時、りらが「肯定的に話を聞いてほしい」人間ではないことだけはわかっていたし、もしもぼくに話を聞いてほしかったら、りらは、自分から連絡してくるだろうことも、わかっていたから。


絵くんは、初夏に東北に行くと言っていた。

「いいな」

と言ったら、

「りらも行く?」

と聞かれた。

「自転車には、乗れないよ、あたしは」

と答えたら、絵くんは笑っていた。

「りらは電車でくればいいよ。常磐線も全線開通したし」

「でも、一か月も旅を続けるお金がないよ」

「二泊三日くらいすればいいんじゃない？」

いつ行くか決まったら、絵くんは自転車でそこまで来て、夜はテントで一人で寝るけれど、昼は適当に一緒にぶらぶらすればいい、と言う。

絵くんの写真が、あたしは好きだ。小学生のころ、一緒に図書館で見た古い写真集の中の写真と、絵くんの写真は、少し似ている。

「影響、受けてると思う。でも、時代が違うから、写真にうつる空気の密度みたいなものが違ってて、ああいうふうには撮れないな」

いつか、絵くんはそう言っていた。

東北に行きたいのは、福島第一原発があるからだ。あたしは、ロボット工学の研究室に属している。ロボット工学、と、ひとくちに言っても、ロボットの構造にかんする研究からＡＩにかんする研究にいたるまで、いろいろあるのだけれど、うちの研究室は、おもに構造関係を中心にやっている。

なぜロボット工学を勉強しようかと思ったの、と、絵くんに聞かれたことがある。

高校一年生の冬、あたしは父と母と三人で、いわきの温泉に旅行に行った。ところが旅先で、あたしは熱を出してしまった。たいした熱じゃなかったので、あたしだけ宿で一人で休んでいることにして、父と母は「観光」みたいなことをしに出かけたのだけれど（あたし一人を残してゆくのを、母はずいぶん躊躇（ちゅうちょ）していたけれど、珍しく父が「二人だけで旅先で歩く機会なんて、めったにないんだから」と言い、父と母の二人きりで、「歩く」ことにしたのだ。母は、嬉しそうだった。だから、あたしもなんだか、嬉しかった）、「観光」にあんまり興味がなかったあたしは、これ幸いとばかりに、ずっとふとんの中で本を読んでいたのだ。

本にも飽きて、部屋のテレビをつけたら、

「廃炉ロボコン」

という番組をやっていた。

ロボコンは、もちろんあたしは大好きだったので、いつも熱心に見ていたのだけれど、「廃炉ロボコン」は、福島の地方局だけで放映しているらしい番組で、東京では見たことがなかった。

原発の廃炉のためのロボットを作って高専生たちが優劣をきそいあう、というその番組に、あたしはくぎづけになった。

番組が終わってからも、あたしはテレビをつけっぱなしにしていたみたいだった。興奮して、また熱が出てきたらしくて、父と母が帰ってきた時には、あたしは眠っていた。そのまま熱は高くなり、翌日地元の病院の休日診療を受け、結局もう一泊することになって、母は今でも、

「あの時はほんと、心配したけど、でも月曜日になったら、りらったら、元気いっぱいで、ほら、お昼に食べたラーメン、おいしかったわよね」

と、時おり思いだしてはなつかしがる。

ラーメンは、駅の近くの中華料理屋さんで食べた。インドの若い人が注文を聞きにやってきたので、びっくりした。大学生で、バイトをしているのだと言っていた。インドの人は、日本語がすごく上手で、あたしはすぐに彼を尊敬してしまった。あたしがインドに留学したとして、あんなふうに流暢(りゅうちょう)にインドの言葉を喋れるとは、とうてい思えなかったから。

「ムンバイから来ました」と言っていたので、いつかきっとムンバイに行こうと、その時決意したおぼえがある。まだかなっていないけれど。

廃炉ロボコンがきっかけで、あたしは廃炉作業用のロボットが開発される必要があることを知った。調べてみると、そういうロボットは、原発の廃炉だけじゃなくて、たとえば災害の時に狭いところに入っていったり、宇宙開発にも使われたり、いろんなこと

のために使われることがわかって、あたしはがぜん、興味を持ってしまったのだ。

「あたしもバイトしなきゃな」

そう言うと、絵くんは、うなずいた。それから、

「でも、りらは、どんなバイトするの？　飲食とか、無理そうだし」

と言うので、

「塾かカテキョ」

と答えたら、笑っていた。りらはほんと、勉強関係に特化してるよな、と言いながら。

でも、塾や家庭教師のバイトは、あんがい大変なのだ。父も、学生時代は家庭教師のバイトをしていたと言っていた。

「学生課でいろいろ個人的に紹介してくれて、けっこういいお金がもらえたもんだよ」

ということだったそうだ。今も学生課ではバイトを紹介してくれるけれど、父の時代よりももっとビジネスライクだ。そこの大学の学生だから無条件ですぐにそのバイトができる、ということは少なくて、たいがい塾や家庭教師紹介の会社に属することが必要で、それには、まず試験を受けなければならない。そのうえ、いろいろノルマもあったりで、短期のバイトには、ほんとうは向いていない。

「飲食も、いい経験になるかな」

とあたしがつぶやいたら、絵くんはまた笑った。

「いい経験のために、りらに働かれる店って、迷惑じゃない？」

などと言う。くやしくて、それなら飲食関係のバイトをしてやる、と思った。いわきの中華料理屋のインドの人のことも、思いだした。彼は、まだ日本にいるのかな。それとも、インドに帰ったのかな。


春は、いつも少しさみしい。でも、今年の春は、中でもことにさみしい春になった。

さみしい、なんてぼくが口にすると、母さんがここぞとばかりに嬉しそうにつっこんでくるので、絶対に言わないけれど。

母さんがもしかするとこの団地を出てゆくかもしれないと聞いたのは、今年に入ったばかりの、粉雪が舞っていた日だった。

「もしよかったら、絵がこの家に住みつづけて」

母さんは言った。

「絵は、生活が不安定でしょう。だから、家賃はすごく少なくていい」

母さんは、中務さんと住むことになったのだ。中務さんは、ぼくが小学校のころからこの団地の家にやって来ていたし、ぼくも中務さんのことは嫌いじゃない。嫌いじゃないだけで、ことに好きなわけでもないけれど、大学に入ったころから、母さんの、なんというか、恋愛生活については、前よりどうでもよくなってきていた。ぼく自身の恋愛生活が活発化しつつある時期だったし。

母さんは、少し年とった。それはあたりまえのことなのだけれど、むしろ母さんよりも怜子さんの方が前と同じような感じで、それは、

「だって、怜子さんは前からおばあちゃんだから、もうそれ以上おばあちゃんにはならないっていうだけなんじゃない？」

と、怜子さんには決して面と向かっては言わないだろうことを母さんはこっそりつぶやいたりしているが、母さんが年とったと感じるのは、たぶんぼくが、「まわりもち」っていうことを考えるようになったからなのだと思う。

母さんは、いつまでも母さんなのに、あと少しすると、ぼくが守らなきゃならない存在になってくるのかもしれないって、ぼくは感じるようになったのだ。

そういえば、昔、父さんが「母さんのこと、守ってやるんだぞ」って言ったことを伝えた時、母さんはぷんぷん怒ったものだった。たしかに、少年が母親のことを「守る」っていう概念は、美しげではあるけれど、美談調で、現実にそうだったら少年の負担は大きすぎるしで、母さんの好みにあわなかったのは、しょうがない。

でも、あの時の「守る」とかいうのとまったく違う、さっき言った「まわりもち」的な「守る」、っていうことを、今ぼくは感じているのだ。

それは、母さんが怜子さんを、いつもさりげなく「守って」いるからなのだと思う。怜子さんは八十代になった今も元気で一人暮らしをしているから、「介護」の必要は今のところないし、怜子さんが母さんに何かの助けを求めてくることもない。でも、母さんは怜子さんを、たしかに「守って」いる。前よりしょっちゅう電話をしたり、怜子さんのところにお菓子を持って遊びに行ったり、怜子さんを誘ってショッピングに行ったり、怜子さんの気に入りそうな新しい美容室を開拓してみたり、病院に一緒に行ったり(ショッピングに行くのと似てるわよね、一緒に病院に行くのって、などと、母さんは怜子さんに言い、病院、という場所が大嫌いな怜子さんを懐柔しようとする。むろん怜子さんは懐柔などされないのだけれど、母さんの心意気をくみ取って、折れたふりをするわけだ)。

親が年をとるって、大変なことなのかなって、最初は単純に思っていた。でも、大変、という言葉とはまた違う感じが、母さんと怜子さんの間にはあるのだ。

母さんは、怜子さんに育てられた。母一人、娘一人の、二人だけの家族だった。今よりもっと、女の人が働くのが難しかった時代に、怜子さんが一人で母さんを育てあげたのがどんな大変なことだったのか、ぼくにも少しだけ想像できる。

その怜子さんを、今は母さんが、育てる、というのとは違うけど、見守る、みたいな感じで、なにくれとなく世話をやいている。

世話をやくのは、めんどくさそうでもあるけれど、母さんを見ていると、毎日起きて食事をして仕事をして夜になると眠るのと同じように、なんでもないあたりまえのことのようにやっているようにも感じられる。怜子さんに世話になったから、今は母さんが世話をする、というほどのことでさえなくて、それは、手のあいた人間が食事のしたくをする、「まわりもち」みたいに見えるのだ。

だからぼくは、母さんの「まわりもち」をするのは、自分だと決めてかかっていたのだけれど、母さんは、中務さんと住むと言う。

それはないんじゃない？

と、ぼくは最初のうち、けっこう内心で憤慨していた。でもまあ、母さんが中務さんと住みたいなら、ぼくには止める権利はないし、ぼくはふらふら旅に出てしまうから、中務さんが母さんのことをよく見てくれていたら、安心ではあるわけで、結局ぼくは、

「それはよかった」

なんて、もごもご母さんを祝福したのだった。

「でも、家賃は、取るんだ」

とぼくが言うと、

「あたりまえじゃない。ここはわたしの家なんだから」

というのが、母さんのきっぱりとした答えだった。

母さんと中務さんが二人で暮らしはじめたのは、ソメイヨシノの若葉がいっせいに芽吹きはじめたころだった。幸団地から、電車で三十分ほど郊外に行ったところにある、古い小さな一軒家である。庭には雑草がぼうぼうに生えていて、母さんも中務さんも、

「雑草という名の草はない」

と言い放って、絶対に草むしりをしようとはしない。

庭には、梅の木が生えている。怜子さんの住んでいるところからは、自転車で十五分くらいの距離だ。いつでも泊まりにきて、と母さんは言う。ぼくや怜子さんが泊まるための、ぬれ縁のある六畳間があるから、と。

そのうちにね、とぼくは答え、引っ越してゆく母さんを見送った。団地の家に帰って鍵をしめたら、かちゃん、という音がいつもより響いて、もうさみしくはなかったけれど、少しの間、ぼんやりしてしまった。

飲食のバイトは、思ったほどあたし向きじゃなくなかった。

大学の近くの小さな居酒屋「よこた」で、あたしはバイトをはじめたのだ。午後六時から入り、おもに厨房でお皿を洗っている。ごくたまに席の方に出ていって、注文をとったり配膳したりすることもある。最初は皿洗いだけだったのだけれど、あたしが料理ができることがわかって、ポテトサラダとサラダをまかせられるようになった。

居酒屋は、夫婦でやっている。たぶん、父と母とおなじくらいの年の、与古田(よこた)さん夫妻だ。

ポテトサラダには古漬けのたくわんが入っていて、サラダは浅漬けのきゅうりと大根となすを薄切りにして、マヨネーズであえたものだ。漬物という名前で出さないのは、

「漬物にしては塩が薄いからね」

と、夫である正(ただし)さんは、言う。正さんの自慢の漬物は、しょっぱい梅干しで、

「ちかごろの塩分八パーセントくらいではちみつで漬けてあるような梅干しなんて、ちゃんちゃらおかしくて。梅干しは、うちのが漬けるようなのじゃなきゃ」

と、妻の裕子(ゆうこ)さんは、言う。二人して、塩分が大好きなのだそうだ。でも、お客の体のために、サラダの野菜の塩分は、低くしているとのこと。

よこたは、チェーンの居酒屋のように団体が来るわけではないので、あたしでも務ま

るのだと思う。一週間に三日、あたしはよこたで働いている。一か月続いたので、絵くんに自慢のラインを送ったら、猫が大笑いしているスタンプがきた。ちょっといまいましかったけれど、あたしにいまいましいラインを遠慮なく送ってくる近しい友だちはほとんどいないので、いまいましくても、気にならない。というか、少し嬉しい。

バイトが終わって家に帰ると、あたしはノートに、今日作るのを手伝ったおつまみのレシピを書きこむ。それから、印象的だったお客さんのことも。あんまり印象的なお客さんは、いない。今朝聞いたカラスの鳴き声とか、近所の猫の走りかたのほうが、あたしにとってはお客さんたちよりもたいがい印象的なのだけれど、前に木野くんに、

「人間に、もっと興味を持ったほうがいいんじゃないかな。ロボットだって、人間のために作るんだから」

と言われて、少し反省した。それからは、人間にも興味を持とうと、本気で思っている。でも、ロボットが人間のために作られる、というのは、違うと思う。ロボットは、そのロボット自身のために作られるのだ。結果的に人間のためになるとしても、だ。それだけは、譲れない。でも、木野くんには、言わなかった。だから、別れることになったりしたのかもしれないけれど。

与古田さん夫妻は、昔は二人とも会社に勤めていたのだそうだ。でも、ある日正さん

が、突然「会社に行きたくない」と思って、どうしても会社に行けなくなり、やがて辞表を出し、調理師の資格をとり、いくつかの店で働いたのちに、裕子さんも会社をやめて、「よこた」を開いたのだ。

こうやって、人間相手の仕事も自分に務まることを知ると、正直なところ、あたしは安心する。人間に関心を持たなさすぎ、と木野くんに言われたことは、けっこうショックだった。自分でもそのことは知っていたけれど、じゃあ、なぜあたしは人間にあまり関心を持てないんだろうと考え始めると、ドキドキする。

だって、あたしも、人間なのに。父も母も、そして絵くんも、絵くんのお母さんも、メイも、メイの両親も、人間なのに。

その人たちには、あたしも関心を持っているから、それでいい。って、前は思っていた。でも、その人たちが突然消えちゃったら、あたしは、もう誰にも関心を持てないのかなって、ドキドキするのだ。木野くんにも、実はあたしは、あんまり関心を持っていなかったのかもしれないし。

木野くんと「つきあって」いる時は、こういう心配をしないですんでいた。あたしも普通の人間なんだって、いつも気持ちが平穏だった。小学校の時に三人組にいじめられたあと、クラスがえがあって、三人と離れた時のように。

話は変わるけれど、メイのお母さんとお父さんは、結婚しているけれど、恋愛はしなかったのだ。小学校の時に、メイから少しだけその話は聞いたけれど、その時はよく理解できなかった。というか、結婚とか恋愛とか、そもそもさっぱりわからなかった。あたしが大学生になって、木野くんとつきあうようになった時に、メイから、もう少しくわしくその話を聞いたのだ。お父さんの南生さんはゲイで、お母さんの麦子さんは誰とも恋愛しない人なんだ、っていうことの内実を。

実は麦子さんはごく若い頃、一回お見合い結婚をしたことがあるのだそうだ。当時は恋愛抜きでお見合いをして結婚、という形もけっこうあったということを聞いて、あたしは一瞬、少しうらやましく思ったりしたものだ。

でも、麦子さんはすぐに離婚した。夫だった人とのセックスがどうしてもいやで、そのため相手から離婚を切りだされたのだという。

一方の南生さんは、ゲイの恋人はできるけれど、子どものころからずっと仲がよかった麦子さんほど心の通じる相手があらわれなくて、つきあってはすぐに別れ、ということを繰り返していた。そういうのもありだけれど、南生さんは肉親の縁が薄かったこともあって、家族がほしかったのだと、これは、麦子さんからメイは説明してもらったのだそうだ。その時に、麦子さんは、「わたしもそうだったの。でも、恋愛やセックスは抜きでね……」とも、しみじみ言っていた、とも。

結局、二人は恋愛ではない結びつきで家族をつくることを、最終的には選択する。そして、結婚という形をとって、メイを育てたのだ。特別養子縁組は、男女の結婚という形をとらないと、できなかったから。

メイのお母さんが「誰とも恋愛したくない」というのは、どういうことなんだろうと、あたしは考える。話を聞いた時も考えたし、そのあとも、ずっと、考えている。

あたしが人間に関心があまりないのと、同じなのかな、って。

なんとなく、少し違うような気が、する。

だって、メイのお母さんは、子どもを育てたいって思うくらい、人間が好きなのだ。あたしのほうは、恋愛にもあんまり関心がないし、それにもまして、人間の子どもを育てるのは、全然気が進まない。もしあの三人組の、ことに沼田さん以外の二人みたいな子どもが自分の子どもだったら、すごく嫌いになってしまう気がするからだ。そんなの、子どもに申し訳ない。正直に言えば、実は、恋愛のほうには、ごくごくわずかだけれど興味があるし。恋愛に興味があるからって、人間が好きだというわけではないのが、自分ながら奇妙なのかなって、思うのだけれど。

いろんな人がいるからな。

って、父は言う。それはその通りで、あたしだって、ふだんはいつもそういうおおざっぱな言葉でこういうドキドキをやりすごしているけれど、考え始めると、こまかいところまで考えてしまうのだ。

人生って、大変だなあ。

って、この前、ノートに書いた。

書いてから、なんかあたし、大げさだなって思った。人生、とかいう言葉を使うからいけないのかなと思って、
あたしって、けっこうめんどくさいやつ。

って、書き直した。この方が、しっくりくるので、満足して、その日はもうノートには何も書かなかった。


ときどきぼくの頭の中には、突然、「大切なもの」っていう言葉が、うかんでくる。

小学生の時に、りらとした、夜の欅野高校での冒険で、ぼくたちがさがしたもの。それが「大切なもの」だった。

結局あの時は、大切なもの、なんていうのは見つからなくて、次の日になると、ぼくは「大切なものは、いっぱいある」って、わかったような気になった。

でも、ほんとうにそうなのかなって、あれからずっとぼくは、考えているのだ。

大切、って、不思議な感覚だ。

大切なものは、なくなってほしくない。

でも、大切なものが、いつの間にかなくなっていることがあって、それはたぶん、それがもうそんなに大切じゃなくなってしまったからだ。

それから、すごく大切だったものが、少ししか大切じゃなくなることもあるし、少ししか大切じゃなかったものが、知らないうちにものすごく大切になっていることもある。

じゃあ、いつも変わらず大切なものって、何だろう。

それは、自分、なのかな、って、思う。でも、時々、自分が大切じゃなくなっちゃうことも、ある。

自分が大切じゃなくなると、つらい。でも、じゃあ、そんな時、なぜぼくは自分のことを「大切じゃない」って感じるのかな、とも、思う。

りらなら、こういう時、「統計をとってみるといいんじゃないかな」って言うだろうから、ぼくはためしに、統計をとってみた。

そうしたら、ぼくがぼくのことを「大切じゃない」って思うのは、誰かがぼく自身のこととか、ぼくの写真とか、ぼくの人生のやりかたについて、「だめじゃん」って、言ったり態度であらわしたりした時が、一番多い、っていうことがわかった。

えっ。

って、ぼくは驚いた。

人から「だめじゃん」って思われただけで、すぐに自分のことを「大切じゃない」って、卑屈になっちゃうんだ、ぼくは。

なんて流されやすい奴なんだ、自分。

情けない。でもそれは事実で、だからぼくは、自分が流されやすくて自信がない人間だっていうことだけは、わかっている。

小学生のころの自分のほうが、今の自分よりも、ずっと強かったような気がすることが、時々ある。あのころは、もっとのんきで、もっと人のことを気にしてなくて、もっと適当だった。

今のぼくは、生きかたはみんなから「適当」って言われるけれど、内面はずいぶん「ナイーブ」だ。「ナイーブ」って、日本語にすると「繊細」だから、ちょっといい感じだけど、英語的には、どちらかといえば「ヘタレ」寄りのへなへな感がある。

りらが、ぼくはうらやましい。そして、時には妬ましくすらなる。確固とした自分を、大昔から持っているから。でも、どんなにうらやましくても、むっとすることがあっても、ぼくはりらが好きだ。りらがいつも幸せであってほしい、という気持ちは、変わらない。

もしかすると、この気持ちこそが、一番大切なものなのかな、って思うこともある。まあ、それって、きれいな言いかたすぎるとも思うけれど。

東北への旅の途中で、りらと落ち合う場所は、いわきに決まった。前にりらは、いわきに泊まったことがあって、もう一度行きたい中華料理屋があるのだそうだ。

自転車のメンテナンスをしなきゃな、ってぼくは思う。初夏の風の中、ランドナーを駆るのは、すごく気持ちがいいだろう。海の写真をたくさん撮ろうと、ぼくは思っている。

＊　＊　＊

写真集の、なかほどにある一枚を、わたしは眺めている。

水平線をうつした、モノクロームの写真だ。

海のかなり手前から撮られており、海まで続くさえぎるものの何もない浜の、波打ち際には、一人の人間が立っている。

その人間が、わたしの祖母であるりらおばあちゃんだということは、祖父の絵おじいちゃんから聞いた。りらおばあちゃんは、今も現役のロボット工学者で、たしか今はインドに出張しているはずだ。

中学生になった時、わたしもこういう写真を撮る人になりたいなって思った。

絵おじいちゃんに相談したら、

「こういう写真を撮る写真家は、常に貧乏だよ」

って、最初に言ったので、笑った。

写真集は、おじいちゃんが三十歳になってはじめて出した本だそうだ。

うちには、昔ながらの「アルバム」がある。今って、写真はほとんどプリントしないけれど、家族の写真は、うちでは絵おじいちゃんがていねいにプリントして、ずっしりしたアルバムに整理してあるのだ。

母方の絵おじいちゃんやりらおばあちゃんももちろんだけれど、そのまたおばあちゃんやおじいちゃんの世代の、ものすごく古くて黄ばんでいる写真もあるし、父方のひいおじいちゃんおばあちゃん、メイおばあちゃんと剛(つよし)おじいちゃん、そして、もちろん父さん母さん、わたし、弟の凪(なぎ)の写真も、たくさんある。

集合写真も、毎年撮る。

ふだんの写真はそれぞれで適当に撮るけれど、集合写真は、母方と父方の親戚が盛大に集まって、ちゃんと写真屋さんに行って、撮るのだ。

集合写真は、あんまり好きじゃない。というか、わざわざ集まって撮るのが、めんどうくさい。でも、絵おじいちゃんは、集合写真にこだわっている。

「家族が大切、とかいうのは、ぼくはあんまり思わないけれど、記憶は大切だからね。でも、記憶はどんどん変化しちゃうから、こうやって撮っておくと、記憶のよすがになるんじゃないかな」

なんて言う。

おじいちゃんは、おじいちゃんだけあって、古いなって、わたしは思う。世界のあらゆることは、ネット上にアーカイヴされているのに。

「それでもね」

と、絵おじいちゃんは言う。

「大切なことは、なかなかアーカイヴできないように思うんだ」

と。

りらおばあちゃんに、おじいちゃんのその言葉を言ってみたら、

「そうかもしれないし、そうじゃないかもしれない。さくら自身が、よく考えてみて。

考えるのは、大事だから」

という答えがきた。おばあちゃんの口癖、「自身で考える」が出た！　って、わたしは心の中で笑った。

おばあちゃんもおじいちゃんも、わたしから見るとちょっと古くさいけれど、写真集の中のまだ若かったおばあちゃんが、波打ち際にうしろ向きで心細そうに立っている姿と、それを撮ったまだ若かったおじいちゃんのことを思うと、なんだか少し、元気になる。生きていくことは、けっこう大変で、でも、そういうこと言うのって、ちょっとおおげさな気もするので、心の中だけにアーカイヴしておくことにする。

明日晴れていたら、灰色号で、海の近くまで行こうと思っている。灰色号は、おじいちゃんが乗っていたという自転車から三代目のロードバイクで、わたしが中学生になった二年前に、下げ渡してもらった。

絵おじいちゃんとりらおばあちゃんとは、わたしは一緒には住んでいないので、お正月に集合写真を撮る時と、あとはお休みの時にたまに会うくらいなのだけれど、わたしは二人が大好きだ。もちろん、身内だから大好き、っていうのもあるけれど、それにもまして、二人は、わたしにとって謎なところがあるからだ。

二人は、何かの秘密を知っているように思える。

その秘密は、きっと二人にとって大切な秘密で、だけど、よその人にとっては、それほど大事な秘密じゃないのかもしれない。

そういう秘密って、わたしにもいくつかあるけれど、絵おじいちゃんとりらおばあちゃんの秘密は、大事じゃなくても、とってもいい秘密、な感じがするのだ。

もしかすると、絵おじいちゃんの言う「なかなかアーカイヴできない」何かが、絵おじいちゃんの秘密なのかもしれないし、りらおばあちゃんの言う「考えるのが大事」の癖でもって、りらおばあちゃんがいろいろ考えたことが、りらおばあちゃんの秘密なのかもしれない。

どっちにしても、二人は謎で、だいいち、なぜ二人が結婚したのかも、実はうちの家族の謎と言われている。というのは、メイおばあちゃんに聞いた話。

ちなみに、これは全然秘密じゃないんだけれど、絵おじいちゃんの作るサラダは、すごくおいしい。浅漬けにした野菜を使ったサラダだ。もともとりらおばあちゃんのレシピだったんだけれど、いつの間にか絵おじいちゃんの方がおいしく作れるようになって、それからはもう、りらおばあちゃんは絵おじいちゃんにサラダはすっかりまかせることにしたそうだ。

明日、海に行ったら、たくさん写真を撮るつもりだ。海は、静かかな。荒れてるかな。

少しは波があるといいな。

いい海の写真が撮れたら、そうだ、絵おじいちゃんとりらおばあちゃんの家に遊びに行こう。そして、写真を直接見せよう。それから、絵おじいちゃんにサラダを作ってもらおう。

明日、晴れますように。わたしは心の中で願う。それから、絵おじいちゃんが、絵おじいちゃんのお母さんから教わったっていうメロディーを、口笛で吹いてみる。

口笛は、いつもよりきれいに響いた。そのメロディーを聞いているうちに、きっと明日はよく晴れたいい日になるに違いない、って、わたしは確信した。

あとがき

二〇一二年に上梓した、二人の小学生が主人公であるファンタジー、『七夜物語』の続篇を書くつもりは、実はまったくなかった。それなのに、『続七夜物語』である本書を、結局は書き上げてしまったのは、第一章の「20」を、ある時、つい、書いてしまったからである。つい、などという適当な書き方で小説を書いているのかと問われれば、はい、そうなんです、いつも小説は、つい、書き始めてしまうのです、あまり後先考えず、と答えるしかない。

「20」は、「りら」という小学生の視点で書かれた小説だったのだが、書きながら、「りら」は誰かを思わせる、と感じていた。それが『七夜物語』の仄田鷹彦だ、と気がついたのは、「20」を途中まで書いたところでだった。そうなると、つい、『七夜物語』のもう一人の主人公である鳴海さよを思わせる「絵（かい）」のことも書きたくなり……という調子で、ゆっくりと八年かけて書いたのが、この本である。

ところで、ふつうは「あとがき」を書かない単行本に、こうして文章を書いているのは、「ピーツピ　ジジジジ」の章について、読者のみなさまと鈴木俊貴博士に謝らなければ、と、全体の手直しをしながら気がついたからである。「ピーツピ　ジジジジ」の章は、シジュウカラの「ピーツピ　ジジジジ」という鳴き声に意味があることを、りらが知り……という展開になっているのだが、物語の中では、この時は、二〇一〇年なのだ。ところが、現実のわたしたちの世界では、シジュウカラの鳴き声の意味を解明した鈴木俊貴博士の研究は、二〇一〇年の時点では、まだ発表されていない。だから、りらがそのことを知っているのは時間的に矛盾があるのだ。

りら、もしかして、きみはタイムマシンに乗って十年ほど未来に行き、「ダーウィンが来た！」を見たのか!?　と、頭をかかえたわたしであったわけだが、読者のみなさま、ここはどうぞ、架空の物語の中での出来事とお目をつぶっていただければ、こんなありがたいことはございませんと、頭を下げつつお詫びするしかない。そしてまた、鈴木俊貴博士には、あらためて深くお礼を申し上げたい。鈴木博士の研究や、この世界で見聞きしたたくさんの喜ばしい驚きこそが、「つい」、本書を書かせてくれたのだから。

川上弘美

初出

20　「小説トリッパー」二〇一五年夏季号
ビゼンクラゲは大型クラゲ　「小説トリッパー」二〇一六年秋季号
泣くのにいちばんいい時間　「小説トリッパー」二〇二〇年夏季号
ミジンコそのほか　「小説トリッパー」二〇二〇年秋季号・冬季号
中生代三畳紀　「小説トリッパー」二〇二一年春季号
たましいの名前　「小説トリッパー」二〇二一年夏季号
海でおぼれそうになった　「小説トリッパー」二〇二一年秋季号
犬はまだうちにいる　「小説トリッパー」二〇二一年冬季号
ピーツピ　ジジジジ　「小説トリッパー」二〇二二年春季号
犬が去っていった　「小説トリッパー」二〇二二年夏季号
前門のとら、後門のおおかみ　「小説トリッパー」二〇二二年秋季号
二人の夜　「小説トリッパー」二〇二二年冬季号〜二〇二三年秋季号
明日、晴れますように　「小説トリッパー」二〇二三年冬季号

川上弘美（かわかみ・ひろみ）

一九五八年生まれ。九四年「神様」でパスカル短篇文学新人賞を受賞し、デビュー。九六年「蛇を踏む」で芥川賞、九九年『神様』で紫式部文学賞、Bunkamuraドゥマゴ文学賞、二〇〇一年『センセイの鞄』で谷崎潤一郎賞、〇七年『真鶴』で芸術選奨文部科学大臣賞、一五年『水声』で読売文学賞、一六年『大きな鳥にさらわれないように』で泉鏡花文学賞、二三年『恋ははかない、あるいは、プールの底のステーキ』で野間文芸賞受賞。主な著書に『森へ行きましょう』『七夜物語』『某』『三度目の恋』ほか多数。

明日（あした）、晴（は）れますように　続七夜物語（ぞくななよものがたり）

二〇二四年六月三十日　第一刷発行

著者　川上弘美
発行者　宇都宮健太朗
発行所　朝日新聞出版
〒一〇四-八〇一一
東京都中央区築地五-三-二
電話　〇三-五五四一-八八三二（編集）
〇三-五五四〇-七七九三（販売）

印刷製本　中央精版印刷株式会社

ISBN978-4-02-251990-0
定価はカバーに表示してあります

好評既刊

七夜物語

上・中・下

川上弘美

小学校四年生のさよは、図書館でみつけた『七夜物語』という不思議な本に導かれ、同級生の仄田くんと一緒に夜の世界へと迷い込んでゆく。深い幸福感と、かすかな切なさに包まれる長編ファンタジー

朝日文庫